Les Éphémères sont éternels

Azelma Sigaux

Les Éphémères sont éternels

FSC
www.fsc.org
MIXTE
Papier issu de sources responsables
Paper from responsible sources
FSC® C105338

Illustration de couverture générée par l'IA via Canva.com

Édition : BoD · Books on Demand, 31 avenue Saint-Rémy, 57600 Forbach, bod@bod.fr
Impression : Libri Plureos GmbH, Friedensallee 273, 22763 Hamburg (Allemagne)

ISBN : 978-2-3225-6008-0
Dépôt légal : janvier 2025

Prologue

« Notre propre mort n'est qu'une projection élaborée à partir de celle d'autrui. Chacun de nous, qui ne se connaît qu'en vie, est donc immortel pour lui-même. Mortel uniquement pour autrui. Seuls les autres sont mortels, chacun de nous l'a tant de fois constaté. Inutile donc de craindre la mort, disciples en cela d'Épicure qui notait que, quand nous sommes là, la mort n'y est pas ; quand elle est là, c'est nous qui n'y sommes plus. Rendez-vous perpétuellement manqué. Vivons donc comme si nous ne devions jamais mourir. »

Charles SIMOND, extrait issu de la nouvelle *Digression* publiée dans l'ouvrage *Miscellanées* en 2018 aux éditions Le Serpen(an)théiste.

CHAPITRE 1

Fin

— C'est au deuxième étage, dernière porte à droite au fond du couloir, annonça la femme après avoir longuement consulté son ordinateur.

Le regard robotique qu'elle lança à Harold s'apparentait à celui d'un agent ferroviaire. Pas le temps pour les manières et les fioritures, chaque minute devait être optimisée. Autant pour la secrétaire que pour le garçon. C'est qu'il y avait du monde derrière !

— SUIVANT ! aboya-t-elle tandis qu'Harold se dirigeait vers les escaliers carrelés du hall.

Au second étage, il s'engouffra dans le fameux corridor. Le blanc éclatant des murs se mêlait avec l'atmosphère glaciale du lieu. Pourquoi les architectes n'avaient-ils pas décidé de trancher avec la morosité ambiante ? Un peu de rouge, de bleu ou de vert auraient au moins eu l'audace d'égayer le bâtiment, à défaut des visiteurs. Ceux qu'Harold croisait pendant qu'il s'enfonçait dans ce passage austère avaient les yeux dans le vague. Certains, même, trimballaient des vagues dans les yeux. Elles se brisaient régulièrement contre les paupières pour s'écouler le long des joues. Des joues pâles et creusées.

Le jeune homme aux cheveux longs tentait de faire bonne figure. Il baissa la tête, laissant ses mèches brunes lui recouvrir une partie du visage. Comme pour s'abriter du monde extérieur. Les émotions des autres, elles, continuaient de claquer contre son cerveau comme un huissier sur une porte blindée. Lui, restait fermement verrouillé. Il devait se concentrer, barricader son esprit afin de ne pas perdre ses moyens. Cela lui demandait un effort surhumain. Voilà pourquoi il avait mis tant de temps à faire le pas. À chaque essai, son extrême sensibilité avait rendu la tâche impossible, le menant à l'inéluctable demi-tour. Mais sans cette ultime tentative, il s'en serait atrocement voulu.

— Au fond, dernière porte à droite, se répéta-t-il à voix haute tout en posant la main sur la poignée.

Une erreur de chambre eut été mal venue. Ce qui se cachait derrière ce genre de porte se révélait déjà bien assez terrible lorsqu'il s'agissait de la bonne. Harold voulait à tout prix éviter d'ouvrir la mauvaise. Un grincement, un pas en avant, un coup d'œil immédiat vers le fond de la pièce…

— Ouf ! prononça-t-il sans le vouloir.

C'était à la fois la bonne personne et la meilleure des éventualités. Il n'y avait ni sang, ni bave, ni odeur. Juste un visage blanchâtre, mais souriant. Ce regard-là n'était pas celui d'un agent ferroviaire ou d'un zombie, mais bien les yeux tendres de son grand-père.

Harold se laissa tomber sur la chaise qui semblait lui tendre les bras. Le vieil homme, dont les bras étaient justement tendus, s'amusa de la situation.

— Et bien ! Je suis certainement en train de vivre mes tout derniers jours et c'est toi, jeune bambin que tu es, qui t'affale sur la première chaise venue ! Viens donc m'embrasser, espèce de flemmard !

Celui qui venait de fêter ses vingt-trois ans reprit ses esprits et se leva d'un bond pour se réfugier contre la blouse chaude de son aïeul.

— Bon anniversaire, Harold ! Je n'ai pas oublié cette précieuse date, mon petit. Tu m'excuseras, je n'ai rien pu t'offrir… Je suis bloqué dans cette chambre d'hôpital et de toute façon, je ne me vois pas en état de faire les magasins, se justifia le vieil homme.

— Oh, mais ne t'excuse pas ! Tu es encore là pour me le souhaiter. Voilà bien le seul cadeau que j'attendais de toi.

Le jeune garçon profita de sa position, la tête enfouie contre le torse de son aîné, pour lâcher quelques larmes contenues.

Mais les gouttes traversèrent rapidement le coton blanc et humidifièrent la peau de l'octogénaire qui aussitôt réagit. Ce dernier attrapa les épaules de son petit-fils et le releva pour plonger ses yeux dans les siens.

— Harold Uller, sèche tes yeux voyons ! Nous sommes vivants tous les deux et nous pouvons encore discuter ! s'emporta-t-il.

— Oui, mais jusqu'à quand ? gémit le jeune homme, les lèvres tremblantes.

— Peu importe la durée ! Tu auras bien assez le temps de te lamenter lorsqu'il sera trop tard. Là, à l'instant où je te parle, nous sommes en vie, et personne ne pourra affirmer le contraire. Qui sait, peut-être même qu'en sortant de l'hôpital, tu te feras écraser par une voiture et alors, ce sera à moi de te pleurer !

— Arrête de dire des bêtises ! s'agaça Harold en se rasseyant dans la chaise placée contre le lit aux barreaux métalliques.

— Des bêtises peut-être, mais pas davantage que les raisons de ta tristesse. L'âge ne fait pas tout, c'est la substance, la contenance du présent qui prime.

— Oui ben là, présentement, tu es couché dans un lit d'hospice, ta peau est couverte de rides et des dizaines de tuyaux te sortent des orifices, pendant que moi, je peux courir, sauter et faire de la moto !

— Je suis bien content pour toi, bouda le vieil homme.

Il croisa les bras. Harold posa sa main sur l'avant-bras fripé de son grand-père.

— Ce que j'essaie de te dire, c'est que je ne veux pas que tu meures, c'est tout…

— J'avais bien deviné, mon petit ; je ne veux pas crever non plus, crois-moi ! se dérida le vieil homme. Et j'ai bien l'impression que les médocs que les infirmières me font gober toute la journée ne font qu'accélérer les choses.

— Maman t'a déjà proposé de te raccompagner chez toi, mais tu n'as pas voulu… Il est encore temps, tu le sais ! Je ne comprends même pas pourquoi tu t'évertues à avaler ces cachetons inutiles alors que la ville regorge de guérisseurs. À commencer par ta femme.

— Les guérisseurs ont beau se montrer talentueux, à part retarder ma dernière heure de quelques mois, ils ne pourraient pas m'apporter grand-chose. Alors à mon âge, je préfère attendre que la fin arrive. Je me dis que même si leurs produits ne sont pas encore au point, ils ont au moins le mérite d'anesthésier un tant soit peu mon corps rabougri. De toute façon, j'ai déjà bien assez vécu. Et quand vient la mort, il faut savoir l'accueillir. D'ailleurs en parlant de douleurs, je ne sens plus rien. Tout va bien de ton côté ?

Harold se leva.

— J'ai super mal au ventre, maintenant que tu le dis. Mais je pense que ma colère aurait eu le même effet, si mon foutu don n'existait pas.

S'il respectait les choix de son grand-père, il ne pouvait s'empêcher de se répéter que la situation actuelle eut largement pu être évitée.

— Quatre-vingts ans, c'est rien du tout, tu aurais pu vivre bien plus ! regretta-t-il.

— Harold, tu choisiras ce que tu jugeras bon pour toi et tes proches lorsque tu seras convoqué, demain. Pour ma part, avec ce que j'ai vu et traversé, je suis convaincu d'avoir pris la bonne décision. J'ai eu la chance de voir grandir mes enfants et petits- enfants. J'ai apporté au monde et à mon entourage le maximum de mes capacités. Il est temps de laisser la place aux jeunes. Il aurait été totalement lâche de ma part de retourner ma veste après avoir été sauvé par les Éphémères. Rien que par amour pour eux, je me devais de ne pas céder à la facilité.

— Quelque part, se risqua timidement Harold devant l'assurance de l'impressionnant patriarche, ta décision est toute aussi lâche… Tu fais des enfants, tu construis une grande famille, et puis tu décèdes. Tu nous abandonnes en quelque sorte ! Comment as-tu pu bouleverser la stabilité du monde pour nous mettre face à un dilemme aussi injuste ? Tu fais ta révolution et tu nous laisses en plan ! Tu n'assumes rien ! Après toi, le déluge ! Les gens étaient bien plus heureux lorsqu'ils ne pensaient pas à la mort, tu ne crois pas ?

Le jeune chevelu faisait les cent pas dans la chambre immaculée de l'hôpital et évitait soigneusement de croiser le regard offensé de son aïeul. Ce dernier s'apprêtait justement à lui répondre quand la porte s'ouvrit en grand. Une aide-soignante entra, une lourde mallette à la main. Un sentiment d'anxiété parcourut l'échine d'Harold.

La femme, apparemment âgée d'une vingtaine d'années, déposa son fardeau sur la table de la pièce et se tourna vers l'homme alité.

— Monsieur, je vais vous administrer votre traitement du soir. Comme nos stocks de Buratax ont été écoulés, nous allons tester une nouvelle formule, si cela vous convient. Je suis navrée, nous avons été pris de court… Nous disposons de quelques alternatives telles que celle-ci, mais nous ne garantissons pas leur efficacité… Ni leur innocuité.

Harold jeta finalement un regard inquiet à son grand-père, mais ce dernier resta impassible. Comme si on venait simplement de lui annoncer qu'il était l'heure de manger.

— Soit. Faites donc. Advienne que pourra.

Tandis que l'infirmière fouillait dans sa mallette de soins, le
jeune homme se jeta au chevet de son aîné.

— Mais enfin ! Ça va pas bien ?! T'as entendu ce qu'elle a dit ? Le traitement pourrait t'achever ! En plus, elle ne m'apparaît pas sérieuse, si tu veux mon avis. J'ai chopé tout son stress.

— J'ai bien entendu, Harold. Mais d'une part, je ne me sens pas de vivre encore des années allongé sur ce lit d'hôpital sans pouvoir bouger, et d'autre part, cela fera avancer la science. Que je clamse ou non, ils sauront enfin si leurs traitements fonctionnent… C'est justement parce que je ne suis pas lâche que j'accepte. C'est à cause de types comme moi qu'on doit à nouveau soigner les vieillards et les malades. C'est donc sur des types comme moi qu'il faudra tester les soins. Les humains continueront de mourir, mais ils vivront en bonne santé. Plus le temps passera et moins ce sera difficile, tu verras.

La femme en blouse s'avança à son tour vers l'octogénaire, une seringue dans la main droite. Sa détermination fit reculer Harold.

— Aïe ! s'écria le doyen. Je veux bien faire office de cobaye, mais tâchez de mieux viser la veine quand même !

— Pardon, monsieur.

Harold se trouva mal. Entre la morosité ambiante de l'hôpital, la peur de perdre son grand-père, la colère qu'il ressentait à son égard et l'appréhension de sa convocation à venir, le garçon ne savait plus où donner de la tête. Pour couronner le tout, son don d'hyperempathie commençait à lui filer la nausée. Il ressentait à la fois la sensation de l'aiguille traversant la peau du vieil homme et l'angoisse maladive de la jeune infirmière. C'en était trop. Il préféra quitter les lieux le plus vite possible.

— Harold ! lança son grand-père par-dessus l'épaule de l'aide-soignante. Quand tu te trouveras devant l'Existateur demain, pose-toi la question suivante : entre un magnifique mandala de sable qui s'envole au moindre coup de vent et un tableau indélébile aux couleurs ternies par le temps, lequel des deux est le plus mémorable ?

Le jeune homme connaissait cette question par cœur. Il l'avait entendue des centaines de fois dans son enfance, mais n'avait jamais vraiment pris la peine de la comprendre. Elle sonnait à son esprit comme une comptine insignifiante. Pour enfin saisir le sens de l'énigme, Harold devrait recourir à l'ensemble de ses neurones. Mais pour se lancer dans de telles réflexions, il lui fallait s'éloigner de cet établissement hospitalier. Et vite. Car il n'avait rien d'hospitalier, justement. La tension qui y régnait paralysait totalement ses capacités intellectuelles. La vision floue, il s'approcha pour embrasser le front du vieillard, lui promit de revenir lui rendre visite dès le lendemain et emprunta à tâtons le couloir blanc vers la sortie.

Une fois éloigné de toutes les personnes souffrantes, inquiètes ou affligées qui peuplaient l'hospice, le jeune homme se sentit comme déchargé d'un poids.

Sa gorge se desserra et son abdomen se relâcha.

Autant ses pouvoirs pouvaient lui être utiles lorsqu'il était question de venir en aide aux autres ou de décoder les humeurs de son entourage, autant cela pouvait gâcher son quotidien lorsque les circonstances le rendaient impuissant.

Dans ce centre de soins comme dans bien d'autres lieux publics, Harold ne pouvait ni remonter le moral des gens ni les guérir. Il avait la capacité de les soulager momentanément, mais ce n'était pas son rôle. Il ne lui restait donc plus qu'à subir sa propre aptitude.

Même si ressentir les émotions des autres comme s'il s'agissait des siennes était devenu une habitude, jamais il n'avait vraiment pu s'y faire. Chaque fois, les émotions qui le transcendaient sans prévenir le déstabilisaient davantage. Selon les personnes et les situations, un même sentiment pouvait se présenter totalement différemment. Il n'existait pas deux peurs, deux colères ou deux tristesses identiques. Il fallait s'adapter. Et lorsque Harold se trouvait au beau milieu d'une foule, il devait faire face à un raz- de-marée de sentiments, ce qui n'était pas une mince affaire. Surtout lorsqu'un évènement à sensations se produisait à ce moment-là. Le jeune homme avait par exemple renoncé à assister à des spectacles comiques. Au premier gag, il se faisait pipi dessus. Quant à l'unique film dramatique qu'il avait regardé au cinéma, l'expérience lui avait servi de leçon. Le chagrin ambiant l'avait tellement contaminé qu'il avait dû consulter un psychiatre pour s'en remettre.

Ces malencontreuses anecdotes lui avaient fait prendre une résolution : celle de ne jamais trop s'entourer de monde. Il évitait désormais les manifestations publiques et les activités collectives.

Il s'était promis d'utiliser son pouvoir à des fins essentiellement utiles et à l'occasion d'extrêmes nécessités. À présent, il captait les ressentis des autres, avec pour seul objectif d'apaiser les personnes en détresse. Car sa personnalité hyperempathique ne se limitait pas à la simple compassion. Non seulement Harold éprouvait les émotions de son environnement, mais il les puisait.

Plus il les interceptait, et plus elles s'amenuisaient à la source. Un peu comme une éponge, il se gorgeait d'émois et en tarissait la provenance. Idéal pour soulager les êtres malheureux, le don d'Harold se transformait en une véritable plaie lorsqu'il s'agissait de sentiments agréables.

Une plaie pour les autres, mais également pour lui-même. S'il pouvait voler les frissons amoureux ou le plaisir d'être heureux le temps de quelques minutes, il effaçait dans le même temps tous les sourires à son seul passage. Son grand-père l'avait maintes fois rassuré en lui expliquant que les pouvoirs sensoriels se travaillaient. Se perfectionnaient. Il lui avait assuré qu'avec un peu d'entraînements, il pourrait dompter ses capacités et les déclencher ou les stopper sur commande. Mais Harold doutait du bien-fondé de cette affirmation. Il craignait qu'une fois son choix officialisé sur le papier, il lui fût impossible de contrôler son hyperempathie. Être condamné à vivre l'enfer jusqu'à la fin de ses jours constituait sa plus grande crainte. Une vie banale et infinie représenterait peut-être la meilleure solution. Rien n'était encore vraiment décidé. Tout restait à étudier.

À cette période de son existence, Harold avait plus que jamais le devoir de se concentrer sur ses propres besoins. Ses propres sentiments. Il ne devait en aucun cas se voir parasiter par les problèmes des autres. Il s'agissait là de prendre une résolution qui allait changer sa vie, d'une façon ou d'une autre. Un choix qui ne se présenterait plus jamais à l'avenir.

Il se terra dans son studio et n'en sortit pas avant le terrible rendez-vous qui l'attendait au lendemain de ses vingt-trois ans.

CHAPITRE 2

L'éternelle quête

Depuis la nuit des temps, la destinée des êtres vivants se résumait au plan suivant : naître, grandir, se reproduire, puis mourir. Tout étant intrinsèquement lié. On ne pouvait se reproduire sans être né, ni grandir sans mourir. Par contre, le trépas pouvait surgir à tout moment et interrompre le processus d'existence. Voilà pourquoi, parfois, on brûlait les étapes. Et entre chaque, on tentait de réaliser quelques projets plus profonds.

Les animaux non humains, même si la survie représentait leur moteur au quotidien, ne semblaient guère préoccupés par le concept de la mort. Ni par l'idée de vivre, d'ailleurs. Disons qu'ils ne passaient pas des heures à philosopher sur le temps qui passe ou le mystère de l'au-delà. Ils faisaient ce qu'ils avaient à faire, cherchaient à préserver leur confort et à protéger leurs petits puis acceptaient, bon gré mal gré, leur destin.

Les graines germaient, les plantes poussaient, les arbres fleurissaient, les fleurs fanaient, les feuilles tombaient. Les carcasses d'animaux et les végétaux en décomposition nourrissaient la terre. La terre alimentait à son tour les êtres vivants. Ainsi tournait le monde. En cercle infini. Les uns aidaient les autres à exister grâce à leur énergie vitale. Dès que les suivants disposaient de toutes les cartes en main pour vivre sans soutien, les premiers s'éclipsaient en toute humilité. Et même si la mort, de temps à autre, débarquait en avance, tout le monde parvenait à apporter sa modeste contribution au monde. Si chaque individu était un caillou, chaque relation eut alors pris l'apparence d'une couche de ciment, et chaque génération d'une hauteur de mur supplémentaire. Décennie après décennie, l'édifice prenait forme, se fortifiait. Et si un jour il se fragilisait, d'autres pierres venaient renforcer le tout. Ainsi, même très ancienne, la construction du monde était sans cesse entretenue et modernisée. On ne s'appuyait pas sur un mur en ruines. Là se plaçait d'ailleurs le comble du conservatisme. Compter sur des structures uniquement vétustes, c'était comme s'adosser à une faille. La chute devenait alors inévitable. Il fallait renouveler la vie avant qu'elle ne croupît. Voilà une règle d'or que tout être vivant normalement constitué avait bien assimilée.

Ou presque. Les êtres humains ne semblaient, pour leur part, pas connaître grand-chose de cette vérité de base. Parce qu'ils étaient prétentieux, mal fichus ou juste angoissés, ces bipèdes enrobés de tissus s'avéraient plutôt revêches sur le sujet. En ce qui concernait la vie, ils en voulaient toujours plus. Pour ce qui était de la mort, ils tentaient par tous les moyens de l'oublier. La vie paraissait soit trop courte, soit trop injuste à leurs yeux. La mort, bien qu'omniprésente, demeurait taboue. Malsaine.

Elle était pourtant visible, dégoulinant sur les étalages des boucheries. Elle se tenait encore là, écrasée sur les casques des motards. Elle apparaissait à nouveau ici, tantôt sur les mains terreuses des maraîchers, tantôt sous les balles des soldats. Mais quand elle osait surgir dans les rides au coin des yeux ou dans la blancheur des cheveux, alors il fallait la cacher à tout prix. Au sens premier du terme. Chirurgie, coloration, greffes, rien n'était trop coûteux pour maquiller la vieillesse, son signe annonciateur. Les ridules se faisaient défriper, l'âge trompé. Tout le monde finissait berné. Mais sous l'esthétique, la roue du temps se révélait inaltérable. Inflexible, elle continuait sa course folle vers sa destination finale, quelque fût la couche de fond de teint tartinée ou le litre de Botox injecté. De nombreuses personnes âgées décédèrent ainsi, un visage de nourrisson cousu sur le devant de leur crâne.

La vieillesse eut beau être dissimulée, c'était donc directement au trépas qu'il fallait s'en prendre. Pas de pitié. La décrépitude ne constituait finalement qu'une facette illusoire. Au lieu d'être occultée, la mort devint l'objet d'une quête publique. Un objectif autant intemporel qu'universel.

Celui de la faire disparaître pour de bon. Tuer la mort en rendant les humains immortels. Potions magiques, pierres philosophales, crèmes anti-temps, expérimentations, implants, régimes draconiens, prières, incantations : à chaque civilisation sa méthode. À chaque époque sa technologie.

En cherchant le Graal de l'immortalité, certains pigeons y laissèrent des plumes. D'autres payèrent le prix de leurs propres expérimentations. Ce fut par exemple le cas de Jack Benton, qui en Nouvelle-Zélande, travailla ardemment sur le projet Nodeath Kit. Son objectif : construire un masque censé fournir aux poumons une quantité d'oxygène fortement supérieure à la normale. Selon les expérimentations du scientifique, l'invention aurait pour effet de prolonger la vie humaine de plusieurs dizaines d'années, voire plus. Parce qu'il était reconnu par ses pairs et financé par l'État, Jack Benton réussit facilement à faire breveter son produit miracle et à le commercialiser. Mais les consommateurs ne réagirent pas aussi bien que les rats de laboratoire. Quatre-vingts pour cent des utilisateurs décédèrent d'asphyxie ou d'hyperventilation dans les mois qui suivirent le lancement du masque Nodeath Kit. Benton fut incarcéré et méprisé ad vitam æternam.

Bien d'autres mésaventures de ce genre façonnèrent les époques. Quelle que fût la période historique, cette obsession pour l'immortalité ne quitta pas l'esprit humain. Sans doute était-ce la peur de mourir et de perdre l'être aimé qui animait tant ce projet commun.

Ainsi, plusieurs modes se succédèrent, alimentées par les médias et les rumeurs de quartier. Dans les années 2025, si l'on voulait être à la page, il fallait par exemple suivre un régime strictement composé de bananes. En purée, en compote, frite ou rôtie, la banane était dans l'imagination collective l'aliment qui ferait fuir la grande faucheuse à coup sûr. Évidemment, les adeptes de cette cure extrême pâtirent rapidement de carences gravissimes, ce qui les rapprocha de la tombe au lieu de les en éloigner. Aucun scientifique ou nutritionniste n'avoua alors sa part de responsabilité, pas même ceux qui avaient écrit des ouvrages sur le sujet. À les entendre, ils en étaient d'ailleurs les premières victimes, car ils avaient reçu de fausses informations colportées par d'autres personnalités publiques. Après la banane, ce fut au tour de la viande. Après la viande vint l'ère de la taurine. Puis du jeûne prolongé. La nourriture et l'absence de nourriture n'ayant aucun impact à l'exception d'une mort prématurée pour les moins chanceux, les recherches sur les solutions d'immortalité s'orientèrent vers la chirurgie. Plutôt que de refaire des nez ou des postérieurs, il fut question de remodeler des têtes. Ou plutôt des corps. Le cancer représentant la première cause de mortalité, et s'agissant en majorité de cancers des organes, la décision fut toute trouvée.

Sans organe, pas de cancers d'organe. Durant de longs mois, des médecins retirèrent alors le crâne de jeunes personnes défuntes accidentellement et collectèrent le reste de leur anatomie. Puis, après des tests concluants sur différents mammifères, un premier humain fit le grand saut. Un nouveau corps fut greffé à sa tête. Mission accomplie, l'homme survécut et sa santé s'améliora. Il en fut de même pour les tentatives suivantes. Mais les organes transplantés s'affaiblirent à leur tour et le deuxième essai ne connut pas le même succès. Car même si la personne résistait à cette seconde grosse opération, ce qui s'avérait déjà délicat, le rejet n'en demeurait pas moins inévitable. On avait gagné quelques années de vie supplémentaires, mais ces derniers tronçons d'existence s'achevaient le plus souvent en une apothéose de supplices.

L'idée de transférer l'âme dans un robot, comme on aurait téléchargé un film sur une clé USB, vint à l'esprit de nombreux chercheurs. Mais aucune tentative ne s'avéra victorieuse. Fallait-il en conclure que l'âme n'existait pas ? En tout cas, les seuls éléments enregistrés numériquement depuis un cerveau s'apparentaient à des images fixes. Des clichés de vision. À défaut d'offrir une solution pour devenir immortel, l'expérience permit d'imprimer de magnifiques albums photo post-mortem, et de résoudre les enquêtes criminelles les plus insolubles. Finies les erreurs judiciaires. On pouvait désormais vérifier en se passant le film du meurtre.

Mais cela ne réglait en rien la question de l'infinie existence. La suppression du trépas humain semblait aussi impossible à résoudre qu'un casse-tête chinois. Aucune équation, aucune formule mathématique ne donnait de résultat probant ni de conclusion définitive. Seule la mort elle-même pouvait être invincible.

En 2030, pourtant, un homme fit une découverte qui contredit tous les bilans précédents. Ce pêcheur japonais repéra au cours de l'une de ses excursions dominicales un poisson qu'il n'avait jamais vu. Il s'agissait d'une espèce inconnue. Cette minuscule créature grise aux nageoires bleues donna du fil à retordre aux scientifiques. Ceux-ci l'examinèrent sous toutes les coutures. Mais face à l'inexploré, il y avait tant à apprendre ! Ses habitudes de vie, son alimentation, son squelette… Chaque découverte au sujet du poisson constituait une révélation à part entière. Aucune, toutefois, n'égala celle de son âge. À la plus grande surprise des spécialistes, le « bogo » – ainsi fut-il baptisé – était vieux de mille quatre cents ans. Contrairement à ce que comprirent d'abord les analystes lorsqu'ils découvrirent les résultats de l'étude, le chiffre ne représentait pas l'ancienneté de l'espèce animale. C'était bien cet individu précis, ce petit poisson-là, pêché par hasard sur les rives du lac Koyowoshi, à qui on venait de décerner la palme de l'antiquité. L'une de ses écailles, la partie la plus à même de dater une créature aquatique sans la tuer, avait parlé. Face à cette invraisemblable constatation, l'examen fut répété à maintes reprises.

Mais chaque fois, le même verdict tomba : le bogo était extrêmement vieux.

Pour en avoir le cœur net, les spécialistes procédèrent finalement à ce qu'ils avaient voulu éviter à tout prix : tuer la pauvre bête. Ainsi, ils pourraient étudier son squelette et lui attribuer un âge plus précis. Mille quatre cent treize ans. Voilà ce que révéla l'os operculaire une fois prélevé sur la créature sacrifiée.

Les scientifiques sursautèrent. Pas à cause du nombre qui résulta de leurs calculs, mais par le soudain frétillement du bogo sur la table d'opération. Réaction nerveuse ? Impossible. Cela faisait plus de quatre heures que le poisson avait été extrait de l'eau. Au deuxième battement de nageoires, l'un des scientifiques attrapa l'animal sous le regard médusé de ses confrères et le plongea dans l'aquarium. Durant les premières secondes, le petit cyprinidé chuta au fond du bac transparent. Mais brusquement, ses nageoires, ses branchies et sa bouche se mirent à remuer frénétiquement.

Le bogo nageait.

Les scientifiques se regardèrent, atterrés. Les opercules avaient pourtant été extraits, laissant la chair à vif de chaque côté du poisson. Mais surtout, l'animal, dont la taille ne dépassait pas celle d'un pouce, était resté trop longtemps à l'air libre sans bouger pour pouvoir survivre.

Alors que les biologistes s'approchaient de l'aquarium pour mieux observer le miracle qui s'agitait sous leurs yeux, un deuxième eut lieu. Les deux plaques osseuses repoussèrent à vue d'œil, par-dessus les branchies rougies par l'ablation. Quelques secondes suffirent pour que le poisson reprît entièrement son apparence originelle. Stupéfaits par leur découverte, les scientifiques renouvelèrent l'opération plusieurs fois, n'hésitant pas à couper la queue du bogo ou même à lui prélever la tête. À chaque essai, la créature d'eau faisait mystérieusement réapparaître les parties manquantes de son corps sans la moindre difficulté.

L'anecdote du poisson inconnu trouvé par un pêcheur japonais prit alors des proportions stupéfiantes. Les cellules autorégénérantes de l'animal promettaient à la science de grandes avancées. Indiscutablement, la bestiole était à la fois invincible et éternelle. En serait-il de même avec ses consommateurs ?

Quatre années de recherches suffirent pour trouver LA solution contre la mortalité. Le Bogolux. Comme son nom l'indiquait, ce produit miracle, créé à partir d'extraits de poisson, représentait le comble du luxe. Proposé à des prix défiant tout esprit raisonnable, le Bogolux fut injecté par les plus grands médecins aux plus riches personnalités. Au départ, seule une minuscule élite put bénéficier de cette précieuse perfusion. Les puissants du monde devinrent alors immortels, tandis que ceux qui avaient besoin de travailler pour vivre ne pouvaient pas échapper à la mort ni à la maladie. Le temps révéla l'absence de signes de vieillissement chez les adeptes du produit. La nouvelle réjouit les amateurs de chirurgie esthétique et affligea dans le même temps l'ensemble des professionnels du secteur. Plus besoin d'avoir recours au bistouri pour les milliardaires. Leur apparence au moment de l'injection restait figée pour quelque temps. Car au bout de trois ans, il fallait recommencer. Une seconde dose de Bogolux pour une immunité de trente-six mois supplémentaires.

Le 2 novembre 2042, le directeur du laboratoire Pharmabion et les dirigeants des grandes puissances mondiales se réunirent lors d'un séminaire. Leur idée allait à coup sûr bouleverser l'ensemble de l'économie. En démocratisant cette injection, et en rendant le produit accessible à tous, la firme pharmaceutique verrait son chiffre d'affaires exploser. Mais pas seulement. Les sociétés, dans tous les secteurs, profiteraient tôt ou tard de cette augmentation de bénéfices. En effet, avec le Bogolux, plus d'arrêt de travail ni de départ à la retraite. Les employés les plus productifs le resteraient pour l'éternité. Encore fallait-il leur administrer la solution antivieillissement à un âge stratégique. Pas question pour les dirigeants de rendre immortelles des personnes âgées. Les maisons de retraite seraient submergées et les caisses de l'État, vidées.

Non. Il fallait doper le monde entier à son âge le plus rentable. Selon les études qui avaient été réalisées à cette époque-là, le lendemain des vingt-trois ans d'un être humain constituait le moment optimal sur le plan de la vitalité. Là où la courbe de santé atteignait son apogée.

Il fut donc inscrit dans les constitutions de tous les territoires du globe l'article suivant :

« La prise de Bogolux est rendue obligatoire pour chaque individu, à raison d'une injection dans un centre agréé Pharmabion, au lendemain de son vingt-troisième anniversaire. Elle devra être renouvelée tous les trois ans. Les personnes plus âgées sont priées de s'en remettre à la loi de la nature et de décéder en temps voulu. Il leur est fermement interdit de recourir au Bogolux.

En cas de non-respect de l'un des deux devoirs mentionnés précédemment, la peine sera identique et exemplaire pour tout le monde : celle du bûcher ».

La peine du bûcher consistait tout simplement à brûler vive toute personne qui venait à entraver ce nouveau règlement. Car la seule façon de tuer un immortel était de recourir à la combustion intégrale. Une seule cellule restée intacte déclenchait aussitôt le processus de reconstitution d'un corps dans son intégralité. Et pour détruire un maximum de cellules dans un délai minimum, rien de plus efficace que le feu. Les chercheurs s'étaient accordés sur cette conclusion après l'incendie d'un immeuble. Même les habitants sous Bogolux avaient péri au cours de l'accident. Comme les sorcières du Moyen-âge, les désobéissants du XXIème siècle seraient donc jetés aux flammes sans discuter. Quant à sanctionner les réfractaires à l'injection, la quantité de travail ne submergea pas les forces de l'ordre. Au contraire. L'immortalité incarnant l'ultime rêve des êtres humains, rares étaient ceux qui refusèrent cette chance. Même les moins riches trouvèrent des solutions pour se payer la cure de leur vie. À l'inverse, de nombreux individus trop âgés tentèrent de modifier leur date de naissance afin de recevoir frauduleusement la dose interdite. Mais il ne suffisait que d'une seule consultation médicale pour repérer les menteurs. Les dernières avancées scientifiques avaient permis d'affiner considérablement les résultats des analyses sanguines, notamment sur la datation des humains.

Les années passèrent et de plus en plus de visages se figèrent au stade de leurs vingt-trois ans. Cela provoqua d'étranges situations. Les personnes âgées décédaient et se raréfiaient. Les maisons de retraite se vidaient tandis que les entreprises augmentaient leurs bénéfices et leurs embauches. Des couples, tiraillés par une différence d'âge grandissante, finissaient par se séparer. Un époux pouvait découvrir ses premières rides dans le miroir, pendant que son âme sœur admirait sa peau éternellement lisse et juvénile.

Si la période de transition s'avéra dure à vivre, car il fallait à la fois dire adieu aux derniers mortels et accepter l'idée de ne pas mourir, l'existence offerte au monde du futur s'annonçait des plus paisibles. Les Hommes ne se firent plus la guerre, car il leur était impossible de tuer leurs ennemis. Les plus motivés abattirent leurs adversaires à coups de lance-flammes, mais abandonnèrent bientôt cette méthode, tant elle était laborieuse et barbare. Les problèmes d'emploi n'existaient plus, car l'économie florissante avait permis le recrutement de chaque nouvel immortel. Chacun vivait son train-train quotidien sans plus se poser de questions sur sa santé ou sur celle de son voisin. Comme le bogo, les personnes blessées ou atteintes de maladies se régénéraient instantanément.

La vie n'était plus « trop courte », mais sans fin. On avait le temps d'accomplir n'importe quel projet, quelle que fût son envergure.

Un seul point noir obscurcissait le tableau. S'il était impossible de mourir, à moins d'un embrasement, il restait possible de naître. Et cela posait un problème à la fois mathématique et technique. Tandis que la population augmentait de façon exponentielle, la Terre, elle, ne grossissait pas le moins du monde. Les villes furent très vite surpeuplées, à tel point que l'on dut construire des routes superposées pour ne pas se marcher dessus. On bétonna les campagnes pour accueillir toujours plus d'habitants. Déforestation, manque de nourriture, pénurie d'eau : nombreuses furent les conséquences dévastatrices de l'immortalité.

L'urgence d'une solution radicale apparut implacable. Et celle-ci tombait sous le sens.

Les enfants étaient devenus des bombes à retardement, personne ne pouvait plus le nier. Il fallait donc interdire aux adultes d'en créer. La stérilisation, dont l'efficacité contre les grossesses n'était plus à prouver, se révéla incompatible avec la prise de Bogolux. Cela causa à celles qui tentèrent l'expérience de graves crises d'épilepsie et la perte totale d'utilisation de leurs membres. Des immortels en fauteuils roulants n'incarnaient clairement pas le succès, ni pour l'économie ni pour le bien-être de l'humanité. Les pouvoirs gouvernementaux comptèrent donc sur la responsabilité individuelle et demandèrent à l'ensemble des citoyens d'utiliser des contraceptifs. Les Hommes n'étant pas infaillibles, ni les contraceptifs, nombre d'accidents eurent lieu. Mais là encore, les dirigeants détenaient la solution. Les femmes enceintes furent forcées d'avorter. Et si elles réussissaient à passer l'étape de l'accouchement, leur enfant se faisait abattre sur-le-champ.

Lorsqu'il s'agissait de maintenir le nombre de terriens immortels sur la Terre à un niveau stable, les forces de l'ordre avaient absolument tous les droits. La règle demeurait d'ailleurs la même dans chaque pays. L'éthique n'existait plus. Trois priorités : conserver une vitalité égale à celle de vingt-trois années d'existence, ne jamais tenter de mettre fin à ses jours et s'interdire d'enfanter. Si l'on respectait ces conditions, on bénéficiait de tout l'attirail du bonheur. Chacun possédait un toit, un emploi, un logement, une santé de fer et une vie éternelle. Le risque de révolte apparaissait si nul qu'il ne constituait en rien une menace pour les gouvernements. En fixant le nombre d'habitants de la Terre à un seuil précis et immuable, les dirigeants du monde pouvaient offrir à leurs populations un pouvoir d'achat correct et tout le confort nécessaire, en échange de quoi celles-ci s'engageaient à travailler sans jamais cesser.

Parce qu'on en consommait tous les trois ans afin de préserver ses effets sur la durée, le Bogolux se fabriquait en masse. Les stocks n'étaient jamais épuisés. Pour cela, les scientifiques s'acharnèrent. Pas un jour ne passa sans prélever l'ADN du bogo. Malheureusement pour lui, l'animal ne trouva pas de clone immortel. Les tentatives se soldèrent toutes par un échec. Seul le poisson original était doté de facultés autorégénérantes. Chaque matin, la même créature aquatique y passait. Son corps se faisait disséquer, exploiter et transformer en millions de fioles. Celles-ci étaient alors conservées dans des lieux ultra-sécurisés. Tout comme le bogo, planqué comme le plus précieux des diamants. Après une session de production intensive, les biologistes ralentirent la cadence. Bientôt, un seul jour de vivisection par semaine leur suffit à renflouer les étagères des centres pharmaceutiques.

Tous les trente-six mois, donc, les humains étaient convoqués dans des cliniques conventionnées par l'État pour obtenir leur nouvelle injection. Celle-ci, à la fois payante et obligatoire, forçait dans le même temps les Hommes à continuer de travailler. Le Bogolux ne constituait pas la seule taxe imposée. La Terre croulait sous les impôts de toutes sortes. Une façon, là encore, d'empêcher les employés de quitter leur job.

En outre, les effets secondaires des injections ne permettaient pas aux immortels de pousser leurs réflexions bien loin. L'éternité corporelle leur demandait tellement d'énergie que leurs capacités mentales réduisaient à mesure que les années avançaient. Le travail interminable auquel se livraient les Hommes n'aidait pas non plus à garder un cerveau performant. Celui-ci se focalisait uniquement sur le métier exercé. Comme lobotomisés, les humains exécutaient leurs tâches, assouvissaient leurs besoins primaires et recommençaient le jour suivant. Sans enfant à s'occuper, hommes et femmes ne pensaient à rien d'autre qu'à leur carrière, leurs corvées ménagères et leur repos dominical.

Rapidement, la joie d'être immortels laissa place à la lassitude. L'idée d'une existence infinie devint une immense source d'angoisse chez de nombreux individus. Surtout les personnes seules et dépressives. En effet, même le suicide se révéla impossible. Les veines entaillées se ressoudaient aussitôt, les plaies se refermaient d'emblée, les poumons se régénéraient au quotidien : rien ne permettait de se donner la mort. Quelques téméraires, dont la volonté de mettre un terme à leur existence gagnait sur la peur de souffrir, avaient recours à l'ultime moyen. Ils s'immolaient par le feu. Mais lorsqu'ils le faisaient en public, les policiers accouraient et éteignaient le brasier, ce qui devenait encore plus insupportable. Alors, les suicidaires devaient à la fois supporter leur survie forcée et la douleur liée aux brûlures. Car même si leurs cellules se régénéraient, de telles lésions restaient longues à cicatriser.

Si l'on voulait profiter de sa vie éternelle sans en pâtir, le mieux était encore de ne pas se poser de questions. L'intelligence humaine et le progrès avaient permis de bénéficier du summum de l'opulence. Du plus beau des privilèges. Du comble de la richesse. Du plus incroyable des avantages. L'immortalité, qui depuis tout temps obsédait scientifiques, personnes âgées, cinéastes, auteurs de science-fiction et enfants, leur était désormais offerte sur un plateau d'argent. Présenté ainsi, les trente milliards d'êtres humains qui peuplaient alors la Terre ne pouvaient que se montrer reconnaissants. Certes, leurs ancêtres étaient décédés et leur progéniture n'existerait jamais. Mais le monde leur appartenait. Ils avaient l'opportunité de voir défiler les siècles, ils avaient la chance de ne plus manquer de temps. Ils pouvaient expérimenter tout ce qui leur traversait l'esprit. Ils étaient capables de survivre à toutes les folies. Jamais ils ne connaîtraient les bombardements ni les cancers, et encore moins les problèmes de vieillesse. La mort ne générait plus la peur, mais la curiosité.

***

2100. Tant de temps était passé depuis la création du Bogolux que l'on ne se souvenait plus vraiment de la mort. Ni du visage d'un bébé. Seuls les animaux et les plantes continuaient de périr et de se reproduire. D'ailleurs, certaines personnes vivaient leur désir d'enfants à travers leurs animaux de compagnie. Les chats et les chiens avaient remplacé les nouveau-nés.

On les habillait, on leur donnait le biberon, on les transportait en poussette. Et lorsque leurs compagnons à quatre pattes mouraient, les humains prenaient conscience de l'éphémérité de la vie et de l'éternité de la leur. Partagés entre le désespoir du vide et la sensation d'être privilégiés, les immortels remplissaient leur temps comme ils le pouvaient, en lui donnant un tant soit peu de sens.

CHAPITRE 3

L'année-sens

Dans le top des plus grandes frustrations humaines, celle de ne pas avoir d'enfant se plaçait généralement en première position. Pour Lucy et Bob, c'était même devenu une obsession. Ensemble depuis près de soixante ans, cet inséparable couple n'avait qu'une seule idée en tête : réaliser ce rêve impossible. Lassés par la vie monotone et infinie qu'ils menaient, les deux immortels fondèrent dans cette envie d'enfants tous leurs espoirs. Avec un petit, ils se sentiraient enfin bons à autre chose qu'à fabriquer des meubles. Ou à servir des cafés. Ou à tenir des boutiques. Avec un bébé, ils concrétiseraient enfin un projet personnel. Ils se reconnecteraient à la vie. Car étrangement, plus ils vivaient longtemps, et moins ils semblaient vivants. Déshumanisés par les injections, robotisés par le travail, Lucy et Bob avaient besoin de folie. Quitte à exister éternellement, ils comptaient bien faire preuve d'audace et pimenter leur vie. Ils feraient un gosse, coûte que coûte. Même si cela devait prendre un siècle.

Effectivement, cela prit un siècle. La première fois, non expérimentés, les deux amoureux se firent très rapidement pincer par les représentants de la loi. Le ventre à peine arrondi, Lucy fut emmenée de force à la clinique la plus proche par un policier à l'œil avisé. Là-bas, elle subit tests sanguins et avortement médicamenteux. Le traumatisme n'empêcha pas le couple de réitérer.

Régulièrement, la « jeune » femme tombait enceinte. Chaque fois, l'amplitude des vêtements cachait difficilement son ventre imposant. Obligée de continuer à travailler, les arrêts de travail n'ayant plus lieu d'être, Lucy faisait tout pour tenir sans montrer aucun indice sur ses grossesses.

Mais lorsque ce n'était pas son abdomen rebondi, c'était ses contractions de fin de gestation ou les nausées des premières semaines qui la trahissaient. Il y avait toujours un collègue ou un patron pour prévenir les gendarmes. Tantôt par jalousie, tantôt par asservissement, son entourage se révélait souvent aussi dangereux que les militaires. Pour atteindre son rêve, Lucy traversa les pires souffrances. Avortements tardifs, fausse- couche : rien ne l'arrêta. Faire un bébé était la cause pour laquelle elle avait décidé de se battre jusqu'au bout. Au bout de l'infini.

Pour Bob aussi, les échecs devinrent difficiles à avaler. Surtout lorsqu'enfin, après neuf mois de grossesse sans faillir, sa femme donna naissance. Deux jours après l'accouchement, les pleurs du petit éveillèrent les soupçons d'un passant et le drame ne mit pas longtemps à avoir lieu. Le nourrisson fut abattu sans sommation.

Au lieu de le faire abandonner, cet assassinat renforça la volonté du couple. Ils lui donneraient la vie à cet enfant. Bob et Lucy traversèrent pas moins de cinquante-trois grossesses avant la naissance de June, en 2199.

Le petit garçon aux yeux bleus fut baptisé ainsi par rapport à son mois de naissance. Juin. À force de perdre des enfants, les parents avaient décidé de ne pas trop s'attacher les premiers temps. Donner un nom au hasard était une façon de ne pas s'impliquer. Mais les semaines passèrent et June subsistait. Comme s'il avait été programmé pour survivre et passer inaperçu, le bébé ne pleurait pas. Dans le ventre de sa mère, déjà, il avait facilité les choses. Sa petite taille avait permis à Lucy de n'attiser aucune suspicion autour d'elle.

Une fois né, l'enfant ne se montra pas plus contraignant. Silencieux, patient, il parvenait à résister malgré l'absence régulière de ses parents. Occupés par leur travail, ceux-ci rentraient chaque soir la boule au ventre, de peur de trouver leur petit décédé. Il faut dire que côté chances de réussite, ils avaient mis le paquet. Habilement, ils avaient renégocié leurs horaires afin de prendre fréquemment le relais à la maison. Et si ni l'un ni l'autre ne pouvait rester auprès du bébé, celui-ci était installé dans un couffin bricolé. Quand le petiot avait faim, il parvenait à attraper la tétine du biberon qui pendait au-dessus de lui. Enfin, lorsqu'il atteignit l'âge de parler, ce qui n'était jamais arrivé pour aucun enfant né avant lui, June fut séquestré dans un endroit plus sûr.

Malgré toute leur bonne volonté, Bob et Lucy s'étaient évidemment attachés à leur marmot tant désiré. D'ailleurs, une peur bleue les tétanisait : que ce bonheur cessât. Pour sa sécurité, ils décidèrent donc d'enfermer le petit au sous-sol jusqu'à ses vingt-trois ans. À cet âge, le jeune homme pourrait se fondre dans la masse et recevoir sa toute première injection de Bogolux, feignant alors un renouvellement du produit. Là, seulement, il pourrait vivre à découvert.

Voilà le plan des parents. Mais celui du gosse était tout autre. À mesure qu'il grandissait, il comprenait où il se trouvait. Dans une cave. En dessous du salon. Ses parents lui avaient plusieurs fois expliqué qu'ils l'y avaient installé pour son bien. Qu'il risquait de mourir s'il se faisait remarquer. L'enfant, pourtant de nature joyeuse, en voulait à sa famille. Comment deux personnes qui disaient l'aimer pouvaient lui interdire de découvrir le monde ? Plus les années passaient et plus le petit garçon se renfermait sur lui-même. Son sourire devenait rare. Il souffrait de solitude et d'injustice. Pour couronner le tout, un nouveau sentiment encore plus déstabilisant percuta son esprit au matin de ses dix ans.

Allongé sur son lit de camp, June regarda sans réelle intention les murs qui l'entouraient. Puis le plafond. Tout paraissait si gris et froid dans ce sous-sol. Les quelques posters et chauffages d'appoint que lui avaient descendus son père et sa mère ne changeaient rien à la triste ambiance du lieu. June s'embêtait terriblement. Aujourd'hui, c'était son anniversaire. Mais les quelques cadeaux qu'il recevait chaque année à cette date ne l'égayaient pas. Ne l'égayaient plus. Désormais, il prenait conscience de l'insipidité de sa vie. Pour lui remonter le moral, ses parents ne cessaient de lui répéter qu'il avait de la chance. Qu'il incarnait le seul enfant vivant sur cette planète et que l'enfermement était le prix à payer pour exister.

Mais que valait l'existence dans ces conditions ?

Tandis qu'il rêvassait en lorgnant la pièce dans laquelle il avait grandi et qu'il connaissait donc par cœur, jusqu'aux plus minuscules fissures sur les murs de parpaings, June eut comme un flash. Contre les parois de son esprit, une image se projeta net : sa mère ouvrant la porte en souriant.

Cinq secondes plus tard, cette même mère, réjouie, ouvrait la porte. Elle semblait cacher quelque chose derrière son dos.

— Bon anniversaire, mon chéri ! Je t'ai apporté une surprise ! Avant même qu'elle ne révélât ce qu'elle tenait dans sa main,

June eut une nouvelle vision.

— Bleu à pois rouges, fit le garçon.

— Qu'est-ce que tu dis ?

Lucy tendit un cadeau. Un cadeau bleu à pois rouges.

— Ouvre ! lui chantonna-t-elle joyeusement, sans faire attention

à la remarque de son fils.

June restait perplexe. Les yeux rivés sur le paquet, le garçon sursauta tandis qu'une troisième image lui apparut. Une image qu'il connaissait déjà par cœur.

Lucy s'assit sur le lit, les yeux hagards.

— Papa t'a dit ce que j'allais t'acheter ?

— Non, répondit June, interloqué par sa propre réflexion.

Il se rendit compte que le cadeau n'était toujours pas déballé. Le livre sur les oiseaux qu'il venait de regarder n'était pas posé sur ses genoux, mais suggéré par son cerveau. Effrayé, il arracha l'emballage et découvrit ce même ouvrage.

Les premiers temps, Bob et Lucy n'admirent pas les pressentiments de leur fils. Mais ceux-ci devinrent si réguliers qu'il leur fut très vite impossible de les nier. June avait prévu l'orage avant qu'il n'éclatât, le coup de téléphone du voisin avant que la sonnerie ne retentît, l'accident de voiture de son père et même la mort du chat. Pour ne pas prendre June au sérieux, il fallait ne pas le vouloir.

Les dons du petit garçon augmentaient le côté miraculeux de son existence. L'enfant apparaissait doublement précieux.

Bob et Lucy étaient tenus de garder ce secret qui chaque jour les torturait davantage. En plus d'un survivant, leur fils était devenu un être exceptionnel. Ils avaient hâte de lui offrir cette liberté dont il rêvait. Dès que le moment serait venu, ils s'y attelleraient.

Mais June supportait de moins en moins cette attente interminable. Et ses étonnantes capacités n'arrangeaient rien. Au début, elles lui passaient le temps. Mais à force, elles le rendaient cinglé. Personne ne pouvait lui expliquer ce qui lui arrivait. Pourquoi il sortait du lot. Seul face à ses visions, June pensait souffrir d'une maladie psychiatrique. Il l'avait lu dans des livres : la folie n'est compréhensible que par ceux qui n'en sont pas atteints. S'il était réellement fou, cela expliquerait bien des mystères. Mais pour en avoir le cœur net, il devait sortir de sa prison bétonnée. Il en était certain : il ne pourrait patienter treize années de plus. Pas dans ces conditions. Alors que ses parents sortaient chaque jour de la maison, profitaient de la lumière du soleil et respiraient l'air frais, lui devait se contenter de l'éclairage des néons et inspirer l'humidité ambiante de la cave. Même s'il ne pouvait vraiment savoir à quoi ressemblait le « dehors », la pénombre du sous-sol pesait lourdement sur son moral. Et les livres qu'il ne cessait de dévorer depuis qu'il était en âge de lire lui apportaient quelques éléments sur ce dont il était privé. Son immense imagination lui jouait des tours. Une seule envie l'oppressait : découvrir le monde de ses propres yeux.

Tous les lundis matin, Bob et Lucy partaient travailler. C'était donc le jour idéal pour s'échapper. La veille, June avait prétexté vouloir apprendre à bricoler avec son père pour lui subtiliser un marteau. Il avait caché l'outil sous sa couverture et n'attendait que le départ de ses parents le lendemain matin pour l'utiliser. Au moment du coucher, il les embrassa un peu plus longuement que d'habitude, mais les deux adultes n'y virent que du feu.

June ne ferma pas l'œil de la nuit. La peur et l'excitation l'empêchèrent de dormir. Tandis qu'il se retournait dans son lit, les interrogations ne le quittaient pas. Il savait qu'il devrait se cacher. Ses parents n'avaient cessé de lui dresser la liste des dangers extérieurs. Même s'il les croyait, il ne pouvait s'empêcher de réfuter cette thèse. Sans doute avaient-ils simplement exagéré pour le faire renoncer à ses envies d'évasion. Pour autant, il comptait bien faire attention. Comment allait-il se débrouiller pour survivre plusieurs années sans jamais adresser la parole aux autres humains ? C'était certainement impossible. Mais le désespoir qu'il ressentait au quotidien le poussait à tenter l'invraisemblable. Quitte à se faire tuer, il voulait au moins admirer une esquisse de cet univers auquel il n'avait jamais eu accès.

Un petit déjeuner servi dans sa cave, deux bises, quelques claquements de portes, un bruit de moteur… La voie était libre. June sentit son cœur battre plus rapidement que d'habitude. Il fouilla sous la couverture et attrapa le marteau. Il se leva et tapa de toutes ses forces contre la porte du sous-sol. Celle-ci avait été fermée à double tour. Le bois céda enfin. Le garçon glissa sa petite main au travers et tourna le verrou. La porte grinça. Devant lui, un escalier. Il gravit les marches qu'il n'avait aperçues qu'au loin lorsque ses parents lui rendaient visite. Une deuxième porte. Une vaste pièce. Tout paraissait nouveau pour le bambin. Tout semblait gigantesque. Pas le temps d'observer, il fallait se presser. June tourna le verrou de la porte d'entrée, appuya sur la poignée fébrilement. Dans l'interstice, il regarda l'extérieur. Pas d'humain à l'horizon. Le garçon courut à toute allure dans l'allée pavillonnaire et se cacha derrière le premier buisson qu'il trouva. C'était moins une ! Un homme passa. D'abord dans sa tête, en vision, puis devant lui.

Depuis sa cachette, il explora les alentours. Les maisons, le ciel, les routes, les voitures garées. Il avait déjà vu la plupart de ces choses en photos dans des livres, ou en mouvement dans des films. Mais en vrai, jamais. June sursauta à la moindre occasion. Un chant d'oiseau, un klaxon, un bruit de pas, un aboiement. L'air de l'été ne ressemblait en rien à celui de la cave.

La chaleur abordait délicatement la surface de sa peau. Mais la clarté ambiante lui piquait les yeux.

June attendit quelques minutes. Lorsqu'il se sentit prêt, il fila à tout berzingue jusqu'à la prochaine ruelle vide. Dans sa précipitation, il n'avait pas suffisamment fait preuve de discrétion. D'ailleurs, il le sentait, sa sécurité était en jeu.

Soudain, une nouvelle vision lui traversa la cervelle. Un homme marchant dans une rue qu'il connaissait. C'était celle qu'il venait d'emprunter avant de se retrouver dans cette venelle pavée. June s'enfuit au moment même où l'individu apparut en chair et en os à l'angle du trottoir. Une course-poursuite s'initia. La peur dota le garçon d'une énergie phénoménale. Tandis que le policier qui l'avait repéré lui courait après, June tenta l'impossible pour lui échapper. Il ne prit même plus la peine de rester prudent, sa vie était à deux doigts de lui échapper. Il emprunta une rue passante et se mêla à la foule. Au milieu de tous ces adultes, le jeune garçon devint invisible. Il marcha entre les piétons, se faufila à la dernière minute dans un restaurant, traversa la salle, passa par l'arrière-cour, le tout sous les yeux ahuris des immortels. Personne n'avait vu d'enfants depuis des lustres. La plupart n'en avaient même jamais croisé. Pour la majorité, June apparaissait donc comme une personne imberbe et de petite taille. Au milieu de toute l'agitation, l'homme qui poursuivait le marmot le perdit rapidement de vue. Il contacta immédiatement ses collègues, tandis que le jeune garçon continuait de courir à en perdre haleine. Au bout d'une vingtaine de minutes, il se retrouva dans un bois. Avec difficulté, il grimpa dans un arbre et s'assit sur la plus haute des branches où il reprit enfin son souffle.

June ne s'en doutait pas, mais son passage dans les rues de la capitale avait fait grand bruit. Sur toutes les chaînes de télévision, un avis de recherche défilait en boucle.

***

« Recherche mortel d'une dizaine d'années, brun, environ 1m40. À été aperçu dans le quartier sud de Becville. Vêtu d'un t-shirt bleu de superhéros et d'un pantalon noir. Forte récompense si retrouvé, vivant ou mort ».

En voyant s'afficher le message sur l'écran de la cafétéria ce jour-là, Lucy laissa échapper un cri strident. Ses collègues la regardèrent avec curiosité. La mère de June se reprit aussitôt.

— J'ai vu passer une souris, souffla-t-elle pour se justifier. C'est fou cette histoire d'enfant quand même !

— Encore une qui n'a pas voulu utiliser de préservatif, se moqua une serveuse en jetant un regard accusateur à Lucy.

Tout le monde connaissait bien son passé de génitrice récidiviste.

— Ne me reluquez pas comme ça, beugla-t-elle à l'ensemble des employés du restaurant. Ça fait bien longtemps que j'ai lâché l'affaire.

— Bien longtemps... Une dizaine d'années par exemple ? lui demanda son patron.

Serveurs et plongeurs observèrent la suspecte avec mépris. Cette dernière avait l'habitude, mais cette fois, elle éclata en sanglots tandis qu'elle se remettait à essuyer les verres chaudement sortis de l'immense lave-vaisselle. Elle en était sûre, son fils allait mourir et il lui était impossible de quitter son poste. Dix ans, un t-shirt de superhéros : pas de doute. Le garçon recherché, c'était June. Comment avait-il pu quitter la cave ? Comment avait-il osé lui cacher son projet ? Tant d'années à sacrifier sa liberté pour lui assurer un avenir radieux, tant de bonheur à ses côtés pour tout perdre en seulement quelques minutes. Et voilà que les collègues avaient décelé son secret. Maintenant que son garçon s'était évadé, personne ne pouvait plus rien contre elle. Il lui fallait juste subir les remarques désobligeantes et assister péniblement à la mise à mort de son fils. Comme une trentaine de fois par le passé. Rester impuissante face à l'assassinat de son propre enfant, voilà assurément le plus infâme supplice d'une existence éternelle. Les larmes aux pommettes, la vaisselle humide dans ses mains, elle ne lâcha pas l'écran du regard.

***

June se réveilla par une prémonition. Celle d'un groupe d'individus armés dans les bois. Il ouvrit les yeux et, prenant conscience de la hauteur à laquelle il se trouvait, sursauta. Exténué par la course-poursuite, le garçon s'était endormi sans s'en rendre compte sur la branche du chêne sur lequel il avait trouvé refuge.

Désormais, il faisait pleinement confiance en ses visions. Même si elles débarquaient sans prévenir, et si par leur impétuosité elles manquaient parfois de lui causer du tort, jamais elles ne se trompaient. Néanmoins, la situation qu'elles annonçaient avait toujours lieu au plus tard une minute après leur apparition. June devait donc se dépêcher, les hommes qui étaient à ses trousses n'allaient pas tarder à débarquer.

Il tendit le bras, attrapa une branche bien feuillue et la tira de toutes ses forces devant lui. Accroupi, il croisa les doigts pour qu'on ne le remarquât pas à travers les feuilles. Il attendit.

— Par là ! Les herbes sont écrasées !

— Ça pourrait très bien être une biche, chef.

— Une biche… Non, mais vous l'entendez lui ?! L'autre, il n'a même pas réussi à obtenir son permis de chasse, et il me parle de biche ! Laisse donc parler l'expert, va !

Les ricanements s'amplifièrent à mesure que les hommes se rapprochaient de June.

— Chef !

— Mmh.

— Vous croyez vraiment qu'il se serait caché dans la forêt ?

— Écoute-moi bien. S'il avait été en ville, on l'aurait repéré, crois-moi ! Un gosse au milieu des adultes, c'est comme un hippopotame au milieu d'un troupeau de vaches, ça ne passe pas inaperçu !

Les nouveaux rires semblaient bien plus proches. À vrai dire, la troupe était en train de marcher juste devant le chêne. June, inquiet, retint son souffle. Son cœur battait avec tellement de vigueur qu'il craignait que le bruit ne trahît sa présence.

— Taisez-vous un peu, bande de nigauds. Faudrait pas que le p'tit nous échappe à cause de vos conneries ! brailla l'un des traqueurs.

Une angoissante image infiltra subitement l'esprit de June, et faillit le faire tomber. La vision montrait simplement un regard perçant, pointé dans sa direction. En se retenant pour ne pas glisser de l'arbre, le garçon fit malencontreusement bouger la branche qu'il tenait toujours devant lui. Un gland s'en décrocha et chuta en plein sur le crâne chauve de l'un des hommes. Le dernier de la file. Celui-ci se gratta la tête et leva immédiatement les yeux vers les branchages. L'oppressant regard que June venait de croiser en pensée le saisit une seconde fois. En vrai, la sensation s'avérait encore plus désagréable. Car une fois repéré, le garçon ne pourrait fuir. Du haut de son arbre, le jeune garçon se trouvait piégé.

À travers l'épais feuillage, l'homme avait-il perçu son visage ? Ou regardait-il la branche qui le cachait par le simple fruit du hasard ? Toujours était-il que June passait à deux doigts de la crise cardiaque. Ou d'asphyxie. Les fourmis envahissaient ses jambes au sens propre comme au figuré tandis qu'il attendait que la tension s'atténuât. L'homme chauve s'était arrêté de marcher et maintenait silencieusement le regard dans sa direction. L'instant sembla durer des heures.

— Bill ! Viens, on a peut-être une piste ! cria un agent au loin.

— J'arrive ! hurla le traqueur au pied du chêne, détournant enfin les yeux de June. Mince, j'étais à deux doigts de voir un écureuil, fit-il à voix basse alors qu'il rejoignait le reste de sa troupe.

Une fois seul, June se relâcha. Il avait tellement transpiré que ses chaussures en étaient détrempées. Les gouttes avaient ruisselé de son front et inondé le reste de son corps. Ses années de confinement n'avaient pas été propices au développement de sa musculature. Ni au stress des grandes aventures. Les épopées, il les avait lues dans les romans. Mais ses jambes flageolantes et ses bras chétifs n'avaient pas été préparés à les vivre. S'il avait réussi à grimper sur cet arbre, c'était uniquement par instinct de survie. Telle une proie fuyant ses prédateurs, il n'avait pas réfléchi une seule seconde. Il avait puisé ses forces dans une source inconnue.

Maintenant que les émotions étaient retombées, allait-il pouvoir redescendre ? Et pour se rendre où ?

June n'eut pas le temps de réfléchir davantage. L'épuisement et l'étourdissement avaient pris possession de son corps, et lorsqu'il se releva en lâchant la branche qui le dissimulait, il perdit inévitablement l'équilibre. Le garçon chuta du chêne dans un grand fracas. Une intense douleur démarra à ses pieds, courut le long de sa colonne vertébrale et retentit dans le haut de sa tête, provoquant dans le même temps une migraine affreuse. June ne put s'empêcher de hurler.

Allongé au sol, les yeux fermés, il vit apparaître un visage cagoulé. Fatigué par ses visions toujours plus terrifiantes, le gamin perdit espoir. Car encore une fois, il demeurait impuissant. Il n'avait d'autre choix que de subir à nouveau les évènements qu'il venait de voir dans son esprit. Au lieu de lui rendre service en lui épargnant le danger, ses prémonitions lui faisaient doublement vivre l'enfer. Il le savait, quelqu'un allait se pencher au-dessus de lui. Il en était sûr, sa vie cesserait d'ici quelques minutes au plus tard. Cloué au sol, il attendit la mort.

« Une balle dans le cœur serait la méthode la plus rapide et la moins douloureuse », songea-t-il. Les paupières closes, June prit soudainement conscience de la bonté de ses parents. Bob et Lucy avaient raison. Ce monde était incompatible avec la jeunesse. Il n'aurait jamais dû quitter sa cave humide. Rien ne valait la peine de prendre tant de risques. Pas même la joie d'apercevoir le ciel ou de grimper à un arbre. Une larme de culpabilité coula le long de sa figure transie tandis qu'il rouvrait les yeux.

Au-dessus de lui, comme prévu, un visage cagoulé lui faisait face. Posté à seulement quelques centimètres de sa peau, l'individu le regardait avec insistance. June se mit à sangloter.

— Allez, tuez-moi, qu'est-ce que vous attendez ?! Dépêchez- vous puisque je vous dérange tant que ça !!! s'égosilla le garçon. La silhouette noire posa un doigt sur la bouche de l'enfant et lui pria de se taire. Sa voix masculine traduisait une certaine maturité. Elle apparaissait bien plus rauque que celles que June avait entendues autour de lui jusqu'à présent.

L'homme regarda aux alentours, comme pour s'assurer qu'il n'avait pas été repéré. Il souleva la tête de June et lui passa un large bandeau qui lui recouvrit à la fois la bouche et les yeux. Paralysé par le mal, tétanisé par la peur et désormais aveugle et muet, le marmot se laissa guider par l'inconnu. Ce dernier l'extirpa du sol et le porta sur son épaule avant de courir à travers bois. La route apparut longue et mouvementée. Effrayé, perdu dans l'obscurité, June continuait de pleurer d'angoisse et de se tordre de douleur. Si seulement il avait au moins pu tomber dans les pommes, de sorte qu'il fût plus rapidement fixé sur son avenir ! Comment serait-il tué ? À quelle sauce allait-il être mangé ? Le jeune mortel ne pouvait plus supporter ce suspens infernal.

Alors qu'il perdait patience et que ses nausées empiraient, June fut déposé sur ce qui, au toucher, ressemblait à un matelas. Après quelques minutes de flottement dans un brouhaha de chuchotements incompréhensibles, quelqu'un lui retira d'un mouvement brusque le bout de tissu qui lui cachait le visage.

CHAPITRE 4

Re-père

June fut d'abord ébloui par la soudaine clarté du lieu. Le contraste avec le voyage à l'aveuglette qu'il venait de vivre troubla sa vision. Mais rapidement, les formes qui l'entouraient devinrent nettes. En réalité, seules quelques bougies éclairaient la pièce voûtée dans laquelle il se trouvait. Avec stupeur, le garçon comprit qu'il n'était pas seul au milieu des chandelles. Une quinzaine d'individus demeuraient postés devant lui. Comble de l'étonnement : il ne s'agissait pas d'adultes, mais d'enfants. Certains semblaient même autrement plus jeunes que lui. Au moment où il prit conscience de l'apparente candeur de ses hôtes, June ressentit une vive douleur dans sa jambe droite. Une fillette s'approcha de lui. Le visage crispé, il geignit des phrases incohérentes.

— Qui êtes-vous ? Que fais-tu ? Où suis-je ? Je vais mourir ? Qui sont ces enfants ?

— Tu n'es vraiment pas en état de parler pour l'instant. Tu as subi de nombreuses fractures. Fais-moi confiance.

June, qui ne pouvait de toute façon pas bouger, la laissa faire. Il leva la tête avec le peu de forces qui lui restait et observa les gestes de l'étrange gamine. Dans le même temps, il découvrit avec horreur l'état de sa jambe. Celle-ci pliait dans le sens opposé à la normale. Son genou s'était totalement retourné. Un haut- le-cœur l'empêcha d'observer plus longuement son membre inférieur. La brunette plaça ses mains quelques centimètres au- dessus du genou abîmé et ferma les yeux. Au grand étonnement du garçon, sa jambe glissa toute seule sur le lit et reprit une position correcte. La souffrance qui ne l'avait pas quitté depuis qu'il était tombé du chêne se dissipa aussitôt.

— Mais, comment as-tu f…

— Chut, fit la fillette. Je n'ai pas fini.

Elle lui attrapa la main et fit mystérieusement disparaître la plaie de sa paume, d'un seul mouvement de doigts. Les hématomes et traces de sang qui recouvraient le corps du garçon s'estompèrent à vue d'œil. La petite fille aida alors June à s'asseoir, puis posa les mains sur sa tête et calma sa migraine en quelques secondes. Le garçon n'en revenait pas. Cette môme de six ans venait de le guérir complètement.

— Finiiii ! cria-t-elle joyeusement avant de rejoindre ses camarades en sautillant.

Tous contemplaient l'invité. À part ceux de ses parents, jamais il n'avait croisé de regards aussi bienveillants. Pour la première fois, son cœur reprit un rythme mesuré. Il n'était sûr de rien, mais son intuition – dont il connaissait la fiabilité – lui soufflait qu'il pouvait avoir confiance en ces inconnus. Après un long échange muet, à base de sourires et de clignements de paupières, June fut le premier enfant à rompre le silence. Ce n'était pas par mépris, mais par timidité que personne avant lui n'avait franchi le pas.

— Qui êtes-vous ?

Un petit rouquin d'environ huit ans sauta sur l'occasion pour entamer la conversation. Comme ses camarades, le garçon se réjouissait à l'idée de faire connaissance avec la nouvelle recrue.

— Nous sommes les Éphémères, déclara-t-il d'une voix fluette. Des mortels, tout comme toi.

June, totalement rétabli de sa fracture du genou et libéré de ses atroces douleurs, s'assit en tailleur sur le matelas face au groupe.

L'annonce tenait ses yeux grands ouverts. Il avait bien entendu : il n'était pas le seul à pouvoir mourir.

— Comment cela est-il possible ? demanda-t-il, mi-ravi, mi-interloqué.

— Comme tes parents, les nôtres ont bravé la loi pour nous mettre au monde. Nous nous sommes échappés et nous avons fait la rencontre de Bernie. C'est lui qui nous a sauvés. Il nous protège. Dans ce repaire, nous n'avons rien à craindre. Aucun immortel ne sait où nous nous trouvons.

— Mais, les gens du dehors savent que vous existez ?

— Les puissants sont au courant, mais ils en parlent le moins possible, expliqua une adolescente. La population doit rester inculte, sous peine de rébellion.

— Qui est Bernie ?

Les mystères foisonnaient tellement dans sa tête que June ne parvenait plus à se concentrer sur les explications. Déjà, il avait une autre question à poser. Mais la réponse à la précédente s'illustra d'elle-même, coupant court à l'interrogatoire. Au fond de la pièce, une porte s'ouvrit et un homme apparut. L'individu paraissait fatigué par le temps et les aléas de la vie, mais si sa peau se plissait, c'était d'abord pour laisser place à un large sourire.

— Bienvenue, jeune homme ! s'exclama-t-il en s'approchant de June les bras grands ouverts.

Sa voix était celle du mystérieux kidnappeur cagoulé qui l'avait ramassé dans les bois. June se laissa étreindre par l'inconnu. Après le drame qu'il avait frôlé, un peu de douceur lui fit le plus grand bien. Toutefois, l'apparence de l'homme inquiéta quelque peu le petit June. Jamais il n'avait vu d'adultes tels qu'ils devaient se présenter sans Bogolux.

Conscient de l'effet qu'il produisait à première vue, l'homme recula et s'accroupit à hauteur du jeune garçon.

— Excuse-moi, petit. Je ne me suis pas présenté. Je m'appelle Bernie Floute et à ma connaissance, je suis le mortel le plus âgé du pays. J'ai cinquante-quatre ans. Ce que tu vois sur mon visage, ce sont des rides. C'est tout à fait normal d'avoir des rides lorsqu'on ne prend pas de Bogolux. C'est dû à la vieillesse. Mais on s'y habitue, tu verras. Pour moi, c'est un peu comme un trophée. Chaque nouveau pli dans ma peau représente une étape supplémentaire de ma survie dans ce monde hostile. Ça veut dire que j'ai bien travaillé, en quelque sorte.

Même s'il ne comprenait pas tout, June se sentit légèrement rassuré par les propos de l'homme. Une peau pas lisse, ce n'était peut-être pas esthétique, mais ça avait au moins le bagout de l'originalité. À y réfléchir, c'était même plutôt drôle. Car si les rides étaient considérées comme des signes de vieillesse, Bernie Floute n'avait pourtant rien d'un vieillard. Sur l'échelle du commun des mortels, surtout dans une telle période de chasse à l'homme, il représentait sans doute un exceptionnel doyen. Mais pour un immortel, l'âge de Bernie s'apparentait à celui d'un nouveau-né. À cette époque, les plus jeunes Éternels dépassaient les cent soixante-dix ans et en étaient à leur quarante-neuvième prise de Bogolux.

Parmi les multiples questions qui brûlaient les lèvres de June, l'une d'elles piquait tout particulièrement sa curiosité. Il ne tarda pas à la poser.

— Comment se fait-il que vous soyez mortel ? Pourquoi n'avez-vous pas pris votre injection ? Vous n'auriez plus à vous cacher !
Bernie rit à pleins poumons tandis que les enfants l'imitèrent.

— Comment t'appelles-tu ? lui lança finalement l'homme.

— June…

— OK June. Alors, d'abord il faut me tutoyer. Ensuite, je n'ai absolument pas envie de prendre du Bogolux, comme je refuserais d'avaler du cyanure. Ce produit est l'une des plus grosses conneries jamais inventées. Déjà parce que c'est contre nature d'empêcher les gens de mourir et d'enfanter, mais surtout parce que ses effets secondaires sont tout à fait dramatiques.

— Des effets secondaires ? s'étonna June.

— La liste est longue. Mais parmi les plus importants, tu as la dépression, l'insomnie chronique et la perte de capacités cérébrales. Plus on prend du Bogolux, plus on devient crétin, en quelque sorte.

Face à tant d'assurance de la part d'un type vierge de toute injection, June se braqua. En insultant les immortels, Bernie injuriait ses parents.

— Ah oui ?! Et comment en êtes-vous si sûr ? Vous n'avez jamais reçu la moindre injection, vous vivez éloigné de la civilisation depuis des décennies et vous vous dites expert en effets secondaires du Bogolux ?! Vous êtes pourtant le seul à l'affirmer !

La colère de June n'effraya pas Bernie. Il en avait vu d'autres. Chaque enfant qui avait rejoint les Éphémères était passé par cet état d'hébétement. Après des années d'enfermement, les jeunes fraîchement arrivés ne pouvaient immédiatement faire confiance au groupe. Tels des animaux capturés, il fallait les rassurer. Les apprivoiser. Pour autant, ils ne devaient pas quitter le Repaire sans tout savoir. Car dehors, ce n'était pas la liberté qui les attendait, mais la mort. La mort à coup sûr.

June se leva et fit les cent pas. Comme une souris en cage, il commençait à flairer les issues. Bernie lança un coup d'œil aux enfants aguerris. Ils étaient mieux placés que lui pour calmer le jeune garçon. Ce dernier, les cheveux en pagaille, commençait sérieusement à se demander s'il n'avait pas été piégé. Le stress l'envahit comme une vague de chaleur. Soudain, une vision le heurta. Cela faisait déjà quelques heures qu'il n'en avait pas reçue et la vivacité de l'image dans son cerveau lui fit perdre pied. Il manqua de tomber. Le flash montrait une fille aux cheveux bouclés qui tendait le bras vers la porte. Son visage ne lui était pas inconnu. Elle se trouvait là, dans la pièce, parmi les Éphémères. Était-ce un signe ? Cela signifiait-il qu'il fallait prendre la porte au plus vite ? Sans réfléchir, mué par une sorte d'instinct de survie mêlé à de la peur, June courut en direction de la seule issue de la pièce et l'ouvrit. Mais avant de pouvoir passer le pied, le battant se referma dans un grand claquement. Le garçon tenta de rouvrir la porte, mais cette fois, celle-ci semblait bloquée par une force mystérieuse. Enragé face à sa propre impuissance, June secoua de toutes ses forces la poignée et tremblota nerveusement.

— Ne t'acharne pas, prononça quelqu'un derrière lui.

Perdu dans ses sanglots, le garçon fit volte-face. La fille aux cheveux bouclés se trouvait à quelques centimètres de lui, le bras droit en direction de la porte, comme dans sa vision.

Épuisé et perdu, June se laissa tomber au sol, le dos contre l'issue interdite.

— Laisse-toi un peu de temps avant de nous quitter. Tu verras, on ne te veut aucun mal. Au contraire, tu te sentiras plus libre ici. Et tu pourras enfin comprendre tes capacités mentales qui t'épuisent tant…

— Comment sais-tu que… articula June entre deux reniflements incontrôlables. Et que… qu'est-ce que tu fais avec ton bras ? La fillette, la main toujours tendue vers la porte, fit alors un vif mouvement d'index vers le haut, puis écarta ses doigts. La porte s'ouvrit, faisant tomber le garçon à la renverse. June se releva aussitôt.

— COMMENT AS-TU FAIT ÇA ?! s'exclama-t-il.

Les enfants, tout comme Bernie, ne purent s'empêcher de rire de bon cœur.

— Comment parviens-tu à voir l'avenir ? lui demanda un garçon en guise de réponse.

— Hey ! Vous lisez dans mes pensées ou quoi ?! Soyez précis les gars, vous me faites flipper ! Si vous voulez que je reste un peu avec vous, il va falloir me donner quelques explications quand même !

La fillette qui avait guéri June le prit par la main et le raccompagna vers le matelas où il avait été déposé par Bernie à son arrivée. En chemin, elle se montra la plus concise possible. Son vocabulaire et son assurance étaient ceux d'une adulte aguerrie.

— Nous disposons presque tous ici de pouvoirs atypiques. Comme tu l'as vu, je peux soigner les gens. Victoire déplace les objets à distance. C'est comme ça qu'elle a verrouillé la porte. Chance, lui, a le pouvoir de lire dans les pensées. C'est ainsi qu'il a su que tu prédisais le futur. Quant à Bernie et Mars, ils ont la faculté de se téléporter. Nous t'expliquerons tout cela en détail un peu plus tard. Mais en gros, nous sommes tous égaux ici. Nous disposons tous de capacités, extrasensorielles ou non, et chaque jour, nous apprenons à nous en servir le plus intelligemment possible.

Tandis qu'il écoutait attentivement la petite guérisseuse, June se laissait guider par les gestes synchronisés de ses nouveaux colocataires. Chaque enfant y mettait du sien pour l'apaiser. L'un plaçait un oreiller sur le matelas, l'autre faisait doucement pivoter June à l'horizontale et un troisième retirait ses chaussures. Bernie s'approcha du jeune garçon allongé, le borda sous une couette moelleuse et lui chuchota :

— Il y a tant de choses à savoir, tant de secrets à connaître. La vie est courte, mais elle est belle. Tu verras. Tu as vécu bien assez d'évènements pour la journée. Tu as quitté tes parents, tu as été traqué, tu es tombé d'un arbre et tu t'es fait kidnapper. Te voilà, pour la première fois, confronté à d'autres enfants et à un vieux schnock tout ridé. C'est tout à fait normal de se sentir un peu perdu en pareilles circonstances.

June sourit. Au chaud sous sa couverture, il commençait à se détendre.

— Demain est un autre jour. Nous répondrons à toutes tes questions et tu seras libre de rester ou de partir. Personne ne vit contre son gré au Repaire.

Bernie se leva du lit et posa ses mains sur les épaules de deux Éphémères. Comme si un fil invisible les liait les uns aux autres, l'ensemble du groupe marcha alors dans la même direction, s'éloignant peu à peu de June.

— Laissons-le se reposer, la journée a été rude pour ce jeune gaillard, fit Bernie.

Un adolescent se précipita vers chaque bougie de la pièce en soufflant dessus, tandis que Victoire s'amusait à les éteindre avant lui à distance. Il lui suffisait de fermer le poing en direction de la mèche qu'elle visait pour étouffer la flamme. De loin, les yeux mi-clos, June observait la scène comme s'il s'agissait d'un début de rêve. La situation paraissait si irréelle qu'il ne mit pas longtemps à plonger dans un profond sommeil.

CHAPITRE 5

L'heure-éveil

Il lui semblait avoir dormi deux jours. Ensuqué, June quitta à contrecœur la chaleur de son matelas et se déplaça à tâtons dans la pièce. Sans bougie, la salle était plongée dans la pénombre. À part quelques microtrous dans le plafond, l'épaisse structure de pierre ne laissait passer aucune source de lumière. Après quelques ratés, le garçon attrapa enfin la poignée de porte et pénétra dans un long couloir. Des voix d'enfants, des rires et des bruits de pas résonnaient dans le corridor sombre. Une petite suspension lumineuse l'aida à se diriger jusqu'à la première porte. Il l'ouvrit et se retrouva dans ce qui ressemblait à une salle de sport.

Des tapis de mousse recouvraient sol et murs. Les enfants et jeunes adolescents, habillés en survêtements, ne se laissaient pas déconcentrer. Certains se tenaient face à face, deux par deux, et s'observaient silencieusement en se tenant la tête. D'autres faisaient voler au-dessus d'eux des ballons de foot. Quelques- uns, allongés, fermaient les yeux, comme s'ils méditaient. Une poignée de bambins, à l'autre bout de la pièce, parlaient tous seuls en marchant dans des directions aléatoires.

En le voyant, Bernie émergea du groupe et vint à la rencontre de June.

— Bonjour, petit ! Tu as bien dormi ?

— Il semblerait que oui… Mais je me sens tout engourdi.

— Rien de plus normal ! En plus, tu n'as certainement rien englouti depuis des lustres. Viens donc avec moi, je vais te remettre sur pieds.

June suivit Bernie, et quelques marmots interrompirent leurs activités pour le saluer chaleureusement de la main. Le garçon leur rendit timidement leur bonjour tout en quittant la pièce.

L'homme le mena jusqu'à une grande cuisine. Au milieu, une immense table ronde entourée de chaises semblait appeler le garçon affamé. Bernie l'invita à s'asseoir et lui servit eau, fruits, pain et potage à profusion. Tandis que June mangeait à pleines dents les délicieuses denrées qu'il avait sous le nez, Bernie en profita pour amorcer la longue discussion qui ne pouvait être évitée.

— J'ai trouvé refuge ici quand j'avais dix-huit ans. Mes parents ne voulaient pas que je devienne immortel et ils m'ont fait découvrir cet endroit hors du commun. C'est le lieu idéal pour rester discret durant plusieurs années. L'habitation la plus proche se trouve à deux kilomètres et le Repaire est enfoui sous terre. C'est un ancien bunker.

June entendait sans vraiment écouter. La moindre information l'abasourdissait d'invraisemblance. Lui qui avait grandi dans une cave et pour qui les seuls « amis » s'appelaient « papa » et « maman », explorait le monde comme s'il avait deux ans. Chacun de ses sens s'éveillait au fil des découvertes. Les odeurs de nourriture, les dessins accrochés aux murs de la cuisine, les voix des enfants, le goût des cerises… Car non, jamais auparavant il n'avait mangé de cerises. Certes, le bunker ne changeait pas beaucoup de la cave. Mais ici, il y avait de l'espace. Chaque pièce, pourtant enterrée, faisait la taille d'un appartement F2. Bien que toujours enfermé, June se sentait donc libéré. Même sans soleil ni ciel bleu, le jeune garçon pourrait au moins faire les cent pas sans se cogner contre un mur. D'ailleurs, il préférait de loin tirer un trait sur les chants d'oiseaux plutôt que de se faire tirer dessus. Le peu de temps qu'il avait passé à l'extérieur l'avait suffisamment convaincu de la dangerosité du monde. Alors, sans totalement offrir sa confiance à ses hôtes, il se sentait prêt à les écouter et à apprendre à les connaître.

— Tu veux visiter ? lui demanda Bernie en le voyant observer chaque recoin de la cuisine.

— Visiter ? Mais il y a d'autres choses à voir ?

L'homme rit, posa une main amicale sur l'épaule de la jeune recrue et l'invita à le suivre.

— Il faudra bien la journée pour tout apprécier, mon petit. Ce n'est pas pour rien que j'ai réussi à survivre si longtemps dans cet endroit sans finir dépressif. Ce bâtiment fait la taille d'un terrain de foot. Ou deux.

— June, qui n'avait jamais joué au ballon et encore moins foulé une pelouse, ne pouvait saisir la comparaison. Pour autant, il supposait que cela voulait dire « grand ».

Tous deux quittèrent donc la cuisine et entamèrent leur promenade en rouvrant la porte derrière laquelle s'entraînaient les autres enfants. Cette fois, au lieu de se disperser, le petit groupe s'était rangé en ligne. Un garçon passait devant chacun de ses camarades en proposant un chiffre, auquel son interlocuteur répondait par l'affirmative ou la négative.

— Ah ! chuchota Bernie en entrant avec June. Chance travaille sa télépathie. On ne va pas le déranger longtemps. Ici, c'est la Salle des Entraînements. C'est là où chaque Éphémère peut améliorer ses dons et apprendre à les contrôler. On a des journées dédiées, comme aujourd'hui, mais chacun est libre de s'y rendre quand il en a envie.

Bernie referma la porte et une fois dans le couloir, parla plus fort.

— Toi tu es devin, alors ?

— Devin ?

— Oui, enfin… Tu arrives à prévoir les évènements ? C'est ce que disait Chance, et il se trompe rarement.

June était un peu décontenancé. Il n'avait jamais vraiment parlé de ses facultés, sauf pour convaincre ses parents qu'elles existaient. Pour autant, il se confia.

— Disons que… J'ai des visions. D'un coup, sans prévenir, je vois une image dans ma tête, puis quelques minutes plus tard, elle se présente devant moi en vrai. Je ne sais pas si je suis fou ou…

— Il n'y a absolument rien de fou. Le fait que tes parents aient pris du Bogolux pendant un siècle et demi, ça a forcément provoqué des effets secondaires. Face à l'agressivité du produit et ses conséquences dévastatrices sur le cerveau de tes géniteurs, ton corps a développé une sorte de moyen de défense. En compensation, ton système neurologique s'est déployé. Tu n'es pas le seul dans ce cas et tu le vois bien ici : presque tous les enfants d'immortels sont doués de capacités extrasensorielles. La télépathie, la guérison à distance, la télékinésie, la téléportation, l'hyperempathie et la prémonition sont des possibilités non exploitées du cerveau en temps normal. Mais sans Bogolux, elles sont innées et ne demandent plus qu'à être affinées.

— Depuis que je suis ici, j'ai beaucoup moins de flashs ! réalisa June à voix haute.

— C'est bon signe, petit.

— Ah oui, pourquoi ? Parce que je vais perdre mes dons ? June eut du mal à prononcer ce dernier mot. Jusqu'à présent, ses capacités à prévoir l'avenir ne lui avaient pas servi à grand- chose. Cela l'avait même plutôt handicapé. Mais Bernie semblait convaincu des bienfaits de ce genre de facultés. Alors il voulait bien se laisser séduire.

— Non, tu ne perdras pas tes dons si tu ne prends pas de Bogolux. Mais ces compétences extrasensorielles sont avant tout des moyens de survie offerts par la nature. Lorsqu'elles apparaissent sans que tu les déclenches, c'est en situation de danger imminent. Tu n'as pas eu beaucoup de visions depuis que tu nous as rejoints ? Tu te sens donc en sécurité.

— Pourtant, remarqua June, quand j'ai eu mes premières prédictions, c'était le jour de mon anniversaire. Il n'y avait pas de quoi s'affoler. J'étais confortablement assis dans mon lit et ma mère m'apportait un cadeau.

— Les premières fois, c'est un peu n'importe quoi. Ça arrive au moindre stress. Au moindre sursaut. Un peu comme les pipis au lit quand t'es petit. En grandissant, tu apprends à te contrôler et rapidement, tu ne te rends même plus compte que tu te retiens.

June s'amusa de l'analogie.

— Allez, lança Bernie en grattant affectueusement la tête brune de son interlocuteur. Suis-moi, on ne va pas passer la journée dans ce couloir, il y a encore beaucoup à voir.

L'homme le guida vers les différentes pièces qui jouxtaient le corridor. June avait la curieuse impression de grimper à un arbre, le couloir étant le tronc, et les salles, les branches d'un superbe peuplier. L'arbre du peuple désobéissant. Chaque fois, il découvrait un nouveau panorama, un nouvel angle de vue sur la vie qui s'offrait à lui. Bernie lui fit découvrir le Salle des Songes constituée d'une bonne trentaine de lits confortables, la bibliothèque, dans laquelle des milliers de livres se tenaient sur des étagères en bois, la Salle de Jeux, remplie de gadgets et la Salle d'Art, dont les murs peints de toutes les couleurs par des doigts d'enfants encerclaient flûtes à bec, scène de théâtre et machines à écrire.

— Les instruments de musique ont volontairement été mis en sourdine pour ne pas éveiller les soupçons. On a beau se trouver à plusieurs mètres sous terre, il ne faut pas tenter le diable. Ça serait quand même dommage de lever le voile sur le Repaire et de mettre tous les Éphémères en péril pour une simple impro de jazz.

La pièce suivante élevait d'un cran le niveau de prestige de l'ancien bunker. Elle donnait l'illusion de se situer à l'extérieur. À première vue, June crut se retrouver dans la forêt où il avait chuté la veille. En fait, les arbres qui poussaient dans cette pièce n'avaient rien de forestier. Il s'agissait de pruniers, de pommiers et même de cerisiers. Bernie invita l'enfant à retirer ses chaussures avant de pénétrer dans ce qu'il nomma « la Salle Naturelle ». Comme si une salle pouvait être naturelle. Mais ce que celle-ci abritait frôlait tant l'authenticité qu'elle aurait pu se mettre à respirer sans émouvoir ses visiteurs.

Le jeune garçon suivit son aîné dans cette immense « créature » cubique et se surprit à sentir sous ses pieds un sol meuble.

De la terre, rien que de la terre. Contrairement aux autres pièces du Repaire, celle-ci n'avait pas été bétonnée. Le plafond se composait d'une série de petits orifices laissant passer la lumière. Quant aux murs, ils étaient uniquement constitués de miroirs. Cela permettait d'éclairer toute la pièce par effet de réverbération. En même temps, cela donnait une allure infinie à la végétation.

Derrière l'amas d'arbres se tenait un superbe potager. Cerclé de galets, celui-ci abritait absolument tous les fruits et légumes nécessaires à la survie, mais aussi à la préparation de fastes banquets. Carottes, salades, choux, fraises des bois et autres délices de la nature poussaient côte à côte sur un sol paillé. Pour gagner de la place, les pommes de terre avaient été semées sur des jardinières à étages, de sorte qu'elles s'élevaient vers le ciel et formaient une majestueuse tour de féculents. De la vigne s'entremêlait dans le grillage naturel des tiges et produisait à intervalles réguliers de grosses grappes de raisin rouge. Mieux que des guirlandes de Noël, celles-ci ne clignotaient pas, mais se savouraient toutes autant. Sous l'œil attentif de June, Bernie attrapa un grain bien mûr et l'offrit au garçon. Ce dernier n'en attendit pas davantage pour porter à sa bouche le fruit juteux qui lui faisait de l'œil. Les parfums et les senteurs lui explosèrent au palais.

Tandis qu'il se délectait du jus sucré, dont le goût perdurait en bouche, il écouta les quelques précieuses informations offertes par Bernie :

— Ici, nous jardinons et récoltons nous-mêmes les ingrédients nécessaires à la réalisation des repas. Évidemment, comme pour la cuisine, chacun accomplit sa tâche à son rythme et en fonction de son âge. Il n'est pas question d'esclavage, mais d'entraide et de plaisir. Nous sommes assez nombreux pour pouvoir nous relayer sans épuisement inutile. Grâce à la température modérée de cette pièce et au système de luminosité constante, quels que soient le climat et les saisons à l'extérieur, les fruits et légumes poussent en continu. Tu peux donc cueillir des tomates et des pommes le même jour.

— Et pour l'arrosage, comment ça se passe ? demanda June en se souvenant d'un livre sur le jardinage qu'il avait feuilleté dans sa cave.

Au même instant, comme pour répondre à sa question, de l'eau jaillit du sol à quelques mètres de hauteur avant de retomber en pluie fine sur la terre.

— Nous avons mis au point un système d'arrosage par intermittence. Ça vient directement de la plomberie sous nos pieds. Des raccords à clapets laissent passer l'eau toutes les quinze minutes. Ça nous a pris un temps fou de construire ce bazar, d'autant qu'à l'époque, on n'était que deux. Mais ça en valait la peine.

À la fin de sa phrase, Bernie laissa un silence pesant s'installer. Ses yeux se fondirent dans le vague.

— Vous n'étiez que deux ? osa finalement demander June.

— Cette salle dispose d'une autre fonction, et pas des moindres, enchaîna subitement Bernie en ignorant la question. Celle de nous régénérer. Le dioxyde de carbone rejeté par la végétation soulage nos poumons, et le contact avec la terre ferme favorise notre système immunitaire ainsi que nos performances cérébrales. Il a été prouvé que si on marchait pieds nus chaque jour sur un sol naturel, cela allongeait notre espérance de vie de plusieurs années. On n'est pas immortels, mais quand même, si on peut profiter de la vie ne serait-ce qu'un an de plus, je ne vois pas pourquoi on s'en priverait.

Bernie lança un clin d'œil affectueux à June avant de se diriger vers la sortie. Tandis qu'il foulait le terreau humide de la plante de ses pieds, l'homme continua ses explications.

— Notre système neurologique est uniquement constitué de courants électriques. Comme pour faire fonctionner une machine à laver, nous avons besoin d'être reliés à la terre pour faire marcher correctement nos méninges. D'une part, cela nous permet d'être moins malades, et en plus cela aiguise nos compétences extrasensorielles, notre réflexion et notre bonne humeur. Pour couronner le tout, c'est gratuit et accessible à tous.

— Pas bête, fit June.

Par effet de conviction, ou parce que cela se vérifiait, le jeune garçon se sentait effectivement mieux dans son corps et dans sa tête. Bien dans ses bottes, sans botte. Cette petite escapade sur la terre ferme l'avait ressourcé.

— Moralité : quand tu es mal en point, plusieurs solutions s'offrent à toi. Tu peux venir marcher ici, opter pour une cure de plantes médicinales ou aller voir l'un de nos talentueux guérisseurs. On est encore mieux lotis que dans une pharmacie !

En face de la Salle Naturelle, se trouvait la Salle des Costumes. Des penderies par dizaines recouvraient les murs. Comme dans une loge d'artistes, à chaque parure sa scène de vie. La vie des Éphémères. Tabliers de jardinage, pyjamas, survêtements, shorts de bain : il y avait de quoi faire, et pour toutes les tailles. En grande partie, il s'agissait de vêtements pour enfants. Mais on pouvait aussi trouver des habits pour adolescents et adultes. Car en tant qu'immortel, on grandissait forcément. Et Dieu sait si les enfants grandissent vite !

June pouvait distinguer des accoutrements pour le quotidien, ainsi que des costumes étonnants. Des vestes de camouflage côtoyaient des combinaisons noires intégrales. Avant qu'il n'eût le temps de demander à quoi cela pouvait servir, le garçon fut interpellé par Bernie.

— Dès que le linge est sale, on le dépose ici, expliqua-t-il en ouvrant une porte au fond de la pièce.

C'était un placard dans lequel trônait une grande panière en osier. Un tas de tissus recouvrait déjà près de la moitié du bac.

— Dès que c'est plein, on va au lavoir.

— Au lavoir ? Vous sortez ?

— Oui, non, oui… Enfin, oui on sort parfois, mais pas pour laver du linge. Trop dangereux. On a une buanderie dans le Repaire. Suis-moi.

La visite des lieux n'en finissait pas. On aurait dit un château enterré. Les pièces gigantesques se révélaient plus grandes les unes que les autres. Pour autant, aucune n'était inutile. La dernière qu'ils visitèrent comptait d'ailleurs tout particulièrement dans le quotidien des Éphémères. C'était le clou du spectacle, la cerise sur le gâteau, la clé de l'énigme, la piscine dans la villa. Et le point de départ de nombreuses aventures à venir.

Pour l'heure, Bernie resta étrangement secret sur les fonctions de la fameuse salle. En silence, derrière son guide, June pénétra dans cette vaste cave voûtée. Au milieu, une longue table en bois. Sur les côtés, des bibliothèques bourrées de livres, des bureaux et des étagères remplies de classeurs. Sur la table centrale gisaient des porte-stylos, des feuilles et tout le nécessaire pour prendre des notes. Dans un coin de la pièce, June put distinguer un grand tableau monté sur pieds. Sur celui-ci, les derniers croquis n'avaient pas été effacés. Au marqueur noir, était tracé une sorte de plan de rue avec des croix, des points d'exclamation et des flèches. À l'autre bout de la salle, au sol, traînaient de grands bocaux remplis d'une poudre colorée. À chaque bocal sa couleur. Des teintes criardes. Joyeuses. Au milieu de cet arc-en-ciel de récipients, un autre contenait un fagot de pailles en plastique.

— C'est quoi tout ça ? demanda June, ne sachant pas exactement où donner de la tête.

— C'est la Salle des Missions. Mais tu en sauras davantage demain. Nous organiserons ici même une réunion.

Bernie tourna les talons vers la sortie.

— Des missions ? répéta June, resté sur sa faim devant la brièveté de la réponse.

— C'est trop long à expliquer maintenant. Il est tard et tu as déjà beaucoup appris en une seule journée. Il est temps de manger.

Dans le long couloir qui séparait cette dernière pièce de la cuisine, June ne put s'empêcher d'interroger le doyen des Éphémères.

— Comment avez-vous pu meubler cette gigantesque construction sans vous faire remarquer ? Tu disais toi-même que vous n'osiez pas laver votre linge dehors, car c'était trop dangereux… Alors, aménager un manoir entier, c'est du délire ! Ça a dû être un sacré chantier pour transporter tous ces livres, ces objets, ces matériaux, ces étagères… On ne peut pas déménager autant de trucs sans conduire au moins un camion ! Et un camion, ça n'est pas discret !

— On n'a pas eu besoin de camion. Je me téléporte et avec le temps, j'ai su affiner mes capacités. Aujourd'hui, je peux transporter avec moi plusieurs individus et jusqu'à 550 kilos d'objets inertes. Je n'ai pas encore essayé avec les animaux, remarqua Bernie, tandis qu'il faisait le point sur son pouvoir.

Alors que l'homme semblait habité par un calme à toute épreuve, June s'enflammait. Chaque information qui lui était transmise se révélait plus folle que la précédente. Et chaque nouveau renseignement laissait entrevoir l'immensité de ce qu'il restait à apprendre, ce qui s'avérait à la fois angoissant et délicieux.

— Ça veut dire que tu as volé toutes ces choses que tu as téléportées ?

June éprouvait plus d'inquiétude à l'idée de côtoyer des objets subtilisés que d'envisager les pouvoirs spectaculaires de Bernie. Ce dernier répondit sur un ton tout à fait serein.

— On ne peut pas entreprendre de grandes choses sans enfreindre la loi. On ne peut pas jouer au rebelle en restant moralement irréprochable. Mais ne t'inquiète pas, j'ai piqué ces machins à ceux qui ne manquaient de rien. Quant à l'eau qu'on utilise au Repaire et la terre qui nous sert à faire pousser nos victuailles, j'estime qu'ils ne valent pas plus que leur seule utilité. Aucune pièce de monnaie ne devrait être déboursée pour obtenir ce que nous offre la planète, tant qu'on n'en abuse pas. Quant à l'électricité, elle nous vient du Soleil. De petits capteurs ont été placés à la surface et nous permettent de vivre confortablement au quotidien, même par mauvais temps.

À la seule pensée de déroger aux règles, June fit la moue. Le garçon s'était toujours plié à l'autorité de ses parents et les avait vus travailler corps et âme pour se nourrir. Pour autant, il avait tout de même fugué, outrepassant leur volonté. Et à bien y réfléchir, lui-même était né d'une désobéissance effrontée.

Immobile devant la porte de la cuisine, il n'osa plus dire un mot.

— Hé bonhomme ! l'interpella Bernie. Il faut remettre les choses dans le contexte. Nous sommes des pestiférés. Si les Hommes du monde extérieur voulaient qu'on leur achète leurs biens, il ne fallait pas essayer de nous tirer dessus.

— Tu veux dire qu'ils vous connaissent personnellement ?

Sa question fut étouffée par le brouhaha qui émergea de la cuisine, tandis que Bernie ouvrait la porte. Avec les bruits de couverts et les voix des enfants, venaient également les odeurs. Un délicieux fumet émanait des fourneaux où se tenaient deux adolescents. Une dizaine d'enfants s'agitaient dans la pièce. Certains mettaient la table, tandis que d'autres préparaient les entrées froides ou remplissaient les verres d'eau.

En voyant Bernie, les plus petits de la troupe se jetèrent à ses jambes pour s'agripper.

— Désolé, les p'tits loups, je n'ai pas pu vous aider aujourd'hui. Vous avez assuré, merci.

— Pas de quoi Bernie ! s'exclamèrent en chœur les mini-chefs cuisiniers.

Bernie gratta affectueusement les cheveux des bambins qui se trouvaient à hauteur de mains.

Même si chacun se trouvait orphelin par la distance, l'ensemble formait une véritable famille. Bernie prenait la place du papa et les jeunes s'épaulaient comme des frères et sœurs. Les liens du sang n'avaient rien à envier à ceux du cœur. Quant à June, à peine avait-il rejoint le groupe qu'il fut adopté. Même si les conversations démarraient timidement, un rien suffirait à les animer.

Un blondinet s'occupa d'aller chercher les Éphémères restés dans les autres pièces, pendant que Jackpot et Loula guidaient June vers l'une des chaises. Très vite, tout le petit monde se rassembla autour de l'immense table ronde. Bientôt, la nouvelle recrue fut définitivement intégrée. Le ventre plein, les papilles comblées, June conversa avec ses nouveaux camarades sans voir le temps passer.

À la nuit tombée, que les Éphémères ne pouvaient jauger qu'à travers les minuscules trous de l'épais plafond, June suivit ses amis dans le grand dortoir, et tomba de sommeil sur le lit qu'on lui indiqua. Les draps avaient été tirés avec soin pendant la visite guidée de Bernie.

La journée avait été riche d'amour et de nouveautés. L'amour s'illustrant sans doute parmi les plus grisantes nouveautés.

CHAPITRE 6

Impro-jet d'envergure

Les jeunes mortels se réveillèrent dans une odeur de pain grillé. Lorsque June ouvrit les yeux, ses compagnons de chambre commençaient déjà à s'habiller.

— Bernie nous a fait des tartines à la confiture de fraise ! lui souffla sa voisine de droite.

C'était Loula. Ses yeux bleus pétillaient autant que son sourire. La fillette sauta joyeusement sur le lit de June.

— Allez lève-toi ! Faut que tu goûtes cette merveille !

Le garçon ne se fit pas prier. La bonne humeur générale et la faim qui s'élevait dans son bidon lui donnèrent la force de se mettre debout.

À table, les discussions allaient bon train. On parlait de la prochaine récolte, de la liste de provisions, des actualités. Du peu que June comprit, Bernie rapportait un journal d'information à chaque fois qu'il revenait d'une escapade dans le monde extérieur. Ainsi, les Éphémères ne se sentaient pas complètement coupés du monde. Et puis, ils avaient l'ordinateur.

— On parle de toi, bonhomme, regarde.

Bernie lui glissa la une de l'édition du jour sous le nez, entre sa tartine de fraise et sa tasse de chocolat.

« Déjà plus de deux jours que l'enfant est porté disparu. Nos agents de police sont mobilisés pour retrouver l'individu. Il s'agirait d'un mortel à la peau blanche, aux cheveux bruns, à la carrure svelte et âgé d'environ dix ans. Vu pour la dernière fois dans l'arrière-cour du restaurant Assiette Shop, alors vêtu d'un t-shirt de Superman et d'une paire de jeans, cette créature de sexe masculin représente une menace pour notre société immortelle. À l'heure actuelle, selon nos experts, deux hypothèses s'ouvrent. Le garçon pourrait être mort de faim ou avoir rejoint le gang des Éphémères. Le repaire de cette mafia anti-Bogolux nous est toujours inconnu. Quel que soit l'état de santé actuel du garçon, prénommé « June », le gouvernement reste ferme sur ses positions et souhaite récupérer le corps de l'individu né illégalement. S'il est encore en vie, il sera évidemment abattu par les personnes compétentes. Ses géniteurs, Bob et Lucy Tag se trouvent actuellement en garde à vue. Ils sont entendus afin d'obtenir un maximum d'indices sur l'endroit où pourrait se cacher leur descendance. Le couple, par ailleurs multirécidiviste en enfantement, écopera d'une peine de travaux d'intérêt général et de 2500 euros d'amende. »

June baissa les yeux et découvrit une photo de lui-même. Un cliché sans doute pris par l'une des caméras de surveillance du restaurant pendant sa course-poursuite. L'image en noir et blanc était soulignée par un numéro de téléphone, à composer si l'on pensait avoir aperçu l'enfant disparu.

Lorsque le jeune mortel referma le journal, il tremblait de la tête aux pieds. Il se sentait à la fois coupable d'avoir laissé ses parents et effrayé à l'idée de retourner un jour dans la gueule du loup.

— Numéro-deux, je pense que ton pouvoir serait bien utile, là.

L'adolescent se leva joyeusement de table et accourut en direction de June. Il lui posa les mains sur les épaules et se concentra. Au bout de quelques secondes seulement, les comportements s'étaient à la fois inversés et empirés. Numéro-deux pleurait à chaudes larmes et June riait bêtement.

— Merci, mon p'tit gars. Ta tristesse s'en ira vite, ne t'inquiète pas. Repense au dernier entraînement, ça t'aidera, fit Bernie à l'ado en pleurs.

Ce dernier acquiesça et se rassit fébrilement à table avant d'engloutir une énième tartine à la fraise.

— Tu te sens mieux ? demanda le quinquagénaire à June.

— Oh oui, rudement !

— Numéro-deux dispose du don d'hyperempathie. Il puise les émotions des autres.

— Merci alors, lança June au grand brun en face de lui.

— Pas de quoi, fit-il en mâchouillant.

— Bon, si je comprends bien, reprit Bernie, si tu souhaites participer à notre prochaine mission, il faudra mettre le paquet côté déguisement. Le monde entier est à ta recherche…

Une fois le petit-déjeuner englouti, tout le monde se dirigea vers les douches avant d'enfiler des habits tout propres. Pour ne pas mettre les jeunes mal à l'aise, Bernie avait pris l'habitude de se laver loin du groupe, dans le lavoir. L'eau y était un peu fraîche, et les parois un peu rêches, mais l'homme ne craignait pas la rudesse. Surtout avant une réunion de mission. Ça le revigorait.

Loula, qui s'était manifestement prise d'affection pour June, malgré leurs quatre années d'écart, s'accrocha à son bras tandis que le groupe rejoignait la Salle des Missions. C'était l'heure de la discussion hebdomadaire. Dans le couloir, les enfants chahutaient, les ados chuchotaient et Bernie fermait la marche. Une fois tout le monde rassemblé autour de la table en bois massif, c'est l'aînée du groupe qui se leva pour animer le débat.

Mars tira le tableau monté sur pieds et prit la parole devant une tribune assidue.

— Tout d'abord, bienvenue à June ! Après Espoir il y a deux mois, tu es le dernier à nous avoir rejoints. Comment te fais-tu à cette nouvelle maison ? Pas trop chamboulé ?

Le cœur de June palpita à vive allure alors qu'il s'apprêtait à répondre.

— Je me sens encore un peu perdu, c'est sûr. Mais vous m'avez tous bien accueilli. Me voilà tout de même plus rassuré maintenant. J'ai hâte d'en apprendre davantage ! Par contre, mes parents me manquent un peu et je ne sais pas si je resterai toute ma vie ici. Mais pour l'instant, je n'ai pas l'intention de vous quitter.

Tout le groupe se mit à applaudir.

— Tu feras ce que tu penses être le mieux pour toi, mon garçon, dit Bernie à June. Mais si j'ai un conseil à te donner, apprends tout ce que tu peux ici. Il faut avoir toutes les armes en main pour faire la guerre correctement. C'est une image, évidemment. Il n'est pas question de tuer qui que ce soit, mais de survivre. Et de suivre tes principes. Nous t'enseignerons tout ce que nous savons et tu pourras faire des choix en connaissance de cause et sans regret. Dehors, tout peut malheureusement finir extrêmement vite.

— C'est vrai, approuva la jeune Mars, toujours debout devant le tableau. C'est d'ailleurs pour cela que nous avons décidé d'organiser des missions. Grâce aux connaissances de Bernie et à son vécu, nous savons à quel point le Bogolux est néfaste. Déjà à cause de l'immortalité qu'il provoque – un fléau contre nature

— mais également pour ses effets secondaires. Les personnes du monde extérieur sont lobotomisées, ramollies du cerveau.

June pouffa de rire.

— Je comprends que tu rigoles, mais c'est pourtant dramatique. En rendant les humains immortels, les gouvernements les ont asservis. Sous Bogolux, les capacités intellectuelles réduisent pour se focaliser essentiellement sur le travail. Dépression, dégoût de la vie, absence de rêves : nombreuses sont les conséquences malheureuses liées à ce produit chimique. Pour ne rien arranger, il rend accro. Personne ne se sent donc contraint de recevoir une nouvelle injection trois ans après la première. Au contraire ! Nombreux sont les gens qui campent devant le laboratoire tant ils attendent leur dose avec impatience.

Âgée de dix-huit ans, l'adolescente aux boucles rousses jeta un œil hésitant à Bernie qui la rassura d'un clignement de paupières. Elle n'avait pas l'habitude d'animer seule la réunion hebdomadaire et à en juger par le sourire de son mentor, Mars se débrouillait comme une chef.

— Nos missions sont donc indispensables pour tenter d'éveiller le peu de conscience qui reste aux immortels, continua-t-elle. Il s'agit d'un travail de longue haleine, mais nous sommes persuadés que chacune de nos interventions en lieu découvert représente un pas de plus vers la libération de l'Homme. Il n'y a qu'à voir les brèves qui nous sont consacrées dans les journaux pour se rendre compte que nous représentons une menace pour les dirigeants.

Les enfants sourirent fièrement.

— Oui, vous pouvez être contents, s'enthousiasma Mars. Notre dernière mission a été couronnée de succès.

La jeune fille invita Chance, Victoire, Quatrième et Unique à la rejoindre. Les quatre mêmes qui s'étaient portés volontaires pour mener l'escapade la semaine précédente. Ils racontèrent leur périple avec précision, n'hésitant pas à dessiner des schémas au tableau ou à mimer des expressions de visages. À l'écoute du récit, June resta bouche bée.

Les Éphémères narrèrent qu'ils s'étaient rendus dans une importante usine d'appareils électroménagers. Ce jour-là, ils étaient apparus au beau milieu de la salle des machines et n'avaient pas hésité à bloquer le fonctionnement des engins. Ils avaient alors envoyé de la musique vers les haut-parleurs de l'entrepôt : un exercice de télékinésie de haut niveau. Transporter des ondes sonores équivalait à peu de choses près à mordre dans du gaz, ou à boire un grain de riz. Apparemment invraisemblable. Pour l'occasion, les enfants avaient délibérément choisi de diffuser du hard rock. Question de praticité. Selon les télékinésistes, les ondes en forme de crêtes aiguës seraient en effet plus faciles à manier, et donc, à transporter. Pendant que Victoire et Chance s'étaient mis à sautiller au rythme de la musique effrénée,

Unique s'était alors attelé à guérir tous les ouvriers blessés, malades ou handicapés. Pendant ce temps, grâce à son don, Quatrième avait déplacé dans les airs des pièces de machines à laver ou de lave-vaisselle. En arrière-plan, Bernie avait eu pour mission de surveiller l'ensemble, donnant l'alerte à la moindre apparition des forces de l'ordre. Les ouvriers, au nombre de cent, avaient d'abord manqué de réaction. Cela se justifiait. Mais finalement, la musique, la danse, la guérison et les acrobaties aériennes des Éphémères avaient fini par les dérider et même à les faire rire. À la première sirène de police, Bernie avait alors regroupé la petite troupe avant de la téléporter vers le Repaire. Aucune blessure, aucun imprévu à déplorer. Une mission menée à la perfection, selon les dires des jeunes aventuriers.

June restait subjugué par ce qu'il venait d'apprendre. Il n'hésita pas à demander des détails et à poser des questions auxquelles les jeunes prirent le plus grand plaisir à répondre. Les autres enfants, qui avaient déjà entendu le récit de l'usine, ne se lassaient décidément pas de cette fantastique épopée.

— Le plus fort dans tout ça, ajouta Mars, c'est que les caméras de surveillance n'ont pas seulement servi à alerter la police. Elles ont surtout permis aux médias de relayer l'information. Notre mission a été diffusée dans le monde entier, sur internet et dans la presse. On a fait le tabac ! Il y a désormais des gens qui nous réclament à travers des blogs anonymes. Peu à peu, certains commencent à comprendre que la jeunesse, non plus seulement corporelle, mais mentale, ça a du bon !

Les Éphémères, dont June, applaudirent en chœur.

— Maintenant, nous allons organiser notre prochaine mission,

fit Mars. Quelqu'un a une idée ?

— On pourrait se rendre dans un supermarché, trafiquer les caisses et ouvrir les portes en grand ! Le temps de quelques minutes, toute l'économie du commerce serait interrompue ! proposa Espoir.

— Pas mal, mais trop dangereux, lui répondit Bernie. Peut-être une prochaine fois !

— Pourquoi on n'irait pas lire les pensées des gens et les leur exprimer ? proposa allègrement Chance. Une sorte de démonstration de capacités extrasensorielles ! Ça les décontenancerait totalement ! Pas vrai ?

— Très bien ! approuva le doyen.

Mars prenait des notes au tableau, tandis que cinq autres mains se levaient déjà.

— Oui, Lewis ?

— Moi je pensais à refaire un mandala, mais sur un monument… La Tour Eiffel par exemple ! Histoire que ça se voie de loin…

— Et comment on ferait, techniquement ? lui demanda Jackpot.

— Je pourrais peut-être aider, déclara timidement Quatrième. Bernie ouvrit grands les yeux. La solution était toute trouvée : les adeptes de la télékinésie seraient parfaits pour cette mission. Avec un peu d'entraînement, ils n'auraient aucun mal à s'en charger.

Perdu, June interrompit les vives discussions qui s'étaient enchaînées à la proposition.

— Euh… Pardon, mais est-ce que quelqu'un peut m'expliquer ? Je ne vous suis plus là… Un « mandala », vous dites ?

Bernie s'excusa et s'empressa d'éclaircir le sujet. En dehors de leurs dons si particuliers, les Éphémères étaient réputés pour une autre spécialité : le mandala. Il s'agissait de leur marque de fabrique. Leur signature. Le symbole de l'éphémérité, de l'absence de possession, du non-attachement, de l'impermanence. Il fallait des heures pour dessiner un beau mandala et il ne suffisait que d'une poignée de secondes ou d'un bref coup de vent pour tout effacer. Au cours de leurs missions dans le monde extérieur, les mortels dessinaient donc des mandalas. Pour ce faire, ils aimaient à suivre la méthode traditionnelle tibétaine. Ils utilisaient donc des pailles coniques pour déposer délicatement et avec précision des pigments colorés sur un tracé géométrique. Jusqu'à présent, jamais ils n'avaient pu réaliser une œuvre publique dans son intégralité, car la performance demandait trop de temps pour ne pas être interrompue. Cette fois, ils comptaient bien réaliser une gigantesque pièce unique, non pas à l'aide de pailles, mais par la force de la volonté. Tous approuvèrent l'idée et très vite, Hasard, Victoire et Quatrième se mirent au travail.

Les trois télékinésistes en herbe quittèrent la Salle des Missions, des bocaux de pigments sous les bras, tandis que les autres Éphémères rapprochaient leurs chaises de la table et discutaient « détails techniques ». Où se téléporter ? Quel jour ? À quel moment de la journée ? De quel côté de la Tour Eiffel ? June s'extasiait. Les Éphémères, ce n'était pas seulement une petite bande de jeunes nés par erreur. Il ne s'agissait pas simplement d'individus frustrés de ne pas pouvoir vivre à l'extérieur comme tout le monde. Il n'était pas uniquement question de militants anti-Bogolux. Avant tout, June voyait un groupe de poètes solidaires aux principes novateurs. De magnifiques personnes dans tous les sens du terme. Car lorsque l'esprit rayonne de beauté, le corps l'imite. Les Éphémères se laissaient juste guider par les rêves et l'espoir, et préféraient de loin réussir des mandalas de sable sur la Tour Eiffel plutôt que parfaire une mission purement politique. La priorité étant que le sable puisse s'envoler correctement.

June admirait fièrement sa nouvelle famille.

Le jour de la mission aurait lieu dimanche. Le seul moment de la semaine où les travailleurs s'accordaient une pause. Une journée idéale, donc, pour aller se promener dans Paris ou regarder la télévision. Toutes les chances seraient réunies pour que leur projet « mandala » bénéficie de l'impact espéré sur la population.

Le but de la mission se divisait en trois. Il fallait tout d'abord rappeler à la population et aux dirigeants l'existence et la coriacité des Éphémères. Ensuite, la démonstration des dons télékinésiques permettrait d'ouvrir la voie aux immortels, leur donner l'impulsion et l'envie de changer de mode de vie. Un déclic pour aspirer au changement, abandonner enfin leur quotidien morose et redondant. Pour terminer, même si les deux premiers objectifs n'étaient pas atteints, il en restait un qui serait à coup sûr réussi : celui de faire rêver les gens. Si la mission se déroulait comme prévu, le côté spectaculaire du mandala géant ne laisserait de toute façon personne indifférent. À part un aveugle, peut-être.

CHAPITRE 7

Mission et rémission

June ouvrit les yeux le premier. C'était la première action publique à laquelle il assisterait et il ne voulait rater cela pour rien au monde. Malgré le refus catégorique de son mentor, le garçon était finalement parvenu à le convaincre de faire partie du groupe. Face à l'enthousiasme de sa jeune recrue, Bernie avait cédé. Mais il lui avait dressé une liste de recommandations et lui avait imposé de l'apprendre par cœur.

Quelle que soit la tournure des évènements, reste toujours auprès de moi. Si des visions te viennent, concentre-toi sur le moment présent. Tout le long de la mission, n'émets aucun son, pas même le plus petit gloussement.

June avait obéi à Bernie, apprenant tant bien que mal ces quelques conditions. Mais au fond, il ne les prenait pas vraiment au sérieux. Ses visions n'étaient pas réapparues depuis son arrivée au Repaire et il ne voyait pas pourquoi celles-ci feraient irruption, comme par hasard, le jour d'une mission. Quant au fait de rester près de son mentor et de demeurer silencieux, cela coulait de source. Pas besoin de s'inquiéter.

Excité comme une puce, le garçon laissa la moitié de son petit déjeuner sur la table.

— June, il ne faut pas gâcher la nourriture. Surtout dans notre situation. Et puis tu as besoin d'énergie… rouspéta Bernie.

Lui non plus ne semblait pas dans son état normal. D'ailleurs, il se montrait particulièrement stressé. Des tics nerveux prenaient, par intermittence, possession de son visage. Il faut dire qu'en tant que doyen, toutes les responsabilités lui incombaient.

Outre son âge, lui seul était habilité à accepter ou non la participation des jeunes Éphémères dans cette aventure à haut risque. Son pouvoir n'appartenait à personne d'autre. Mars était également capable de se téléporter, mais elle ne savait pas encore utiliser le mode « groupé » du transport instantané. Sans Bernie et sa téléportation, les mortels ne pourraient rentrer au bercail. C'était un fait indiscutable. La moindre erreur de sa part pouvait donc s'avérer fatale à n'importe quel membre du groupe.

Tandis que June s'apprêtait à vivre sa première escapade militante chez les immortels, Bernie en était à son millième voyage. Le plus souvent seul, pour ramener de la nourriture ou du matériel. Plusieurs fois, les missions des Éphémères, encore novatrices, s'étaient soldées par un échec. Toutefois, ce n'était pas l'organisation qui posait problème au doyen de l'équipe. Mal faite, elle représentait une perte de temps manifeste, mais il y avait pire. Sa hantise se résumait aux accidents. Quelques épisodes tragiques tourmentaient toujours son esprit et l'homme évitait soigneusement de se replonger dans ces douloureux souvenirs. Il préférait se concentrer sur les conséquences positives des sorties chez les immortels. Pour autant, le sourire ne serait pas de mise avant le point final du projet.

Bernie, les trois enfants télékinésistes et June se préparèrent. Ils enfilèrent une combinaison couleur camouflage et des chaussures silencieuses. Une fois en tenue, ils embrassèrent un à un chaque Éphémère qu'ils quittaient. Les enfants volontaires se montraient festifs, tandis que leur leader se voulait plus solennel. Ce dernier termina ses au revoir par Mars, qu'il serra fort dans ses bras en lui marmonnant quelques mots sur un ton grave.

— Prends bien soin des petits si je ne reviens pas.

— Compte sur moi, Bernie. Faites attention.

Les cinq volontaires se rendirent alors dans la Salle des Missions. Chacun attrapa un bocal de pigments et tous se regroupèrent en cercle avant de rabattre leur capuche.

Bernie plaça ses bras autour du groupuscule, prenant garde de toucher avec ses bras chaque individu. Les têtes rabaissées, les crânes rassemblés, les jeunes fermèrent les yeux comme enseigné lors du briefing. Derrière ses paupières rougeâtres, June fut ébloui par un brusque jet de lumière.

Lorsqu'il rouvrit les yeux, le décor avait totalement changé. L'air frais caressait ses joues juvéniles quand, à la vue de l'immense vide qui lui faisait face, un violent sursaut l'agita de plein fouet. Le groupe se trouvait sur un toit, au-dessus de l'un des vieux immeubles bourgeois de l'Avenue de la Bourdonnais, en bordure du célèbre Champ-de-Mars. Bernie leur demanda de s'asseoir pour ne pas tomber, puis il jeta un coup d'œil vers le bas du bâtiment. Comme prévu, de nombreux passants marchaient dans les allées. Droit devant eux, la Tour Eiffel paraissait si proche qu'il leur semblait pouvoir la rejoindre en un saut.

— Nous avons atteint la bonne cible. Quatrième, Hasard, Victoire, c'est à vous de jouer les amis. Comme à l'entraînement. Concentration, précision, rapidité.

— Concentration, précision, rapidité, répétèrent en cœur les trois enfants.

Ces derniers rassemblèrent les récipients de pigments entre leurs jambes pliées et ouvrirent chacun des couvercles en un bruit sourd.

June observa la scène avec attention et fébrilité. Les trois Éphémères aux bocaux se concentrèrent sur leur contenu durant quelques secondes. Soudain, l'atmosphère ambiante se brouilla. L'espace entre June et ses acolytes prit une teinte bleutée. Puis rougeâtre. Puis jaunâtre. En se focalisant sur le vide qui le séparait de ses camarades, le jeune garçon comprit. Ce n'était pas du brouillard qu'il voyait, mais des pigments qui s'envolaient. Les grains de sable colorés s'échappaient de leurs récipients respectifs sous la forme de fluides filiformes. Les courants bleus, jaunes et rouges prenaient la direction de la Tour Eiffel. À mesure que ces derniers s'allongeaient en ligne droite face à eux, les télékinésistes quittaient leurs bocaux des yeux pour les diriger vers le gigantesque monument métallique. Après quelques dizaines de secondes, les cinq contenants, toujours coincés entre les jambes des Éphémères, furent entièrement vidés. June regarda alors dans la même direction que ses comparses et à son grand étonnement, la partie de la façade située entre le premier et le deuxième étage du monument se colora. Discrètement au départ, puis tout à fait distinctement. Chaque barre de ferraille changea de teinte sous les yeux amusés de l'enfant, qui sans le vouloir, laissa échapper un gloussement. Bernie lui tapota immédiatement l'épaule et le garçon se rémora les règles qu'il avait apprises par cœur. *N'émets aucun son, pas même le plus petit gloussement.*

Comme s'il s'agissait d'une nuée d'insectes, la célèbre tour fut envahie, en son cœur, d'un amas de pigments. June pencha la tête et vit plusieurs passants s'immobiliser pour contempler le monument. Un cercle se dessinait petit à petit sur la structure métallique. Le trait s'épaissit et bientôt, de nombreux détails colorés remplirent la forme géométrique. De loin, cela ressemblait étrangement à l'éclosion d'une fleur. Ou à un feu d'artifice. Chaque minute écoulée offrait au mandala davantage de précision, de finesse. Plus les gens s'attroupaient, plus les Éphémères se concentraient et plus les couleurs se ravivaient, comme transcendées par l'engouement général.

Le spectacle était éblouissant. Même Bernie, qui jusqu'alors se montrait imperméable à la moindre émotion, tant il se démenait à sécuriser la mission et à surveiller les alentours, se laissa un instant émerveiller par la démonstration de ses apprentis. Le sourire vissé au visage, Victoire, Hasard et Quatrième paraissaient ensorcelés. En transe. Leurs pupilles, dilatées, étaient braquées sur leur œuvre d'art.

Les flashs des appareils photo et les acclamations des touristes sortirent Bernie de son hypnose et le ramenèrent à sa mission première. Préférant rater la suite du spectacle au profit de la survie du groupe, il réorienta son regard vers le bas de l'immeuble sur lequel ils étaient perchés. De temps à autre, il jeta également un œil sur les bocaux et les pieds des enfants. Un seul glissement sur les tuiles et la chute, même si par chance elle n'était pas mortelle, aurait des conséquences similaires.

À quelques mètres, un groupe de militaires s'était posté face à la Tour Eiffel et faisait dos aux Éphémères. Bernie les observa avec insistance, prêt à téléporter ses amis à la moindre occasion. June, quant à lui, demeurait bien trop extasié par le mandala géant pour prêter attention à l'activité des passants du Champ-de-Mars. Cela faisait déjà dix bonnes minutes que les bocaux avaient été ouverts et le dessin de sable s'apprêtait à atteindre l'apogée de sa beauté. Spirales, courbes, étoiles, ronds, ondulations, les pigments faisaient leur petit bonhomme de chemin sur la ferraille au centre de la Tour Eiffel. Intérieurement, June se demanda comment une si faible quantité de pigments pouvait recouvrir une telle surface. Voilà une question qu'il ne manquerait pas de poser, une fois de retour au Repaire.

Sur le monument, les pigments commencèrent doucement à ne plus tenir en place. À se mélanger. Au gré du vent, le bleu et le rouge donnèrent du violet, le jaune et le bleu, du vert. Les changements de couleur eurent un effet hypnotisant sur le public. Les « oooh » et des « aaah » admiratifs des passants donnaient à la mission un caractère d'autant plus spectaculaire. C'est alors qu'un évènement fit sursauter June. Lui, qui ne s'était pas heurté aux visions depuis des jours, eut le choc d'en subir une au moment le plus inopportun. Le fait que Bernie l'eût averti à ce sujet avait-il, par un effet de cercle vicieux, engendré le redoutable phénomène ? En tout cas, ces nouvelles prémonitions se montrèrent particulièrement violentes. Violentes dans la vivacité de leur apparition, mais également dans le choix des images.

June assista à sa propre chute.

Il vit le sol se rapprocher de son visage à une allure folle. Dans sa dégringolade, la force du vent plaqua la peau de ses joues contre son squelette. Alors qu'il tombait du toit, sa respiration se coupa et son cœur sembla vouloir s'échapper de sa poitrine. Au moment où il allait toucher le sol, June revint à la réalité. Il se trouvait toujours sur les tuiles de l'immeuble, en face d'une Tour Eiffel multicolore, aux côtés de ses amis, en pleine mission. Mais le choc de cette vision donna à ses muscles un coup de fouet. Comme à mi-chemin entre l'éveil et le sommeil, lorsqu'un songe atroce se met en marche. Tous ses membres se raidirent d'un seul coup, ce qui, au lieu de le sortir d'un mauvais rêve le plongea dans le pire cauchemar.

Tout se passa si vite que Bernie ne parvint pas à retenir le jeune garçon. Sans aucune prise pour se retenir, June glissa sur le toit et la vision qui lui avait tant fait peur quelques secondes plus tôt se reproduisit à son grand désespoir. Impuissant, le bambin dévala la pente, chuta dans les airs et se retrouva bientôt dans l'allée qui bordait le Champ-de-Mars, au pied de l'immeuble. Le vacarme du choc sur le sol, le craquement de ses os et son hurlement intarissable attirèrent inévitablement l'attention des passants. Les militaires, postés à quelques mètres de là pour observer l'étrange dessin sur la Tour Eiffel, firent volte-face. Un amas d'immortels entourait June, mais il leur fallut quelques secondes pour reconnaître l'enfant recherché par le gouvernement.

Bernie, ne réfléchit pas plus longtemps pour agir : la gravité de la situation l'imposait.

— NE BOUGEZ PAS D'ICI VOUS TROIS ! hurla-t-il à l'attention des enfants qui se tenaient à sa droite.

Ces derniers, tellement concentrés sur leur propre tâche, n'avaient même pas remarqué l'incident.

En un claquement de doigts, Bernie était au sol, les mains contre le torse du garçon allongé dans l'allée. L'instant d'après, il avait réapparu sur le toit, dans la même position. June se tenait toujours à l'horizontale, mais prenait désormais appui sur les jambes de ses camarades télékinésistes.

Au contact du garçon, les bocaux, jusque-là maintenus par les genoux des enfants roulèrent sur le toit et explosèrent sur la terre ferme, après avoir blessé les quelques malchanceux qui se trouvaient juste en dessous.

Les militaires pointèrent leurs armes vers les Éphémères qui disparurent au même instant.

CHAPITRE 8

La leçon

— Mmmh ! Mmmh !

Le son semblait provenir d'une boîte de nuit lointaine. Progressivement, le bruit sourd se rapprocha et se transforma en une voix claire et distincte. Comme si la porte de la discothèque s'était subitement ouverte.

— June ! June !

Au lieu de boules à facettes, c'étaient des visages inquiets qui tournoyaient dans son champ de vision. June était étendu sur un matelas, exactement comme à son arrivée au Repaire, dans la Salle des Songes. Si ses camarades s'inquiétaient de son état et lui portaient un regard compatissant, de son côté, Bernie avait perdu sa patience et son amabilité. La colère prit le dessus sur le reste.

— On l'a échappé belle, idiot ! Tu as failli nous faire tuer ! Tu te rends compte de ce que tu as fait ? Je t'avais bien dit de ne pas venir. De ne pas bouger. De ne pas crier. Qu'est-ce que j'ai pu être bête d'avoir cédé à tes caprices !

Engourdi par sa terrible chute, envahi par la douleur, tétanisé par l'angoisse, June ne put répondre. Pour ne rien arranger, de nouvelles visions le tourmentèrent. Cette fois, les images floues ne laissaient rien distinguer de précis. Son esprit et sa vue se brouillaient à l'unisson.

Mars posa une main sur l'épaule de Bernie pour tenter de le calmer.

— Ça ne sert à rien de le rouspéter, ce n'est qu'un novice. Sa réaction n'a rien d'étonnant, normal qu'il se soit laissé dépasser par les évènements. Tu devrais plutôt te réjouir pour la superbe performance des télékinésistes et par ton sauvetage réussi. Laisse-nous gérer le p'tit, il comprendra par lui-même. Il est intelligent.

— Tu as raison, je vais aller me ressourcer dans la Salle Naturelle.

Ça ira mieux après.

Aussitôt Bernie parti, Mars coordonna les membres de sa troupe. Numéro-deux eut pour mission de puiser la douleur et les angoisses de June dont les yeux se révulsaient à cause de la surcharge d'émotions. Quant à Unique et Loula, ils s'attelèrent à guérir au plus vite les blessures physiques du jeune garçon. Chacun dut faire un immense effort de concentration, car les lésions étaient profondes. À vrai dire, sans l'aide des Éphémères, June n'aurait pu survivre. C'était déjà un miracle qu'il ne fût pas mort sur le coup.

Une vingtaine de minutes plus tard, le garçon apparut comme neuf et remercia chaleureusement ses camarades. Ce fut le moment de féliciter les trois créateurs du mandala géant. Les mouflets eurent droit à une haie d'honneur digne de ce nom. Mars leur offrit même des bonbons qu'elle gardait précieusement sous le coude pour ce genre d'occasions.

Les Éphémères qui n'avaient pas pu assister à l'évènement voulaient connaître tous les détails de leur aventure. Seuls Chance et Décembre, tous deux télépathes, avaient pu utiliser leur don pour suivre la mission à distance. Mais cela restait un plaisir de visualiser une seconde fois l'incroyable escapade des jeunes Éphémères. Ces mortels avaient tout de même réussi à capter l'attention de milliers d'Éternels sans se faire tuer, en décorant l'un des monuments les plus célèbres du monde, simplement par la force de leur esprit.

— Comment avez-vous peint une si grande surface avec si peu de pigments ? demanda finalement June à ses acolytes.

— C'est grâce au principe de division cellulaire, répondit l'un des trois. Nous utilisons des pigments organiques et nous avons appris à pousser notre faculté télékinésique à un stade supérieur. Nous entrons à l'intérieur même de la matière et nous poussons les cellules à se reproduire. Voilà comment nous avons pu colorer les deux étages de la Tour Eiffel !

Tous applaudirent d'enthousiasme. Quatrième, Victoire et Hasard se regardèrent fièrement. La mission les avait comblés, mais éreintés.

Bientôt, June se réfugia dans ses pensées. Il se sentait à la fois content d'avoir assisté à l'exploit de ses amis, et honteux de leur avoir causé tant de soucis. En plus, il s'inquiétait de ne jamais pouvoir dompter ses visions. Les autres se servaient de leurs capacités pour faire le bien autour d'eux, lui ne faisait que subir son pouvoir. Il tirait ses prémonitions comme un boulet sur une plage. Au lieu de l'aider, ses flashs lui pourrissaient la vie. Mais ce qu'il craignait davantage désormais, c'était de devenir un danger pour les autres. Il avait besoin de parler à Bernie, quitte à se faire à nouveau disputer.

June quitta le groupe et rejoignit l'autre bout du long couloir de pierres. Tout au fond, il le savait, Bernie se trouverait pieds nus sur la terre du potager.

Le garçon prit le soin de refermer la porte derrière lui et de quitter ses chaussures. L'aîné des Éphémères était assis en lotus face à un saule pleureur. Dès qu'il aperçut June, il l'invita à le rejoindre.

— Assieds-toi, je t'en prie.

— Pardon, Bernie ! Je m'excuse pour tout le mal que je vous fais, je m'excuse d'avoir été si maladroit ! Pardon de vous demander de me guérir tous les trois jours !

L'homme sourit affectueusement, ce qui déstabilisa le jeune garçon assis à côté de lui.

— Ce n'est pas de ta faute, c'était à moi de ne pas te faire venir. Et puis, tu ne nous obliges pas à te guérir, nous te soignons de bon cœur. Tu es un excellent élément, nous ne voulons pas te perdre.

— Mais… À part nettoyer la vaisselle et arroser les fraisiers, je ne fais rien de bien utile ici ! Je ne sais même pas contrôler mes dons ! Le saurai-je seulement un jour ? Je me le demande !

— Cesse de te montrer si dur avec toi-même. Avant de savoir lire, les lettres t'apparaissaient comme de simples dessins, n'est-ce pas ? Et bien aujourd'hui, ce n'est pas parce que tes capacités te semblent être un handicap qu'elles ne deviendront pas une aide précieuse un jour. Avant, les gens riaient de ceux qui disaient que l'Homme volerait dans les airs. À présent, des millions de voyageurs prennent l'avion chaque jour et ça ne choque personne. C'est ainsi, on se méfie toujours de ce qu'on n'a jamais vu. Et on s'habitue très vite à ce que l'on croyait impossible. Moi, je ne doute pas de toi.

— Mais comment peux-tu affirmer que je suis un excellent élément ?

— Plusieurs choses me poussent à le penser. Le fait même de ne pas avoir fui en nous découvrant lors de ton arrivée me prouve que tu es un garçon courageux. Ensuite, tu es volontaire, tu t'adaptes facilement et la curiosité ne te fait pas défaut. Autant de qualités qui sont de bon augure pour la suite. Nombre d'enfants avant toi ont abandonné, tu sais…

Les paroles de Bernie laissèrent June songeur. Il se sentait flatté, mais surtout, il se demandait ce qui avait bien pu se passer aux prémices du Repaire. Car après tout, même s'il connaissait les salles du bunker par cœur ou presque, il ne savait rien de l'histoire des lieux. Le garçon n'eut pas besoin de poser la question, Bernie était d'humeur bavarde.

— Bonhomme, je m'excuse de m'être un peu emporté à ton réveil. C'est que ton accident m'a rappelé d'horribles souvenirs. Laisse-moi te raconter.

L'homme aida June à se mettre debout et tous deux entamèrent un tour du jardin. Tout en marchant, Bernie se confia comme à un ami.

D'abord, il lui décrivit son enfance. Son père, Ernest Floute, faisait partie des éminents scientifiques à avoir découvert l'immortalité du bogo, le poisson à l'origine du traitement anti- vieillesse. Au départ, Ernest avait été enthousiasmé par cette avancée et n'avait pas hésité une seule seconde à participer à l'élaboration du Bogolux. Comme ses collègues, l'idée d'ôter la mort à des milliards de personnes l'avait séduit. Heureux d'assister aux premières injections, le biologiste avait immédiatement savouré le concept, à savoir abolir définitivement les funérailles humaines. Constater qu'aucune maladie ne pourrait plus rien face à l'efficacité du traitement, qu'aucun être vivant ne souffrirait plus, l'avait ému.

Mais rapidement, les motivations des dirigeants avaient soulevé en lui quelques interrogations. Où demeurait l'éthique dans tout cela ? L'immortalité valait-elle le coup lorsqu'en contrepartie, il était question de tuer des enfants innocents ? De forcer les gens à former la dernière génération ? Une génération vieille de plusieurs siècles ? La vie éternelle représentait-elle la perfection, si pour la conserver, il fallait renoncer aux plaisirs du quotidien ? Aux vacances ? Aux rêves ? Et surtout aux pleines capacités intellectuelles ? Ernest lui-même avait senti qu'il perdait de ses facultés cérébrales et de sa joie de vivre. Lorsqu'il avait fait part de ses observations à son chef, la réaction de celui-ci ne l'avait pas rassuré le moins du monde. Au contraire, son responsable hiérarchique s'était montré si fermé que cela avait piqué la curiosité du chercheur. En cachette, il avait alors effectué une série d'expériences sur des cobayes et la conclusion s'était avérée dramatique. À sa plus grande déception, le Bogolux ne constituait en rien un produit inoffensif. Même s'il protégeait le corps de la vieillesse et des maladies, ses effets secondaires concurrençaient sérieusement ses vertus.

Dès la première prise, les composés du produit anesthésiaient une partie des connexions neurologiques, notamment celles dédiées aux sens, au bien-être et à la construction de projets d'avenir. Les individus, selon leur métabolisme, ne réagissaient pas de façon égale à ces effets néfastes. Mais d'une façon générale, les incidents avaient lieu, tôt ou tard. Heureusement pour lui, Ernest faisait partie de ceux dont le cerveau parvenait encore à fonctionner normalement. Toutefois, le produit rendait accro, de la même façon que les drogues les plus addictives.

La prise de Bogolux, cumulée à l'ennui d'une vie infinie et à la place grandissante du travail dans la société, ne pouvait donc mener qu'à la perte de la race humaine. Car même éternelle, une existence morne équivalait ni plus ni moins à la mort. Naïf et de bonne volonté, Ernest Floute avait aussitôt alerté les autorités. Mais en guise de réponse, des menaces, plus ou moins sérieuses, avaient infiltré sa boîte aux lettres. Pour conserver sa place au laboratoire, et pour ne pas finir brûlé vif, pas d'autre choix que de se taire.

Après de longues semaines de réflexion, Ernest décida finalement de se soumettre. Non, les intentions de son patron n'étaient pas bonnes. Oui, il existait un accord tacite honteux entre les gouvernements et les créateurs du Bogolux. C'était certain. Mais le scientifique estima que pour changer les choses, il lui fallait jouer le jeu et agir dans l'ombre. Ainsi, après s'être fait oublier durant un siècle, il décida, en accord avec sa femme, de faire un enfant. Et Bernie naquit.

Lorsqu'un soir, le bébé se déplaça de la cuisine à la chambre en seulement une demi-seconde, Ernest comprit qu'une autre vérité restait à élucider. L'homme cacha son garçon et l'étudia secrètement durant plusieurs années. Ses recherches aboutirent à une seconde théorie : la progéniture des immortels développait des capacités intellectuelles supérieures, comme pour contrer les effets du produit. S'agissait-il réellement du cas de son seul enfant, dont le pouvoir de téléportation ne cessait de s'amplifier ? La réponse tomba sous le sens. Les souriceaux, les chatons et les oisillons, nés de sujets bogoluxés, présentèrent eux aussi d'incroyables capacités.

Lorsque Bernie grandit, son père lui fit une promesse. Celle qu'ensemble, ils réussiraient tôt ou tard à faire changer les consciences. À supprimer le Bogolux. Voilà comment le premier Éphémère découvrit le Repaire. Grâce au plan remis par son père,

Bernie s'y téléporta et put développer ses pouvoirs loin de tout danger.

Pour autant, jamais il ne revit son géniteur. Question de sécurité. Malgré la douleur, afin de ne pas sombrer davantage dans la tristesse et la mélancolie, Bernie avait préféré ne pas s'attacher aux souvenirs pour mieux se concentrer sur son avenir.

— C'est alors que j'ai rencontré Jenna.

— Jenna ?

— Ma femme.

Ému, Bernie raconta à June comment il était tombé amoureux de cette fille née secrètement comme lui, alors qu'il tentait de téléporter des objets vers son bunker. Elle se trouvait au-dessus du Repaire, errant dans la nature, tandis que le jeune Bernie était malencontreusement apparu à quelques mètres au-dessus de sa cible.

— Elle s'était échappée de chez ses parents et semblait totalement désorientée. À l'époque, très peu de couples avaient osé braver la loi en enfantant. Les autorités n'étaient pas encore aussi vigilantes que maintenant. Elle avait donc pu marcher sur plusieurs kilomètres sans se faire repérer. C'est son don de prémonition qui l'avait avant tout sauvée.

— Elle avait la même capacité que moi ?

— Oui, c'est pour ça que je me permets de te dire que tu as du potentiel. Elle ne s'était jamais vraiment entraînée, et pourtant à l'âge de quatorze ans, elle avait déjà réussi à contrôler ses pouvoirs. Elle arrivait à déclencher ses flashs sur commande. C'est comme ça qu'elle m'a trouvé. En suivant ses visions et en faisant confiance à ses intuitions. Elle a bien fait : j'ai, semble-t- il, participé à son bonheur.

En se remémorant les doux moments avec sa belle, Bernie se mit à rire délicieusement.

— Ensemble, on formait une équipe du tonnerre. On a meublé le Repaire. On l'a décoré avec goût. On a risqué notre peau. On a pris le temps de vivre, de se découvrir, de bâtir des projets. Jenna, elle, n'avait peut-être pas un père éminent scientifique, mais ses parents syndicalistes lui ont tout autant appris à se battre. À lutter pour des causes qui lui tenaient à cœur. De nous deux, c'était certainement la plus forte. La plus courageuse. C'est elle qui a entrepris d'héberger les premiers enfants. Elle encore, qui a inventé le concept des missions. Il aura fallu une vingtaine d'années pour le mettre en pratique. Ensemble, on a semé nos premiers arbres. Elle savait m'épauler lorsque je perdais ma motivation. Quand un gosse décidait de prendre son envol. Quand il m'arrivait de baisser les bras. Elle, comme mon père, se disait certaine que dans le futur, le Bogolux se résumerait à une histoire ancienne. Elle me promettait qu'un jour, on pourrait marcher main dans la main dans les rues de Paris, sans craindre les foudres du moindre policier. Parfois, prétendait-elle, on viendrait même nous féliciter pour nos actions. L'éphémérité, disait-elle, aurait son effet mérité. Il faudrait juste se montrer patient.

Soudain, le sourire de Bernie s'estompa pour laisser place à une mine désemparée. S'il n'avait pas prononcé les mots suivants, June aurait appelé les guérisseurs, croyant à une crise cardiaque. C'était bien au cœur, pourtant, que Bernie avait mal. L'avouer lui arracha de terribles larmes.

— Un jour, Jenna s'est rendue en ville. C'était mon anniversaire et elle voulait me faire une surprise. J'avais insisté pour qu'elle ne parte pas, mais elle m'avait assuré que le risque valait le coup d'être pris. J'aurais dû m'obstiner. Jenna n'est jamais revenue.

— Elle est restée dans le monde du dehors ?

— Son corps, peut-être. Son souvenir demeure en moi.

Le silence pesait tellement que June n'osa pas le briser. Bernie prit son courage à deux mains et alla jusqu'au bout de sa confidence.

— Deux jours après sa disparition, je ne tenais plus en place. Je suis allé chercher un journal, au cas où je trouverais un indice. C'est alors que j'ai appris la terrible nouvelle. Jenna a été abattue dans un champ de coquelicots. Je lui avais dit que je rêvais de cultiver ces fleurs rouges dans notre Salle Naturelle et elle était certainement en train de récupérer quelques graines. Le pire dans tout ça, c'est qu'ils l'ont examinée et ont découvert qu'elle portait un enfant. Je l'ai appris en lisant les faits divers, je ne sais même pas si elle le savait avant de décéder. On se croyait stériles et elle était âgée de trente-neuf ans.

— Oh je suis désolé, Bernie, déclara June, maladroitement.

— Ce n'est pas de ta faute, voyons. Bernie soupira.

— Morte pour des graines de coquelicots. C'est quand même bête.

— Morte pour te faire une surprise, pour pimenter votre courte vie !

— C'est vrai, June ; tu as raison. Toujours est-il que depuis cet évènement, je me suis pleinement dévoué aux jeunes mortels. Je vous considère tous comme mes enfants et je ferai toujours en sorte d'éviter de tels accidents de parcours. Désormais, je me tourne vers l'avenir. Si nous sommes de passage, c'est bien pour cette raison. Nous apportons le meilleur de nous-mêmes de notre vivant, nous donnons toutes les chances de réussite aux générations suivantes, puis nous leur laissons la place. De cette manière, les Éphémères sont éternels.

June, subitement, s'inquiéta. Bernie allait-il mourir ? Le doyen ne faisait peut-être pas partie des télépathes. Pour autant, décoder les expressions du petit garçon ne requérait aucun don particulier. Celui-là ne cachait pas ses émotions.

— Ne t'inquiète pas, jeune homme, je n'ai que cinquante- quatre ans ! Alors, en tant qu'Éphémère, même si chaque jour représente un risque, c'est un risque à prendre. J'ai encore toutes mes facultés pour vous entourer.

Bernie essuya ses larmes et retrouva le sourire.

— Allez, finis les émois du passé. Place à l'avenir ! Demain, ce sera le jour des entraînements. On va enfin savoir de quoi tu es capable, moussaillon !

June frémit de joie, de peur et d'impatience.

CHAPITRE 9

Visions

— Je ne vois rien !

— Concentre-toi !

— Je ne fais que ça !!!

June était rouge. Rouge de rage. D'ailleurs, la couleur de son visage allait de pair avec le tatami sur lequel il se trouvait. En face de lui, Bernie. Autour, les autres Éphémères s'entraînaient aussi. Habillés en kimono, tous s'attelaient à améliorer, affiner, préciser leurs dons respectifs. Pour le jeune devin, c'était la première fois.

— Jackpot ! Tu peux venir, s'il te plaît ? June a besoin d'aide.

Le grand gaillard, presque moins grand que large, âgé de douze ans, vint immédiatement à la rescousse de son camarade.

— Tu n'arrives pas à visualiser sur commande, c'est ça ?

— J'arrive à rien ! Tout ce que je réussis à faire, c'est crouler sous les visions quand il ne le faut pas. C'est tout. D'ailleurs je ne vois pas pourquoi on s'acharne à faire venir ces foutues prémonitions, elles ne me servent à rien d'autre qu'à provoquer des accidents et à m'humilier en public !

D'un air boudeur, June s'assit sur le tapis en mousse et croisa les bras, bien décidé à ne plus s'entraîner. Cela n'effraya pas Jackpot qui était déjà passé par là. Il s'installa à ses côtés et parla avec douceur à son jeune ami.

— C'est normal que tu aies envie de jeter l'éponge, d'abandonner. C'est logique que tu ne comprennes pas ce qui t'arrive. Mais contrairement aux apparences, je peux t'assurer que parmi toutes les capacités extrasensorielles qui existent chez les Éphémères, notre don de prémonition est l'un des plus utiles. Tous les pouvoirs dont nous disposons sont des outils. Des instruments que nous détenons dans le but d'aider les autres et de nous porter secours. Comme la vue, le toucher ou l'ouïe, notre don apporte une couleur supplémentaire à notre palette de sens.

Même s'il restait dans le flou, les explications de Jackpot faisaient écho à June. Déjà, il avait quitté sa mine renfrognée et regardait son camarade avec intérêt. Ce dernier cachait bien son jeu, lui aussi voyait l'avenir.

— Sans s'exercer, les visions se déclenchent naturellement dans les situations de danger et de stress. Comme un instinct de survie. C'est pour ça que tu n'as pas eu de flash les premiers jours au Repaire. Il n'y a pas de danger ici.

— C'est peut-être pour ça que je n'arrive pas à visualiser sur commande ! Non ?

— Non, car justement, le but, c'est de pouvoir contrôler ton don. Le dresser, en quelque sorte. L'utiliser quand bon te semble. C'est là que ça devient intéressant. Avec de l'expérience, tu pourras te servir de tes capacités pour regarder au loin, comme dans une caméra de surveillance, à distance. Tu auras aussi la possibilité de retarder un peu l'échéance. En fait, c'est l'inverse : la vision t'apparaîtra quelques dizaines de minutes avant que l'évènement ait lieu. Puis, le délai s'allongera à une heure. Ou plus.

— Mais à quoi bon être prévenu d'un drame, même deux jours à l'avance, si tu ne peux rien faire pour le contrer ? Ne me dis pas qu'on peut changer le futur, comme dans les plus grands films de science-fiction ?

Jackpot ricana.

— Notre monde n'est pas un film de science-fiction, je t'arrête tout de suite. On ne peut pas changer le cours des choses. Ce sont nos visions que nous pouvons modifier.

— Et… Ce n'est pas de la science-fiction, ça, tu vas me dire ?

— C'est juste une faculté de l'esprit. Les évènements se calquent sur nos visions et non l'inverse. Une fois que tu as compris ça, tu progresses de plus en plus. Moi, pour l'instant, j'arrive juste à modifier des prédictions relatives au menu du soir ou aux vêtements que Bernie va porter. Rien de bien intéressant…

— Je comprends mieux ! s'exclama Bernie avant de soulever son t-shirt. L'homme portait un soutien-gorge.

Jackpot rit à pleins poumons.

— Merci ! Je me demandais justement si j'avais réussi mon coup !

— Sale petit morveux ! Et moi qui me demandais secrètement si je ne devenais pas fou… Ce matin, quelque chose m'a poussé à enfiler un vieux soutien-gorge de Jenna et je n'ai rien pu faire pour m'en dissuader. Cette force étrange, c'était donc toi !

Bernie gratta la tête du jeune adolescent.

— Désolé, je trouverai un autre cobaye la prochaine fois !

— J'espère bien ! Allez, je vais me changer. Manifestement, pour dévoiler les ficelles d'une telle capacité, personne ne fera meilleur prof que toi. Mais ne lui enseigne pas ce genre de bêtises, hein ?

Bernie lança un clin d'œil affectueux à Jackpot et s'éloigna.

— Allez en piste, fit le garçon à June. Mets-toi debout, en face de moi et focalise-toi sur une personne que tu apprécies particulièrement ici. Quelqu'un que tu discernes bien.

Immédiatement, June pensa à Loula.

— C'est plus facile de visualiser un individu que tu connais sur le bout des doigts pour commencer. Pense à lui, sans forcer, sans te mettre de pression. Quand tu as son visage en tête, je te demanderai de poser ton index entre tes deux yeux, ça aidera.

Sans poser de questions, June, les paupières fermées, s'exécuta. Les conseils et la voix grave de Jackpot l'avaient suffisamment détendu et déjà, il sentit comme un fluide invisible quitter son index.

— Je crois en toi, June. Tu vas y arriver.

Le fil translucide qui partait du creux à la base du nez de June s'étira. S'étira encore. Brusquement, il sentit que cette liaison avait atteint sa cible. Le fil s'était accroché à Loula. Tout cela, il le ressentait dans son esprit. Personne autour de lui ne remarqua quoi que ce soit. Pas même Jackpot, jusqu'à ce que June l'en informât.

— La liaison est établie, annonça-t-il sans vraiment savoir de quoi il parlait.

— Très bien, plus que quelques secondes.

Soudain, une vision éclaira les pensées de June. Loula se faisait percuter par Hasard et tombait au sol. June ouvrit grands les yeux et se tourna vers la petite fille, tremblant. Il savait ce qui allait lui arriver et devait agir. Il courut vers le garçon pour l'éloigner de Loula. Mais dans la surprise, Hasard trébucha, percuta Loula qui tomba au sol. Comme dans sa vision.

— P-pardon ! Je n'ai pas fait exprès ! s'écria-t-il affolé. Tout va bien ?

— Rien de blessé ! répondirent Hasard et Loula en se relevant. La mine abattue, June retourna auprès de son éclaireur.

— Tu ne m'as pas écouté. Tu as essayé de changer les évènements au lieu de modifier tes visions. C'est la seule manière, June. J'ai moi-même essayé, crois-moi. Allez, remets-toi en position, je vais t'expliquer.

Le garçon prit une grande inspiration, ferma les yeux et se laissa guider. Il n'avait pas vraiment le choix s'il voulait avancer. Même s'il n'y croyait pas vraiment.

— Tu fais exactement la même chose, sauf que dès que tu sens un flash se pointer, tu prends le temps de l'observer. Tu tentes de le ralentir.

Pour June, qui depuis ses premières prémonitions avait toujours craint les suivantes, car elles représentaient pour lui la survenue d'un évènement effrayant, suivre les instructions de Jackpot constituait un véritable challenge. Au lieu de prendre du recul sur les flashs qui le hantaient tant, il devait s'y concentrer. Au lieu de les appréhender, il devait les considérer comme des alliés. Cette fois, il cibla un autre individu. Bernie. Il ne voulait surtout pas risquer de blesser Loula en commettant une nouvelle erreur. Il plaça son doigt entre ses deux yeux, puis un fil imaginaire s'étendit jusqu'à l'homme concerné. Brusquement, une lumière vive transcenda son cerveau. C'était le signe qu'une vision se déclenchait.

— N'oublie pas, chuchota Jackpot à son oreille, tu la ralentis et tu la modifies.

Avec un grand effort de réflexion, mais en veillant à ne pas se mettre la pression, comme on lui avait conseillé, June tenta de disséquer les images qui lui apparurent. Bernie avançait dans le couloir. Voilà le point de départ de sa visualisation. Le garçon savait ses prémonitions très rapides. De peur de perdre le cours des évènements, et de ne pouvoir contrôler ce qu'il verrait en temps voulu, il augmenta d'un niveau sa concentration. Il tenta de faire le point sur chaque mouvement. En l'occurrence, il s'agissait des jambes de Bernie arpentant le corridor. À la grande surprise de June, plus il essayait de décortiquer l'activité des membres inférieurs, plus ceux-ci ralentissaient. En réalité, Bernie ne levait pas le pied, mais les images projetées dans le cerveau de June, elles, défilaient moins vite. Comme s'il avait modifié la vitesse de son film mental. Bientôt, Bernie s'arrêta totalement de marcher.

Le devin jubilait de ce qu'il avait accompli. Mais juste à temps, il se reprit. Il fallait aller jusqu'au bout des choses. Il pouvait y arriver. Il se mit alors à regarder le tableau dans son ensemble. L'homme se dirigeait vers la porte qui donnait sur la Salle des Cabinets. C'était la pièce située juste à côté de celle des Entraînements. June eut donc l'idée de dévier la direction de Bernie et de le faire venir à lui.

« Quelques mètres de différence, je ne demande pas la lune ! », songea-t-il.

L'apprenti visualisa alors les jambes de Bernie comme s'il s'agissait des siennes. Il leur intima l'ordre de changer de sens. Petit à petit, la « vidéo » redémarra où elle s'était arrêtée, mais les images s'enchaînèrent plus lentement, cette fois.

Par la force de sa volonté, June fit avancer les gambettes de l'homme jusqu'à la porte de la Salle des Entraînements. Puis il se focalisa sur la main droite de son mentor et la dirigea, comme un pantin, vers la poignée. Lentement, la porte s'ouvrit et l'homme se retrouva dans l'embrasure. La vision s'interrompit en un flash blanc. June ouvrit les yeux, il était éreinté.

— Alors ? lui demanda Jackpot.

— Alors… J'ai fait ce que tu as dit… Enfin je crois…

Quelques secondes plus tard, Bernie apparut sur le seuil de la porte, l'air hagard.

— Pourquoi je viens ici moi ? se demanda-t-il à voix haute. Je voulais pisser…

Le gus, perdu, quitta aussitôt la pièce. June éclata de rire et sauta au cou de son ami.

— Jackpot !!! J'ai réussi !!!

Très vite, encensé par son premier succès, le garçon désira renouveler l'opération. Il voulait être certain qu'il ne s'agissait pas d'un coup de chance. Qu'il avait réellement de l'impact sur ses visions, et donc sur les évènements. Au bout d'une heure, Jackpot en devint presque jaloux : son élève l'avait clairement dépassé. Mais en même temps, il partageait le bonheur du garçon qui le matin-même ne croyait pas en ses compétences. À la pause-déjeuner, June semblait sur un petit nuage. Il ne cessait de vanter ses exploits et envisageait déjà d'autres réussites à venir. Il s'amusa même à faire tomber le plat des mains de Mars, ce qui ne manqua pas d'amuser la galerie. Bernie, se rendant compte de l'acte du gamin, le rappela immédiatement à l'ordre.

— Ça ne va pas du tout, petit. On ne se sert pas de ses pouvoirs pour se moquer des autres. Et surtout, on n'utilise pas ses dons en dehors des entraînements, à moins d'une extrême nécessité. J'en profite pour faire un petit rappel général. C'est bien compris les amis ?

— Oui, répondirent en cœur les jeunes Éphémères.

— Se servir de ses pouvoirs à des fins néfastes ou inutiles, c'est un peu comme utiliser ses yeux pour viser au sniper, ou utiliser ses oreilles pour écouter aux portes. Ça, c'est réservé aux crapules. Aux mauvaises personnes. Nous, les Éphémères, nous sommes tenus d'incarner des modèles de bienveillance. Nous devons nous montrer irréprochables. Compatissants. Altruistes. Notre naissance illégale est une chance à exploiter. Il n'est pas question de gâcher cette vie qui nous est offerte !

Le discours de Bernie mit tout le monde d'accord. Même ceux qui, trop jeunes, ne comprenaient pas tout ce qu'il venait de prononcer. L'intention était louable et c'était bien l'essentiel.

Dès la reprise de la session d'entraînements, l'après-midi même, June se montra plus humble. De toute façon, ses exercices ne se couronnaient pas tous de succès, bien au contraire. Et ses erreurs de débutant le remirent rapidement à sa place. Il avait encore du pain sur la planche.

Entre deux sessions, il observa les progrès de ses camarades et servit même d'assistant dans certaines situations. Numéro-deux, par exemple, lui demanda son aide pour défier son hyperempathie. Et pour le coup, June fit moins le fier. Tandis que le premier se tournait contre le mur les yeux clos, le second servait de cobaye à émotions. Le devin subit les chatouilles infernales de Chance et Victoire pendant que son partenaire, pour sa part, contenait tant bien que mal son fou rire et ses ressentis.

Pour le travail suivant, June se fit piquer avec une fourchette, et son comparse empathique s'entraînait à deviner où il était touché. Au bout d'une heure de travail, Numéro-deux arrivait tout juste à puiser l'émotion à l'instant où elle naissait chez June. Une prouesse qui lui demandait énormément d'énergie. Il préféra stopper l'exercice.

Loula, elle, ne pouvait se servir de cobayes. Elle n'allait pas blesser volontairement quelqu'un pour pouvoir améliorer ses méthodes de guérison. Cela n'avait pas de sens. Pendant les sessions de groupe, elle restait donc principalement spectatrice. Mais régulièrement, Bernie la téléportait dans des hôpitaux, la nuit, pour qu'elle puisse donner libre cours à ses facultés. Bien souvent, les patients soignés durant leur sommeil évoquaient un miracle divin pour expliquer leur soudain bien-être. Peu importait, l'essentiel étant que Loula fût utile.

Évidemment, dans ce monde d'immortels, personne ne craignait véritablement la maladie. Celle-ci disparaissait toute seule, par la simple régénération des cellules. Même s'ils ne mouraient pas, les individus souffrants devaient prendre leur mal en patience pendant que leur corps se reconstituait lentement. La taille d'un humain dépassant largement celle du bogo, les délais de rétablissement se multipliaient à proportion égale. Ces établissements n'avaient donc d'hôpitaux que le nom. À vrai dire, il s'agissait de simples dortoirs. De salles d'attente. Pour faire des économies, depuis que les Hommes étaient devenus immortels, les dirigeants avaient supprimé tous les emplois liés à la santé. Même les calmants n'existaient plus. L'action de Loula représentait donc une aide précieuse pour les personnes alitées. Leur supplice, censé durer jusqu'à plusieurs semaines selon la gravité, s'écourtait alors pour leur plus grand bonheur.

Le don de Chance intriguait tout particulièrement June. L'idée de pouvoir lire dans les pensées des autres était plus que séduisante.

— Ça a longtemps été un fardeau pour moi, se confia le garçon de huit ans.

Il s'exprimait comme s'il en avait quinze. En fait, d'une façon générale, la maturité faisait partie des grandes caractéristiques des Éphémères. Était-ce dû aux difficultés qu'ils avaient traversées ? Aux responsabilités qui pesaient sur leurs épaules ? À leur vie en communauté ? Toujours était-il que, comme des orphelins sur un champ de bataille, les petits mortels se montraient singulièrement vifs d'esprit. Intelligents et cultivés.

Mais surtout, leur faculté à analyser les choses s'avérait tout à fait déconcertante. Surtout pour June, qui n'avait quitté ses parents que quelques jours auparavant.

— Un fardeau ?

— Bien sûr ! Certains ont des idées un peu étranges. Des pensées honteuses, ahurissantes… Parfois même diaboliques… Et bien moi, je les entends toutes.

Sans le vouloir, mais justement parce qu'il ne le souhaitait pas, June pensa à la pire des choses possibles.

« Je vais te tuer », formula son cerveau.

— J'ai entendu, June. Pas de bol, tu ne le penses pas vraiment. Sinon crois bien que je t'aurais collé une baffe !

— Mince ! Tu dois trouver ta vie particulièrement bruyante ! Tu peux pas mettre les réflexions des autres en sourdine ?

— Si si, heureusement ! J'y travaille d'ailleurs. Maintenant, j'arrive à écouter seulement quand j'en ai besoin. Il n'y a que lorsqu'une pensée possiblement dangereuse m'entoure qu'elle me vient à l'esprit sans filtre. De cette façon, si je croise un serial killer, ou même un policier dans le monde extérieur, je peux me réfugier à temps.

— Et tu peux lire dans les pensées à distance ?

— C'est justement ce sur quoi je commence à bosser. Mon rêve, ce serait d'entendre mes parents, restés à l'usine. En ce moment, j'apprends à transmettre des messages, mais ce n'est pas facile… Il faut que l'autre soit vraiment réceptif. Et avec les immortels, j'ai peu de chances d'y parvenir. Ce sont des toxicos, il ne faut pas l'oublier.

— Tu veux qu'on essaye ? demanda joyeusement June.

Tous deux tentèrent des transmissions de pensées. Le devin n'arrivait pas à percevoir celles de Chance, évidemment, mais il servait de support à son camarade. Cela ne l'embêtait pas, au contraire. C'était déjà incroyable d'entendre ses propres songes formulés par la bouche d'un autre.

— J'ai faim ! fit Chance.

— Ah, toi aussi ?

— Mais non, débile ! C'est ce que tu penses !

Tous deux continuèrent l'entraînement durant près d'une heure, June n'hésitant pas à corser l'exercice en formulant intérieurement des phrases à rallonge. Mais plus le temps passait et plus Chance affinait sa vision mentale. À force, il comprenait l'état d'esprit de son partenaire et put énoncer à haute voix ses pensées à mesure qu'elles se formaient.

Alors que, longtemps, il avait considéré son propre don comme un fardeau, June prenait confiance en ses capacités. Dès les premiers entraînements au Repaire, il avait été encouragé par ses performances. Le garçon bénéficiait d'une certaine précocité. Il apprenait facilement. Très vite, l'engouement lui était monté à la tête et il avait failli se brûler les ailes. Heureusement, ses camarades, surtout Bernie, en avaient vu d'autres. Leurs conseils étaient parvenus à calmer les ardeurs du garçon et à le recentrer sur l'essentiel : rendre service aux autres et aux générations suivantes.

Voilà l'objectif des Éphémères. Les dons ne devaient en aucun cas être perçus comme des phénomènes magiques, surnaturels ou comme des pouvoirs de superhéros. Il s'agissait de capacités mentales, tout simplement. Certes, ces facultés sortaient de l'ordinaire. Toutefois, même si elles ne ressemblaient pas à celles du commun des immortels, elles restaient naturelles. Elles s'étaient développées toutes seules, en réaction à la toxicomanie de leurs parents. Elles se travaillaient comme on apprenait à marcher, à écrire ou à réfléchir. Mais elles étaient innées. Il n'était pas question de manipuler autrui par ses dons, comme il n'était pas permis d'utiliser ses mains pour tuer. June l'avait finalement compris, tout comme les autres Éphémères.

L'avantage de l'ère violente dans laquelle les humains évoluaient, c'était qu'en dehors du Repaire, un mortel ne faisait de toute façon pas long feu. Quelles que fussent ses aspirations, un Éphémère à découvert n'avait donc pas vraiment le temps de faire du mal. Et même lorsqu'il ne se faisait pas attraper par les hommes de main, c'était la réalité qui le rattrapait un jour ou l'autre.

— C'est arrivé, une fois, raconta Bernie aux Éphémères, autour d'un feu de camp établi dans la Salle Naturelle.

Le système d'aération de cette pièce permettait d'éviter toute intoxication et l'ambiance y était conviviale. Unique, Joy et Victoire jouaient de la guitare et de l'harmonica, tandis que le reste de la troupe écoutait avec attention le récit de leur mentor, autour d'un verre de jus de fraises du jardin.

— Le petit s'appelait Deux-mille-quinze.

— En référence à une date ?

— Au nombre d'essais avortés avant sa naissance. Un beau départ dans la vie, un nom pareil. N'est-ce pas ?

— Comme nous tous, fit remarquer Accident.

— Pas faux, admit Bernie. Bref, ce gosse avait le don d'ubiquité. Une capacité très rare. C'était bien utile pour nos missions et pour mettre la main à la pâte, au Repaire. Le gamin pouvait parfois se dupliquer en quatre ou cinq personnes, ce qui était admirable, bien que difficile à gérer. Mais cela nous dépannait grandement. Et puis un jour, à l'âge de vingt-deux ans, après avoir énormément progressé en entraînements, il a fugué. Je n'avais rien contre, mais il aurait pu prévenir. On a appris après par les journaux, suite aux enquêtes policières, qu'il s'était multiplié en quinze individus sur la planète pour duper les immortels. Il s'était fait passer pour ce qu'il n'était pas, avait abusé de la faiblesse de filles en mal d'amour et avait dérobé de grosses sommes d'argent. Mais sa faim exacerbée pour la manipulation, sa soif intarissable pour le profit a fini par lui nuire. Un jour, obsédé par le fric, il s'est dupliqué en près de cent versions de lui-même. Cette erreur l'a rendu fou à lier et absolument incohérent. Il n'arrivait plus à diriger correctement ses différents corps ni à les rassembler. Tel un légume, il n'a alors rien pu faire face à la police. Les enquêteurs ont réussi à intercepter chacune de ses versions et l'ont incarcéré, dans sa totalité. C'est lors d'une visite médicale, après une banale analyse sanguine, que le lien entre les personnes a été remarqué. Comble de l'interdit : ce même individu et ses copies n'avaient jamais été bogoluxés. Deux-mille-quinze a donc aussitôt été tué dans son intégralité. Cela faisait seulement une semaine qu'il avait fui le Repaire.

En entendant cette histoire, Loula avait agrippé la main de June. Ses deux paumes moites le tenaient en étau, captif de son étreinte. Il était son pilier, elle était sa petite protégée.

CHAPITRE 10

Feu

Chaque jour, il la faisait rire. Avec ses cheveux en pagaille, ses petits yeux bleus aux paupières gonflées. « Des yeux d'autruchons », le taquinait-elle. Il avait dix-huit ans, elle allait sur ses quatorze. Cela faisait déjà huit ans qu'il était arrivé au Repaire. Huit ans qu'elle se sentait pleinement entière. C'était son meilleur ami, aucun doute là-dessus. Celui sur lequel elle pouvait compter. Souvent, il la rappelait à l'ordre lorsqu'elle faisait des bêtises. Comme se comporterait un grand frère. Lui, se décrivait comme un casse-cou. Malgré son âge, rien ne calmait ses envies d'aventures. Souvent, il rentrait de mission une jambe cassée ou revenait d'une séance de jardinage les mains pleines de sang. Loula s'y habituait. Chaque fois, elle le guérissait. Elle le soutenait. Parfois, elle se demandait même si ses blessures n'étaient pas volontaires. C'est qu'elle prenait son temps, lorsqu'il s'agissait de June. Elle veillait à ce que chaque partie de son corps fût pleinement rétablie. Elle ne faisait pas seulement attention à son enveloppe corporelle. La jeune fille soignait son patient jusqu'à la moelle épinière. Autant dire que sa santé de fer n'avait rien à envier à celle des immortels. Loula connaissait son ami sur le bout des doigts et savait immédiatement lorsque quelque chose ne tournait pas rond. Pour cela, la guérisseuse n'avait pas besoin du don de télépathe. Les liens du cœur fonctionnaient tout aussi bien qu'une transmission de pensées. Désormais, June était un homme, elle, une adolescente. Et plus le temps passait, plus elle s'attachait à lui. Orphelins, ou en tout cas éloignés de leurs parents d'origine, les Éphémères disposaient d'une sensibilité exacerbée. Ainsi, ils se liaient facilement d'amitié. Ensemble, ils formaient une grande famille.

Pas un seul jour ne passait sans étreintes ni embrassades.

Ces marques d'affection coulaient de source et témoignaient d'un profond besoin de douceur. Comme des frères et sœurs, les jeunes mortels avaient construit une extraordinaire complicité. Entre Loula et June, c'était différent. Elle ne savait pas vraiment déterminer ce qui se tramait en elle, mais elle sentait qu'un changement s'opérait. Pas seulement la puberté. Un sentiment plus fort naissait jour après jour au fond de son cœur. Et dans un coin de sa tête.

Un matin, la jeune fille se réveilla en sursaut. Elle alluma sa lampe de poche et regarda immédiatement à sa gauche. Personne. Le lit de June demeurait vide, la couette avait été repliée, laissant le drap blanc inerte. À sa droite, les autres Éphémères dormaient tous à poings fermés. À en juger par le calme ambiant, il était tôt. Peut-être même tard dans la nuit. Cette réflexion accrut considérablement son angoisse, l'insomnie n'étant pas une habitude chez June. Et jamais il ne se levait aux aurores. C'était le plus pantouflard de tous les mortels. D'un naturel vaillant, il n'en restait pas moins accro au sommeil. Tout cela semblait bien étrange. Inquiétant, même.

Loula déplia ses membres, enfila ses pantoufles et se leva à tâtons. Seule la faible lumière de sa dynamo guidait ses pas. Pour ne pas réveiller ses camarades, elle préféra ne pas tourner la bruyante manivelle de son appareil et la luminosité diminua rapidement. Mais une fois seule dans le couloir, elle put éclairer davantage son champ de vision. Elle décida alors de se laisser guider par son flair. Était-il malade ? Le long corridor présentait devant elle des dizaines de portes. Cela lui donnait le vertige. Elle ne pourrait toutes les ouvrir sans réveiller Bernie, dont le sommeil était aussi léger qu'une plume d'oie. Il fallait donc qu'elle utilisât son esprit. Son intuition n'était clairement pas aussi développée que celle de June. Mais sa connaissance du corps humain était presque infaillible. D'habitude, elle devait toucher une épaule ou une particule de peau pour se connecter au système immunitaire de l'individu à soigner. À distance, elle n'avait jamais rien fait de tel. Il n'était pas trop tard pour essayer.

Naturellement, elle ferma les yeux et pensa à celui qu'elle cherchait. Ses cheveux sauvages, son visage doux, ses yeux d'autruchons… Elle tendit le bras dans les airs et serra la main de son comparse par la pensée. L'imagination, à haute dose, concrétisait la visualisation. C'est ce qu'elle avait observé à travers les entraînements hebdomadaires de ses camarades. Elle se concentra tellement fort qu'elle sentit presque physiquement les doigts musclés de June contre sa paume.

« Il a mal à la tête. À l'arrière du crâne. Comme un choc. Ses jambes… Ses jambes sont meurtries. Quelques hématomes. Son bras droit… Son bras droit !!! Fracturé. Sa main… Il y a un corps étranger. Une… épine ?! »

Les yeux de Loula s'ouvrirent en grand lorsqu'elle comprit où se trouvait son ami. Au milieu des ronces. Le seul lieu susceptible d'abriter des épines. Elle donna trois tours de manivelle à sa dynamo et courut jusqu'à la dernière porte. Celle de la Salle Naturelle.

— June !!! s'écria-t-elle.

Pas de réponse. La jeune fille se dépêcha de rejoindre les framboisiers au pied du noisetier.

Elle y trouva son acolyte, allongé au milieu des arbustes aux fruits rouges. La chute avait été si violente que le corps du garçon courbait les branchages. Son visage reposait sur le sol. Immédiatement, l'adolescente attrapa la main du jeune homme et commença par le plus préoccupant. Le plus pressant. Elle visualisa le cerveau de June. Il ne s'agissait pas d'un simple mal de tête. Sa visualisation à distance l'avait induite en erreur. Au lieu de donner des détails sur la gravité de l'accident, elle avait simplement permis un diagnostic flou sur les parties du corps endommagées. Faute d'une migraine, l'homme souffrait d'un traumatisme crânien. Elle en découvrit rapidement l'ampleur. L'os était fracturé à l'arrière de la tête et cachait un hématome grandissant. Le cerveau se comprimait à mesure que l'amas de sang se condensait. Il fallait absolument agir.

De façon mécanisée, Loula usa de ses facultés pour soigner une à une chaque parcelle vivante qu'elle distinguait. L'hématome trouvait sa source dans plusieurs vaisseaux sanguins arrachés par le choc. Par la pensée, elle les ressouda, comme s'il s'agissait de fils d'étain. Peu à peu, les veines se greffèrent les unes aux autres, telles des branches d'arbres, et la sève se remit à circuler des racines jusqu'au feuillage. Loula s'attaqua ensuite au bloc sanguin qui faisait pression sur la cervelle. Elle divisa l'ensemble en microparticules qu'elle déplaça petit à petit dans les tissus de l'organisme. Le corps se chargerait d'évacuer le reste facilement. La partie neurologique était sauvée. June avait échappé à la mort, mais aussi au handicap. Dès lors, la guérisseuse s'attaqua aux fractures du bras et aux plaies du dos.

Le jeune homme ouvrit les yeux. Il avait l'habitude de se trouver face à Loula lorsqu'il se réveillait après un accident. Mais cette fois, il avait bien cru ne jamais la revoir.

— Merci, lui dit-il.

— Attends, ce n'est pas fini, tu es couché dans les ronces. Tiens ma main, lève-toi doucement et sors de là…

Le jeune homme s'exécuta et s'assit contre le tronc du noisetier, tandis que Loula lui retirait les épines de la peau, toujours par la force de l'esprit. Elle parvenait, en provoquant la séparation des cellules cutanées, à repousser les pics végétaux vers les pores, et à les éjecter au sol. C'était hypnotisant. Mais June avait l'esprit ailleurs.

— Bon, dis-moi comment tu t'es retrouvé dans les framboisiers, June. Comment as-tu réussi à frôler la mort en pleine nuit, dans la salle la plus sécurisée du Repaire ?!

La lumière de la Lune se reflétait dans les multiples miroirs qui ornaient la pièce pour se projeter dans les yeux humides du garçon. Loula l'avait guéri. Pourquoi paraissait-il si mal ?

— Je suis tombé.

— Ça je m'en doute, répondit la jeune fille, d'un ton agacé.

Elle ressemblait à une couturière face à une série de costumes à reprendre. L'adolescente avait développé des réflexes dignes d'une professionnelle. Mais au lieu de travailler avec ses mains, elle utilisait ses yeux de biche et la force de l'intention pour agir sur les cellules de ses patients. Concentrée à sa tâche, elle répondait tout de même du tac au tac, telle une maman en plein repassage à ses enfants en pleurs.

— Ton crâne ne s'est pas divisé en deux pour rien. À mon avis, tu n'es pas simplement tombé, tu as fait une grosse chute. Qu'est- ce que tu fichais en haut du noisetier, tu peux me le dire ? Tu te rends compte que sans moi, tu serais mort, là ? Mort dans un framboisier ! C'est pitoyable comme fin, pour un Éphémère! Tu n'étais même pas coursé par des immortels… Rien ! C'était juste la nuit, et tu as décidé de faire le casse-cou, comme toujours… Tu as vraiment intérêt à me donner une bonne raison.

— J'ai vu ma mère… Elle se faisait brûler vive.

Loula laissa échapper un petit cri, et par la surprise, enfonça une épine sous la peau de June.

— Aïe !

— P-pardon ! Brûler vive ?! Où ? Quand ?

— C'est trop tard, Loula.

Ses yeux se remplirent de larmes qui, avec l'éclairage lunaire, formaient des étoiles filantes. La jeune fille serra son ami dans les bras et se laissa contaminer par sa tristesse. Appuyé sur son épaule, June continua.

— Je dormais et j'ai été réveillé par une vision. C'était ma mère, j'en suis sûr. Elle était enceinte et se faisait conduire par deux hommes vers un bûcher. Traînée comme une sorcière. J'ai immédiatement tenté de modifier la vision. De repousser les bourreaux qui la menaient à son destin. J'ai d'abord réussi. Puis la vision est revenue. Les types semblaient agacés d'avoir dévié de leur trajectoire et ont recommencé. J'ai moi-même retenté une modification. Et ainsi de suite. J'ai renouvelé l'opération à peu près vingt fois. J'étais à bout de forces, alors je me suis précipité vers la Salle Naturelle pour puiser de l'énergie tout en continuant ma mission. Chaque fois, les gars reprenaient leur tentative de meurtre là où ils s'étaient arrêtés. Chaque fois, ils apparaissaient plus énervés, plus motivés. Et à chaque fois, je les repoussais davantage. Mais même les pieds dans la terre, mes forces s'amenuisaient. Alors j'ai grimpé à l'arbre. Car Bernie a dit un jour : « à la cime d'un arbre se trouve la source absolue d'énergie vitale ». Mon œil ! Je suis monté, de branche en branche, tandis que les visions apparaissaient et me cachaient la vue. Au moment où j'allais à nouveau modifier la trajectoire de ces deux assassins, ils ont pris les devants en jetant violemment ma mère sur les bûches. Ça m'a pris de court. Je n'ai pas eu le temps de réagir. Un troisième est apparu sans prévenir et a jeté une allumette sur le tas de bois. Ils avaient dû l'asperger d'essence peu de temps avant, ces salauds. Car elle a immédiatement pris feu. J'avais la vue brouillée par la fatigue et la terreur, mais malgré tout, l'image a marqué mon esprit. À tout jamais. Ma mère hurlait, gesticulait. Elle s'est écroulée et les flammes jaunes continuaient de la dévorer. Les trois bourreaux se tenaient devant elle, plantés comme des vauriens. Je n'ai rien pu faire. Mes tentatives ont toutes échoué. Je m'en veux tellement !

June s'effondra dans les bras de sa confidente. Celle-ci resta silencieuse. Aucun mot ne pouvait vraiment apaiser la détresse du jeune homme tant elle était grande. Mais la présence de son amie atténuait un tant soit peu son sentiment de solitude.

Si cela était déjà le cas par la distance, June venait de devenir orphelin du côté maternel. Loula lui caressait les cheveux, pensive.

— Ils n'ont pas seulement tué ma mère, ils ont aussi assassiné son bébé ! Et moi, je me retrouve là, à survivre... Et je n'ai même pas pu les protéger. Quelle injustice !

— June, je comprends ta peine... Mais par pitié, ne culpabilise pas d'exister ! C'est à eux qu'il faut en vouloir. Cette société dictatoriale, qui veut que certains aient le droit de subir une vie de misère pour l'éternité, et d'autres se fassent tuer à la moindre occasion et dans les pires souffrances...

Le jeune homme pleurait sur l'épaule de Loula.

— Tu as tout essayé, tu as fait ce que tu pouvais. Tu n'as pas pu la sauver, mais nous en épargnerons d'autres, lorsque le Bogolux aura été aboli.

— Je perds espoir...

— Ferme les yeux. Je t'offre le peu d'espoir que j'ai en réserve dans mon cœur. Tiens.

June prit une grande inspiration et se blottit encore plus fort contre l'adolescente. Elle sentait bon la fraise des bois.

— Dis-toi qu'au moins ta maman, épuisée par cette vie monotone, a enfin pu quitter la prison dans laquelle elle s'était enfermée à l'âge de vingt-trois ans. Ce n'était pas une vie. Et contrairement à des milliards d'autres, elle a réussi à mettre au monde un garçon aux pouvoirs spectaculaires. Un survivant. Un être exceptionnel. Fort, beau, intelligent...

June recula et regarda Loula droit dans les yeux. Sa mère n'était pas l'auteure de ces considérations. À vrai dire, Lucy n'avait pas revu son fils depuis presque dix ans. Celle qui le considérait comme une personne bourrée de qualités et de talents, c'était Loula. Cette fille qui prenait tant soin de lui. Celle qui avait pris la relève depuis son départ de chez ses parents. Mais la brunette ne s'occupait pas de lui comme une mère. Non. Elle s'en occupait comme une amie. Comme une sœur. Et depuis peu, comme une amoureuse. Oui, c'était l'amour qui sentait si bon la fraise des bois. C'était l'amour qui avait les yeux verts. Ces iris couleur émeraude, il ne les avait pourtant jamais remarqués jusqu'alors. Ces lèvres roses comme les framboises du potager. Ces cheveux blonds comme la Lune sur les miroirs de la Salle Naturelle. Cette lumière douce qui éclairait à cet instant précis le sourire apaisant de Loula.

Elle n'était plus la fillette sautillant joyeusement lors de son arrivée au Repaire. Aujourd'hui, elle était devenue une vraie jeune femme calme et pleine d'assurance. Une personne solide sans laquelle June aurait souvent perdu pied.

Sans réfléchir, les yeux encore mouillés par la tristesse, il posa sa bouche sur celle de Loula. Une agréable sensation de chaleur se diffusa dans les deux ventres qui se faisaient face. Deux abdomens affamés d'affection, de bonheur et de projets. Deux corps qui s'étaient trouvés et ne demandaient qu'à se rejoindre, encore et toujours.

Les dons de guérison de la tendre Loula n'étaient finalement pas à l'origine du sauvetage du turbulent June. Des prémonitions n'auraient sans doute pas suffi à réveiller la jeune fille. Sans être télépathe, elle avait pu deviner où June était tombé. Et sans être douée d'hyperempathie, elle avait pu calmer la détresse de son âme sœur.

C'était l'amour. L'amour qui avait permis à Loula de réchauffer le cœur de June. L'éphémérité de leur existence avait poussé le garçon à se révéler à celle qui lui avait porté secours. À lâcher prise une fois pour toutes.

CHAPITRE 11

Entraide

— CHANCE ! J'AI BESOIN DE TOI ! hurla Bernie en ouvrant brusquement la porte des douches.

— HÉÉÉÉÉÉ ! s'écrièrent les Éphémères nus en chœur.

Ils étaient loin d'être pudiques, et vivaient en communauté depuis leur plus jeune âge sans la moindre mauvaise intention, mais tout de même !

— PARDON, hurla Bernie en refermant la porte. MAIS C'EST URGENT ! MARS S'EST MAL TÉLÉPORTÉE ET JE NE SAIS PAS OÙ ELLE EST TOMBÉE !

Il criait si fort que sa voix surplombait les dizaines de jets d'eau qui s'écrasaient bruyamment sur le carrelage blanc. À cette phrase, les douches s'interrompirent subitement et un silence s'installa tandis que toutes les têtes se tournèrent vers le seul télépathe de la pièce.

Chance soupira et se sécha rapidement avant de s'habiller. S'il s'agaçait, ce n'était pas par mauvaise volonté, mais parce que cela faisait dix-huit fois qu'il venait en aide à Mars depuis la veille. Dix-huit fois qu'elle ratait sa cible. Dans ces moments-là, il regrettait de s'être tant entraîné. Les autres télépathes étaient largement moins sollicités.

— Qu'est-ce qui lui arrive ? demanda-t-il à son aîné une fois dans le couloir.

— Je viens de te le dire ! s'énerva Bernie, stressé par l'absence de la demoiselle.

— Je veux dire : pourquoi est-ce qu'elle échoue comme ça ? Ce n'est pas son habitude !

— Je ne sais pas... Je vais en discuter avec elle... En attendant, il faut se dépêcher. Imagine qu'elle soit tombée en plein cœur d'une foule d'immortels ou dans l'océan ! Ses minutes sont comptées, Chance. Ne traîne pas !

Le garçon, désormais âgé de seize ans, ferma les yeux et posa ses deux index contre ses tempes. Rapidement, il s'infiltra dans le cerveau de Mars. Il y était habitué et cela était devenu aussi facile que de sauter à cloche-pied. En un instant, il se retrouvait dans les pensées de la jeune femme. Un sacré bordel, là-dedans.

— Elle a froid, annonça Chance, les yeux toujours clos.

Les pensées se présentaient à lui comme des images. Des mots. Des messages. Ceux-ci défilaient de la même manière qu'un générique de film. Mais ils n'étaient pas vides de sens. Ils s'accompagnaient de sensations, de couleurs. Pour Mars, les lettres s'inscrivaient en jaune sur un fond rose fuchsia. Ça faisait mal aux yeux. L'émotion apparut plutôt vive. Glaciale. Un frisson parcourut l'échine de Chance. Il s'efforça de déplacer sa conscience à l'intérieur même du cerveau de sa cible. Les pensées, finalement, n'étaient pas si importantes, sauf pour s'assurer de la bonne santé de la personne. Dans cette situation, il valait mieux pénétrer dans la partie neurologique dédiée à la vision. Voir ce que l'individu percevait. Et ça, Chance, par chance, commençait à y arriver. Mais il n'était pas encore très à l'aise avec cette fonction mentale.

Il plissa les yeux davantage et se concentra plus fort. Il sentit alors sa « consistance » dématérialisée se déplacer progressivement.

La « consistance », c'était ce que nommaient les Éphémères pour parler de la partie d'eux-mêmes qu'ils maniaient à distance. C'était comme si un échantillon de leur corps, de leur cerveau, de leur force, agissait à l'endroit qu'ils voulaient explorer. Cette chose ressemblait à une petite sphère. Ils la ressentaient comme on se figure l'extrémité d'un bâton au contact d'un objet. Comme un prolongement de soi. La « consistance » représentait également ce que les guérisseurs utilisaient pour visualiser le corps de leurs patients. Ce même truc dont s'étaient servis les télékinésistes pour dessiner le mandala géant sur la Tour Eiffel. Cet outil permettait aussi à June d'interférer sur les évènements de ses visions. La « consistance » s'avérait donc indispensable à Chance pour voyager dans le cerveau de Mars.

Physiquement dans le couloir du Repaire, face à Bernie, l'adolescent se trouvait désormais mentalement dans la partie arrière du cerveau de sa cible. La zone de la vue. Il vit apparaître une première image tout droit issue des yeux de Mars.

— Alors ? lui demanda Bernie, impatient.

Cela faisait déjà cinq bonnes minutes que Chance avait commencé à se concentrer et il n'avait strictement rien dit depuis « elle a froid ». Cela mettait Bernie à bout de nerfs.

— Des étagères remplies de nourriture. Une sorte de ventilateur… Des yaourts…

— Une chambre froide ! Entre en communication avec elle, s'il te plaît.

Chance s'exécuta. L'occasion de s'entraîner à faire fonctionner le troisième pan de ses facultés de télépathe, ayant pour fonction d'inverser le sens de l'échange. De le doubler, plutôt. Car s'il pouvait lire les pensées et voir à travers les yeux de l'individu choisi, autrement dit recevoir les informations, il pouvait également en répandre. Il faisait à la fois office de récepteur et d'émetteur. Bientôt, il entra en connexion avec la partie auditive du cerveau de la jeune femme et s'adressa à elle.

— Mars, c'est moi, Chance. Où es-tu ? L'Éphémère sursauta et lui répondit aussitôt.

— Ah enfin ! Je me demandais si tu allais te décider à m'aider ! Bon sang, si je savais où j'étais, je serais revenue, pardi !

— Hé ho ! Calme-toi, ma p'tite, parce que si je veux, je retourne illico sous ma douche et tu pourras crever dans ton frigo !

Sentant la tension monter, même s'il n'entendait pas Mars, Bernie s'interposa immédiatement entre le garçon aux sourcils froncés et la jeune fille qu'il ne pouvait surveiller.

— Reprends-toi, Chance! Elle a son caractère, on le sait bien, mais use de ton intelligence et de tes capacités pour la ramener ! Focalise-toi sur tes objectifs ! On se chargera des règlements de compte plus tard !

Le jeune homme inspira profondément et reprit sa mission où il l'avait arrêtée. En bon professionnel, tel un enquêteur, il posa des questions malines, courtes et efficaces à son interlocutrice. Celle-ci ne pouvait ouvrir la porte depuis l'intérieur de la chambre froide et n'arrivait pas à se téléporter vers le Repaire. Pour cela, il lui fallait connaître, même approximativement, l'endroit où elle se trouvait.

La téléportation fonctionnait comme un voyage en avion. Il était indispensable d'appréhender le point de départ pour atteindre sa destination. Bloquée dans ce réfrigérateur géant, elle ne pouvait deviner sa position. Son don n'était pas fourni avec l'option GPS, à son grand désarroi.

Une fois ses questions posées, telles que le sens qu'elle avait donné à son impulsion et la durée de son voyage corporel, ce qui pouvait donner un indice sur sa localisation, Chance demeura rapidement à court d'idées. Il ne pouvait pas, télépathiquement, octroyer la force requise par Mars pour ouvrir une porte fermée à clé.

Bernie pensa un bref instant à Victoire, Quatrième et Hasard. Leur don leur aurait permis de faire bouger la poignée depuis l'extérieur de la chambre froide. Mais leur « consistance » ne pouvait être dirigée à plus de cent mètres à la ronde. Et l'homme le savait, aucune boutique, aucun restaurant, aucune boucherie ne se trouvait si près du Repaire.

Cela faisait déjà deux heures que Chance et Bernie tentaient par tous les moyens de venir en aide à Mars. Cette dernière s'était accroupie dans un recoin du réfrigérateur géant et le froid la paralysait. Son visage avait viré au bleu et ses doigts étaient devenus violets. L'inquiétude se lisait sur tous les regards qui entouraient les deux compères. Même s'ils ne pouvaient voir leur amie de leurs propres yeux, la seule image qu'ils se faisaient d'elle leur retourna le cœur. Déjà, ils imaginaient sa mort arriver. Seule dans une chambre froide.

Chance eut l'idée qui débloqua la situation. Une question anodine qui ferait chavirer le cours des évènements.

— Qu'est-ce que tu peux lire sur les emballages alimentaires sur les étagères ?

Mars eut à peine la force d'ouvrir les yeux. Le télépathe le comprit en voyant disparaître l'obscurité au profit de l'apparition trouble d'une porte blanche.

— Courage, Mars, tu vas y arriver ! Ne te laisse pas partir ! Que lis-tu sur les paquets de yaourts ?

Ses lèvres gercées demeuraient collées par le froid. Ses gestes semblaient avoir été ralentis par une télécommande. Mais l'apprenti-téléportatrice réussit tant bien que mal à tourner la tête vers les planches pleines de produits laitiers. Elle rassembla le peu de forces qui lui restait et avança à quatre pattes pour se rapprocher du premier emballage qu'elle voyait. Bien qu'elle ne parvînt pas à prononcer le moindre mot, Chance put le faire à sa place.

— Vuohenmaidosta valmistettu jogurtti... Fallkullan kotieläintila.

— Pardon ?! fit Bernie à Chance, croyant qu'il avait perdu la tête.

Gilda, qui était une adepte de l'informatique et qui avait presque tout le temps une tablette sous le bras, demanda au télépathe de répéter lentement sa dernière phrase afin qu'elle tapât ce charabia dans l'explorateur de recherche.

Le langage portait un nom : le finnois.

— Cela signifie : « yaourt au lait de chèvre, ferme Falkulla », expliqua Gilda, les yeux rivés sur son écran.

Lewis, grand passionné des langues étrangères, enregistra précieusement l'information dans son esprit.

Le déclic s'opéra dans la tête de Bernie. Ses traits, jusqu'alors tendus par la peur de perdre Mars, se relâchèrent.

Pour autant, il fallait agir vite. Il demanda à la jeune informaticienne de lui montrer un plan précis de cette ferme. Une vue aérienne de l'établissement ainsi qu'une carte du monde. Une fois qu'il eût visualisé la distance qui le séparait de cette fabrique de yaourts, Bernie se rendit dans la Salle des Missions. Il avait l'habitude de prendre cette pièce comme point de départ pour se téléporter et préférait, là encore, se donner toutes les chances de réussir.

Jusqu'alors, jamais il n'avait déplacé son corps à de telles distances par la force de l'esprit. La tâche allait être rude. D'autant qu'il n'avait pas le droit à l'erreur. Qu'adviendrait-il aux Éphémères s'il se perdait lui aussi ? Sans Mars ni Bernie, les mortels étaient voués à mourir. Aucune prétention là-dedans. Le doyen faisait juste preuve de réalisme. Personne ne savait se téléporter à part Mars et lui. Sans eux, les jeunes seraient donc dans l'obligation de se rendre dans le monde extérieur à pied et ne pourraient s'échapper en cas de poursuites. Et même si le potager leur permettrait de tenir quelques mois, il y avait toujours des moments moins productifs et moins viables. De temps en temps, il fallait aller chercher de quoi agrémenter leurs plats, de quoi s'informer ou même de quoi s'habiller. Et s'ils décidaient de ne plus quitter le Repaire, à quoi rimerait leur vie ? Rester enfermés pour toujours, ne pas apporter leur pierre à l'édifice du monde, abandonner leur rébellion contre le destin insipide des immortels ? Non, cela ne ressemblait en rien aux Éphémères. Cela ne serait pas digne de survivants aux pouvoirs exceptionnels. Tout poussait donc Bernie à tenir ses engagements. Ne pas rater sa cible et ramener Mars saine et sauve.

Il demanda à ce qu'on le laissât seul. Seul assis à la grande table ronde de la Salle des Missions. Il regarda une dernière fois les plans et les cartes que Gilda lui avait imprimés, ferma les yeux et se concentra de toutes ses forces. Il se focalisa sur les buissons qui bordaient la Ferme Falkulla, en espérant qu'ils n'avaient pas été rasés depuis que la photographie satellite avait été diffusée sur internet. Il visualisa la direction à prendre pour se rendre en Finlande. La position de la ville d'Helsinki sur la carte du monde. Le quartier de Malminkaari sur le plan de la ville. Et les buissons. Les buissons qui bordaient cette immense bâtisse blanche au toit rouge.

Au bout de ce qui lui avait semblé quelques minutes, Bernie sentit le vent contre sa peau. Un air frais et vivifiant. Puis, quelque chose de flasque et humide contre son bras. Il ouvrit les yeux et sursauta à la vue de cet immense cochon rose. C'était son groin qu'il avait senti sur son épiderme. L'homme se trouvait au milieu de la prairie à porcs, à découvert. Heureusement, les cochons, mortels comme lui, ne portaient aucun jugement sur les Éphémères. Peut-être même étaient-ils doués de compassion. Les animaux connaissaient une fin tragique depuis bien plus longtemps que les humains. Du temps où ces derniers pouvaient encore mourir de leur belle mort, les vaches, lapins, chevaux, poules et truies se faisaient déjà réduire en saucissons ou en gigots. Rien à craindre, donc, côté porcherie. Toutefois, Bernie se retrouvait à nu. Par chance, il était tombé à l'heure du déjeuner. Aucun visiteur ne se tenait donc derrière les barrières qui l'entouraient.

Les fameux buissons qu'il cherchait avaient été taillés, possiblement par les groins roses qui se frottaient désormais par dizaines contre ses bras.

— Je vous aime bien, les gars, mais va falloir me lâcher la grappe. Tant bien que mal, Bernie se tourna vers la fameuse ferme, à quelques dizaines de mètres derrière lui. Il faisait un froid de canard. Il avait réussi à se téléporter en Finlande. Mais l'homme préféra éviter de se réjouir de son exploit. Le stress était à son comble et le danger, omniprésent.

Il n'avait qu'un objectif en tête : trouver la chambre froide avant qu'il ne fût trop tard.

CHAPITRE 12

La ferme !

— Il est où ?

— Il fait quoi ?

Chance fut pris d'un puissant mal de tête. Les questions de ses amis autour de lui l'atteignaient comme une série de fléchettes dans son corps. Cela faisait trois heures. Trois heures qu'il utilisait sa faculté de télépathe. Un sens qui était supposé servir de façon ponctuelle et qui était aujourd'hui devenu aussi indispensable que la vue ou l'ouïe. Face à ce changement inhabituel, le cerveau de l'adolescent bouillonnait. Il devait faire en sorte d'ignorer sa vue réelle en se focalisant sur sa vision interne. Ses yeux se reliaient à d'autres, situés à des centaines de kilomètres de là, dans un pays étranger, au beau milieu d'une ferme. Dans le même temps, Chance continuait d'écouter ses amis et de répondre à leurs questions. Un sentiment vertigineux s'empara de lui.

— Alors ? s'impatienta Victoire.

Cette dernière interrogation piqua la tempe droite du télépathe comme si on l'avait découpée au scalpel.

— J'en peux plus ! J'en peux plus ! répéta-t-il, les yeux révulsés. L'ado se tordait de douleur au sol tandis que la foule se tourna d'un bloc vers Paola et Décembre.

Les deux télépathes avaient tenté de se faire oublier, mais les Éphémères avaient bonne mémoire. Elles n'étaient peut-être pas aussi expérimentées que Chance, mais elles savaient lire dans les pensées. C'était déjà bien utile pour calmer les ardeurs des mortels. Leur mentor et leur aînée étant absents, il leur fallait un lien. Une connexion. Aussi mince fût-elle.

Tandis que Jackpot et Accident portaient Chance vers la Salle Naturelle afin qu'il se régénérât, Paola fut escortée au milieu du groupe. Comme si cet endroit du couloir était le meilleur emplacement pour accéder aux pensées à distance. Encouragée par ses amis, et parce qu'elle n'avait pas vraiment le choix, la jeune fille originaire du Portugal se concentra à son tour. Son manque d'entraînement, son angoisse de ne pas réussir et son faible niveau en français ne lui facilitèrent pas la tâche.

Elle était arrivée par hasard au Repaire cinq mois auparavant, alors que Chance avait intercepté ses messages d'alerte. Ses parents avaient tenté de la sauver en fuyant leur pays par bateau. Au Portugal, Paola était connue comme le loup blanc. Ils avaient donc tenté le tout pour le tout en traversant l'océan sur un bateau de fortune, comptant sur le passage de la frontière pour protéger leur fille. Dans la détresse et sans vraiment contrôler ses capacités, la petite télépathe avait lancé des appels au secours par la pensée à tous ceux qui avaient la faculté de les recevoir. Chance en faisait partie. Un après-midi, en pleine vaisselle, il avait capté les signaux de la jeune fille.

Au départ, il avait cru devenir fou : il entendait des voix. Très vite, en lisant les journaux, il avait fait le lien avec l'enfant. Grâce à l'aide de Bernie, Gilda, Décembre et bien d'autres volontaires, Chance avait réussi à localiser Paola. Elle était enfermée dans un cachot à bord d'un bateau de patrouille portugais et avait été séparée de ses parents. Après plusieurs téléportations le rapprochant de sa cible en mouvement, et un plongeon imprévu dans l'océan, Bernie avait finalement mis la main sur la prisonnière.

Tous deux étaient apparus au milieu de la cuisine, trempés jusqu'aux os, sous les applaudissements des Éphémères.

Depuis, Paola s'adaptait tant bien que mal au groupe. Heureusement pour elle, Lewis lui avait été d'un grand recours pour apprendre le français. Mais pour la nouvelle recrue, tout restait encore frais et fragile.

Le temps était venu de montrer de quoi elle était capable.

Avec son interprète, Paola se lança. L'avantage, c'était qu'elle avait un lien particulièrement fort avec Bernie, qui l'avait sauvée de la mort. Elle n'éprouva donc pas tant de difficulté à se connecter à lui.

— Elle dit qu'il est dans une porcherie! lança Lewis, dubitatif.

— Tu es sûr d'avoir bien traduit ? lui demanda Loula.

Paola répondit par un hochement de tête avant de continuer sa description.

— Il a peur de se faire repérer. Il se téléporte à nouveau. À l'arrière de la boutique. La boutique des touristes. Il est... Dans le local à fabriquer les yaourts !

Les sourires des Éphémères apportèrent un peu de blancheur au couloir obscur dans lequel ils étaient encore agglomérés. Bernie s'approchait de son but. La chambre froide ne devait pas se trouver bien loin du laboratoire.

— Uma mulher ! Com uma bata branca !

Paola semblait affolée. Lorsque Lewis expliqua aux autres qu'une femme en blouse faisait face à Bernie, l'ensemble des Éphémères prit peur.

CHAPITRE 13

Résurrection

« Une fois repéré, la durée de vie d'un mortel se compte en minutes ».

Voilà ce que Bernie avait retenu de sa courte existence. À son grand regret, il avait été témoin d'un grand nombre de décès. Cela lui avait au moins permis de tirer des

leçons. Aujourd'hui, il s'en servirait pour sauver sa peau, et si possible celle de Mars.

Dès que la fromagère finlandaise, hurlant des mots incompréhensibles, attrapa son téléphone, Bernie se téléporta derrière la première porte qu'il pouvait distinguer. Il se retrouva dans des cabinets de toilette. L'homme renouvela ses tentatives de téléportation malgré la fatigue qui peu à peu l'envahissait. Un débarras. Un espace de vente bondé de touristes apeurés. Une étable pleine de chèvres. Un local technique. Une chambre froide !

Mars était bleue. Bleue et glaciale. Son cœur battait encore, lentement. Ses paupières avaient déjà recouvert ses jolis yeux bruns. Bernie se baissa à sa hauteur et posa les deux mains sur ses épaules. Il lui fallait à nouveau user de ses facultés. Mais son voyage en plusieurs étapes et les kilomètres parcourus en seulement quelques secondes avaient déjà vidé une bonne partie de son énergie vitale. Tant pis. Il puiserait ses forces restantes pour leur trouver un abri au chaud. Si seulement Loula avait été présente ! Ou bien Unique ! Les deux guérisseurs les auraient remis d'aplomb en moins de deux. Pas le temps pour les remords.

Bernie et Mars se retrouvèrent dans la paille chaude de l'écurie. Il avait repéré les lieux, de loin, lorsqu'il avait atterri dans la porcherie. Ici, le sang de Mars pourrait à nouveau circuler pendant que Bernie poserait ses pieds nus dans la terre du box. La jument hennit de surprise, mais Bernie la calma par ses caresses. Avec un peu de chance, les minutes de survie se transformeraient en heures. Les hommes de la ferme seraient certainement suffisamment occupés à chercher l'intrus dans le bâtiment principal avant de songer à fouiller les parcs à animaux. Il dormit d'un seul œil. Comme un chat prêt à prendre la fuite au moindre danger, l'homme optimisait son temps de repos. Appuyé contre le béton, le bras autour de son apprentie, les orteils plantés dans la terre fraîche, Bernie se sentait déjà mieux. Le souffle inquiet de la jument lui donna le signal à point nommé. Les immortels venaient le déloger. Il téléporta les deux corps dont il avait la charge jusqu'aux cochons, puis dans un grand effort, jusqu'à la côte sud de la Finlande. Après une profonde inspiration, il engagea la téléportation finale, croisant les doigts pour ne pas réapparaître au fond de la mer Baltique.

Son souhait, fort heureusement, s'exauça. Pas par magie, mais par détermination. Cette même opiniâtreté qui animait dans les cas extrêmes les êtres les plus vulnérables. Cette même force surhumaine qui avait un jour permis à cette femme de soulever une voiture pour dégager son enfant percuté. Cette vigueur d'une incroyable intensité qui avait un jour poussé cet homme à plonger dans un torrent glacé pour sauver son fils de la noyade. Comme eux, Bernie sentit naître dans ses muscles une puissance digne d'un superhéros. Car, il visait un objectif similaire : sauver une personne chère à son cœur.

S'il éprouvait de l'affection pour tous les Éphémères sans exception, et les considérait comme ses enfants d'adoption, Mars occupait une place particulière dans son cœur. La jeune fille, qu'il avait accueillie le jour de ses trois ans, avait grandi ici. Il avait été témoin des prémisses de ses facultés. Elle était la seule à savoir se téléporter. La seule avec lui. Pour toutes ces raisons, Bernie l'avait choisie pour prendre la relève une fois qu'il ne serait plus de ce monde.

Le doyen de la bande sentait que ce moment approchait. Pourtant, à soixante-huit ans, Bernie n'avait rien d'un vieillard. Dans le cadre d'une existence classique, sans danger, ni stress ni effort, l'homme aurait espéré profiter de la vie vingt ans de plus, au moins. Mais l'Éphémère-en-chef avait connu les trois. Dangers, stress et efforts. En plus de cela, des traumatismes et de grandes peines avaient souvent surgi sur sa route. Il était né dans le secret, avait dû quitter ses parents à contrecœur et avait porté sur ses épaules la plus grande des responsabilités : celle de ne pas décevoir son père. Il avait construit son propre abri, accueilli des enfants innocents. Il avait ensuite perdu sa femme. L'évènement le plus marquant et tragique de son existence. C'en était suivi une série de pertes plus déchirantes les unes que les autres. Certains amis l'avaient quitté, d'autres avaient péri devant ses yeux, quelques-uns, enfin, l'avaient trahi.

Paradoxalement, Bernie pouvait se féliciter d'avoir vécu des moments d'une rare beauté. D'une force unique. Il avait eu la chance de vivre en communauté. D'avoir vu naître des amitiés, des amourettes, des liens indestructibles. Il avait été le témoin d'incroyables complicités, sources d'une belle et grande famille recomposée. L'homme avait offert une seconde chance à des orphelins condamnés à mort. Ces derniers le considéraient d'ailleurs comme l'initiateur d'un véritable mouvement social. D'une lutte à grande échelle. D'une cause dont il était fier. Son groupe tentait absolument tout pour éveiller les consciences et faire avancer le monde. Et même si les Éphémères venaient à échouer leur ultime mission – faire interdire le Bogolux – il serait tout de même satisfait du travail accompli. De la démarche qu'il avait encensée. Bernie se réjouissait de la vie qu'il avait menée. Malgré les peines, malgré les déceptions, malgré les coups de blues. Malgré la mort qui approchait à grands pas.

Oui, elle approchait, il la sentait. Chaque nouvelle mission, chaque nouvelle téléportation lui coûtait davantage. Chaque fois, il lui fallait plus de temps pour reprendre son souffle, son énergie. En tant que mortel, il s'était préparé à quitter ce monde. Il avait maintes fois imaginé cet instant.

Cela ne le chagrinait pas outre mesure. Cela ne l'effrayait pas le moins du monde. En tout cas, jusqu'à présent. Aujourd'hui, Bernie s'inquiétait. Comment pourrait-il quitter son existence en toute quiétude si celle sur qui il avait fondé ses espoirs et sa confiance n'était plus d'attaque? Qui prendrait alors la relève ? Pourquoi Mars, cette jeune fille si douée, si talentueuse, ratait-elle tous ses déplacements ces derniers jours ? Que lui arrivait-il ?

Tous deux apparurent dans la Salle des Missions. Bernie, assis au milieu de la pièce, Mars couchée à ses côtés. Aussitôt conscient d'avoir réussi son voyage dans l'espace-temps, le sexagénaire attrapa le poignet de la jeune femme pour sentir son pouls. Il battait. Faiblement, mais il battait.

— LOULAAAAAA ! hurla-t-il du fond de ses tripes.

Ce cri finit de l'épuiser. Lorsque la guérisseuse ouvrit la porte, elle découvrit deux corps affalés au sol, dans un piètre état. La jeune femme apparaissait aussi blanche qu'un linge propre, le visage de l'homme, aussi rouge qu'une fraise bien mûre. Dans les deux cas, cela ne présageait rien de bon.

Loula n'avait pas été alertée par la voix de Bernie, qui, cassée par les évènements, ressemblait plutôt à un grésillement de radio. C'était Paola qui avait indiqué le point de chute des téléportateurs à l'ensemble de ses camarades. Le reste du groupe ne tarda pas à débarquer. Malgré leur envie folle d'étreindre ceux qu'ils pensaient condamnés, les Éphémères laissèrent tout de même un cercle vide autour des blessés. Loula avait besoin d'espace afin d'agir au plus vite. Elle se servit de son bras droit comme d'un scanner pour découvrir l'étendue des dégâts et définir ses priorités. Indiscutablement, Mars était la personne à secourir en premier. Sa température corporelle avait chuté à vingt-huit degrés et son cerveau s'était mis en veille. Chaque minute réservait son lot d'incertitudes. Pleine de bonne volonté, Loula n'avait pourtant jamais fait cela. Réchauffer un corps en hypothermie sévère. Elle n'avait pas suivi d'études de médecine. Même si elle avait lu plusieurs ouvrages sur la santé, pour pouvoir mieux visualiser l'organisme de ses « patients », la soignante se trouva totalement empotée.

Elle jeta un regard interrogatif à Unique, mais celui-ci, limité par son faible niveau de guérison, haussa les épaules. Il ne se sentait pas à la hauteur et préférait observer la championne, et apprendre d'elle, que de l'induire en erreur.

De façon intuitive, et parce que cela semblait la meilleure chose à faire dans pareil cas, Loula tenta de réchauffer la peau de Mars. Elle plaça ses deux mains au-dessus de la rouquine et imagina une couverture de survie recouvrir le corps froid qui se trouvait devant elle. Cela fonctionna. Mais les conséquences furent désastreuses. Au lieu d'améliorer l'état de Mars, l'action de Loula empira considérablement les choses. Les doigts de la téléportatrice passèrent du blanc au violet, puis du violet au noir. Sa peau avait tellement refroidi que sous l'effet de la chaleur, elle brûla. Pire : la circulation sanguine de Mars se réactiva de façon périphérique. Le sang glacial qui se trouvait aux extrémités de ses membres se déplaça brusquement vers le centre du corps.

Loula, qui pouvait visualiser ce qui se passait sous l'enveloppe corporelle de son amie, comprit très rapidement son erreur. Et malgré la peur qui l'envahit aussitôt, la guérisseuse prit son courage à deux mains pour changer rapidement de méthode. Elle se concentra alors sur les organes vitaux et y envoya un souffle tiède. Comme un rayon de soleil sur un lac gelé. La chaleur atteignit d'abord le cerveau, puis l'estomac, avant de rejoindre le cœur, les poumons, les intestins et enfin le foie.

La tension dans laquelle se trouvait Loula était contagieuse. L'ensemble du groupe se tenait debout, raidi par l'angoisse, dans un silence presque religieux. Les Éphémères avaient été témoins de multiples guérisons spectaculaires. Des centaines de fois, ils avaient pu apprécier le don de la jeune fille. Chaque fois, elle avait réussi à sauver ceux dont elle avait eu la charge. Jamais, pourtant, les mortels du Repaire n'avaient senti tant de désarroi dans les yeux de leur collègue. Sa peur les effrayait. Car si elle-même doutait de son succès, comment pourraient-ils ne pas l'imiter ? Sans se concerter, Chance et Paola suivirent les pensées de Loula, ce qui ne les rassura pas davantage. C'était même plutôt l'inverse.

Quant à Numéro-deux, il avait essayé de puiser le stress de la guérisseuse, mais l'émotion s'avéra si grande qu'il en tomba à la renverse et préféra renoncer à l'usage de son hyperempathie. June, lui, vivait le pire des cauchemars. Comme les autres, il regardait Mars dont l'état de santé et la couleur de peau donnaient la nausée. Il voyait également Bernie, dont Loula ne pouvait s'occuper, toujours inconscient, gisant sur le sol. Pour couronner le tout, sa dulcinée se trouvait dans une situation de responsabilité à double tranchant. Soit elle guérissait les deux êtres affaiblis qui se trouvaient à ses pieds, soit elle les achevait. Dans tous les cas, ses épaules s'alourdissaient d'un poids immense.

Unique vint finalement à sa rescousse. Il passa par-dessus sa frousse et son manque de confiance en soi et s'agenouilla auprès de Bernie. Son don lui permettrait au moins de soigner les blessures superficielles, en attendant Loula. Personne d'autre ne pouvait apporter son aide. Le Repaire n'abritait ni médecins ni guérisseurs cachés.

Même à trente-quatre, seule une minorité d'Éphémères arborait des pouvoirs réellement aboutis. Seule une bonne dizaine disposait des dons les plus précieux. La téléportation, l'hyperempathie, la prémonition, la télékinésie et la guérison à distance constituaient les cinq doigts de la main. Les cinq branches du mandala. Entre ces facultés, venaient se greffer des capacités tout aussi extraordinaires, mais bien moins impressionnantes. Certains disposaient d'une audition ultradéveloppée, d'autres pouvaient voir dans le noir. Quelques-uns, comme Lewis, apprenaient facilement les langues étrangères tandis que d'autres arboraient une mémoire exceptionnelle. Pour le reste, les Éphémères détenaient toutes les compétences possibles sans Bogolux. Cela semblait incroyable à cette époque, mais il s'agissait de facultés tout à fait naturelles. Des aptitudes innées que les immortels avaient perdues depuis fort longtemps, et que leurs enfants, dont le cerveau avait été préservé des effets de la drogue du siècle, recouvraient.

— Elle ouvre les yeux ! s'écria Victoire.

Loula ne se laissa pas déstabiliser par cette bonne nouvelle et continua consciencieusement son travail de guérison sur Mars. Certes, elle s'était réveillée de son coma, mais ce n'était pas encore gagné. Il fallait s'assurer que sa circulation sanguine retrouvât un rythme normal, tout en surveillant la partie neurologique de la jeune femme. Si elle perdait une seule de ses facultés, son bien-être serait évidemment altéré, tout comme l'avenir promis aux Éphémères.

Après avoir offert le maximum d'elle-même pour remettre Mars sur pieds, la guérisseuse demanda à ses comparses de prend le relais. Très vite, on apporta un verre d'eau et une couverture à la téléportatrice. Loula, quant à elle, ne perdit pas un seul instant et rejoignit son partenaire au chevet de Bernie. Unique avait déjà refermé les plaies et résorbé quelques hématomes. Mais le plus gros restait à faire.

June, qui connaissait par cœur son amoureuse alla discrètement lui chercher un saut de terre bien fraîche. Loula ne se plaignait jamais, mais il savait qu'elle commençait à faiblir. Elle ne rechigna pas à s'asseoir sur la chaise que son homme lui tendit et posa ses pieds nus sur la terre sacrée. Cela la revigora pendant qu'elle continuait à prodiguer ses soins. Assez vite, Bernie reprit conscience et put se relever. Les téléportations avaient puisé toutes ses réserves d'énergie et s'il s'était évanoui, c'était pour ne pas sombrer définitivement.

Loula lui imposa une journée de repos avant de s'effondrer dans les bras de June.

— Bibiche, tu soignes, tu soignes, mais qui te soignera toi, quand tu ne pourras plus soigner ?

Le jeune homme l'accompagna vers la sortie de la pièce, le bras autour de son épaule toute frêle. Pour la guérisseuse, le temps était venu de prendre congé. Tandis que le couple passait la porte, le groupe applaudit chaleureusement Loula pour son nouvel exploit.

***

Quelques heures après leur dernière téléportation et l'éreintante session de guérison qui avait suivi, Bernie souhaita s'entretenir avec Mars. Il n'était pas question d'agir comme si rien ne s'était passé. Les récents échecs de la trentenaire, pourtant talentueuse, n'avaient pas eu lieu par hasard. L'homme voulait comprendre. Il la trouva tapie dans l'ombre sur l'un des nombreux lits de la Salle des Songes. Il était seulement 17 heures et Mars avait les yeux grands ouverts. Elle lorgnait le plafond de pierre à la lueur d'une bougie. Lorsqu'elle l'entendit entrer, elle n'osa pas le regarder en face ni prononcer le moindre mot. Son sentiment de honte prenait bien trop d'ampleur, surtout vis-à-vis de celui qui lui avait tout appris.

Bernie le comprit immédiatement et tenta de la rassurer. Il s'assit à côté d'elle et posa une main sur son épaule.

— Mars, je ne viens pas pour te disputer, mais pour te décoder.

— Tu m'en veux ? lui demanda-t-elle, angoissée.

— On en veut aux gens qui font exprès de faire du mal. Je sais bien que tu n'as pas volontairement atterri dans une chambre froide en Finlande…

— En Finlande ?!

— Hé oui... Tu vois, même si tu n'as pas atteint la cible que tu t'étais fixée, tu as réussi une téléportation de plus de deux mille kilomètres. C'est pas beau, ça ?

— Non, c'est moche, se renfrogna Mars. Je suis nulle, nulle, nulle.

— Je disais ça pour te faire sourire, voyons ! Tu es loin d'être nulle, au contraire, et c'est précisément ce qui m'inquiète. Comment se fait-il que quelqu'un comme toi, tellement douée d'habitude, ait pu se perdre à ce point ? Te sens-tu malade en ce moment ? Y a-t-il quelque chose qui te chagrine ? Que tu ne veux pas me dire ?

De nombreux sujets inquiétaient Mars. Et à la seule pensée d'une seule de ses angoisses, elle se mit à pleurer. Après quelques minutes de sanglots et deux autres à s'essuyer les joues, la jeune femme s'exprima enfin. Assise sur son lit, elle regarda Bernie droit dans les yeux.

— Si tu veux vraiment tout savoir, écoute-moi. Ce qui me fait de la peine, avant tout, c'est ton âge. On le sait tous, c'est un miracle. Un miracle que tu sois encore vivant, après tant d'années de missions dans le monde extérieur, de prises de risque et d'efforts physiques et mentaux. À soixante-huit ans, la moindre aventure peut t'être fatale. D'ailleurs, je le vois, tu n'es plus aussi robuste qu'avant. Tu mets du temps avant de te remettre d'une escapade, à reprendre ton souffle, à te préparer le matin... Tu étais le type costaud sur lequel on pouvait s'appuyer. Aujourd'hui, c'est à nous de te soutenir. Et pourtant, ce midi, tu m'as sauvé la vie. Et j'ai failli ôter la tienne, de la plus stupide des manières. Coincée dans une chambre froide en Finlande. J'ai manqué de te faire tuer, et par la même occasion, j'aurais pu abandonner les Éphémères et les condamner à leur tour. Car, que deviendraient-ils sans toi ? Sans nous ? Personne ne connaît la position du Repaire hormis nous deux ! Et pourtant, malgré ma bêtise, tu es venu, tu as pris ce risque, tu as poussé les limites de tes capacités pour me chercher. Et tu as réussi. Quelle idiote je suis ! Ces derniers temps, si je suis maladroite, c'est simplement parce que j'ai peur. Peur de te perdre et de ne pas être à la hauteur. Peut-être ne suis-je pas celle qui saura prendre les commandes? Tu t'es uniquement appuyé sur mon don de téléportatrice, mais cela ne suffit pas ! Je suis moins forte, moins téméraire que toi ! Je ne pourrai jamais m'occuper de tant de personnes à la fois ! J'ai peur, Bernie !

Alors que Mars était adulte depuis longtemps, elle ressemblait à nouveau à une petite fille. Elle s'était recroquevillée en position fœtale, la tête contre le torse de son aîné, les jambes repliées sur le lit. Tel un père, ce dernier lui caressait les cheveux pour la consoler.

Oui, Mars était sa fille. Chez les Éphémères, les liens du sang ne signifiaient pas grand-chose. Ensemble, ils traversaient tellement d'évènements marquants, tant d'activités collectives, qu'ils ne pouvaient que se sentir en famille. Une meute soudée par des aspirations communes. Ils partageaient les mêmes rêves et les mêmes ennuis. Ceux qui ne se sentaient pas à leur place pouvaient quitter le Repaire à tout moment. Car malgré le peu de chances de pouvoir survivre ailleurs, ils restaient libres de leurs mouvements.

Mars n'avait jamais songé à quitter ses amis. Ses frères et sœurs. Son père. Sa mère. Elle ne l'avait pas connue longtemps, Jenna était partie trop tôt. Désormais, l'heure de Bernie approchait, et cela la hantait. C'était cette angoisse avant toute autre qui la fragilisait.

— Ma jolie Mars, je suis heureux que tu te sois livrée à moi. Mais je suis navré de te découvrir si triste. La mort fait partie de la vie, tu sais ! C'est même cette crainte de voir l'autre partir, cette peur de disparaître soi-même, qui nous procure l'envie d'embellir notre existence et celle des autres. Vois comme les immortels sont malheureux. Vois comme ils s'ennuient. Au début, on trouve belle l'idée d'une aventure sans fin. Cela donne des ailes. Et puis, avec le temps, les ailes se brisent et le joli chemin devient un long tunnel lisse et froid. Un couloir éternel qui donne le vertige. La vie est trop courte pour s'attarder sur l'avenir. Le présent est bien trop précieux pour ne pas le savourer. Alors, oui, je vais mourir. Un jour, comme tout le monde. Mais ce qui compte, ce sont les instants que nous partageons.

Les expériences que nous traversons avant la mort. Ce que nous laisserons à ceux qui connaîtront l'après.

Mars soupira profondément, comme bercée par les sages paroles de Bernie. Celui-ci continua son discours, plus inspiré que jamais.

— Maintenant, venons-en à ton rôle. À ta mission, si je puis dire. Certes, ta faculté à te téléporter a pesé dans la balance lorsque je t'ai choisie pour me remplacer. Clamer l'inverse serait un mensonge éhonté. Mais si tu t'étais révélée idiote, maladroite ou, pire, irresponsable, jamais je ne t'aurais proposé une telle fonction. D'ailleurs, entends par « proposé » la possibilité de refuser.

Il sembla que Mars, tel un lapin de garenne intrigué, avait levé une oreille. Mais ce n'était qu'un sourcil.

— Tu peux tout à fait me dire que tu n'as pas envie de t'occuper de la gestion du Repaire. Ne te sens surtout pas bloquée par ta position d'aînée. Tu es maîtresse de tes choix, et heureusement. Ce serait un comble, dans un abri libertaire tel que celui-ci, de se sentir entravé. On trouvera une solution pour les déplacements. Ne t'en fais pas. Jusqu'à présent, téléporter chaque Éphémère vers le monde extérieur était considéré comme le moyen le plus simple. Le plus logique. J'étais le seul à détenir cette capacité. En tant que mortels dans un environnement hostile, il semblait simplement judicieux d'éviter de marcher à découvert. Depuis longtemps, donc, nous fonctionnons ainsi, à la fois pour limiter les trajets à pied et pour éviter de faire connaître la position du Repaire à ses habitants. C'est une décision que nous avons prise au départ, du fait du danger qui nous guette à l'extérieur. Moins la nouvelle se répand en interne, moins elle aura de chances de fuiter dehors. Comme tu le sais, désormais, toi, moi et peut-être les télépathes, sommes les seuls à savoir précisément où nous nous trouvons. Jusqu'à preuve du contraire, tout le monde a respecté ce contrat moral que nous avons tacitement mis en place. Chacun a manifestement compris qu'il en allait de notre survie. Mais rien ne t'empêche d'agir différemment à l'avenir ! Rien ne vous empêche, vous les jeunes, de faire évoluer les façons de procéder. C'est l'intérêt des changements de génération. Rien n'est figé.

Pendant que Bernie déroulait son monologue, Mars s'était assise sur le rebord du lit. Elle se sentait plus affirmée à présent. Plus forte. L'homme, quant à lui, éprouva un sentiment d'apaisement. Un poids avait quitté ses épaules. Maintenant, la jeune femme avait toutes les cartes en main pour décider de son destin. Elle ferait comme elle voudrait. Il s'adapterait.

— De toute façon, ajouta-t-il à la silencieuse demoiselle, dans une communauté telle que la nôtre, se présenter comme « chef » n'a aucun sens. Quand tu vois à quel point chacun d'entre nous apporte son savoir-faire pour la communauté, tu relativises sur ta propre utilité. Ce qui gouverne le mieux, c'est la cohésion du groupe plutôt que l'action individuelle. L'association de bonnes idées avant la volonté d'un seul homme. C'est à se demander, d'ailleurs, si je sers encore à grand-chose. Vous êtes tous si audacieux.

— Bien sûr que si, Bernie, voyons ! C'est toi qui nous donnes l'impulsion, le rythme, la motivation ! Si tu n'étais pas là, nous serions comme des musiciens sans chef d'orchestre !

— Et bien, vous feriez du rock n' roll.

— Même les rockers ont un leader maintenant! On n'est plus au temps des Beatles ! Quoi que, deux d'entre eux ont fini par se crêper le chignon pour une histoire d'ego. Pour ne pas dire « de Yoko »…

— Peut-être, mais tous les quatre étaient auteurs-compositeurs. Il en va de même ici. Chacun sculpte l'avenir des Éphémères selon sa personnalité, son tempérament et sa créativité personnelle. Et même s'il en faut toujours un pour donner le signal de départ et la motivation aux troupes, chaque individu est essentiel au groupe. Nous sommes comme un seul corps doté de plusieurs bras. Si tu en coupes un, l'agilité globale s'amenuise, mais un autre membre peut alors remplacer le premier.

En imaginant cette créature à trente-quatre pattes que formeraient les Éphémères dans l'esprit de Bernie, Mars éclata de rire. Si à présent elle se détendait, c'était d'abord parce qu'elle se sentait davantage sûre d'elle. Elle éprouvait enfin une certitude et assumait son choix. Et alors qu'elle n'avait plus connu de victoires personnelles depuis plusieurs semaines, elle tenta le tout pour le tout. Sous les yeux interrogateurs de Bernie, qui, inquiet, mais résigné, attendait une quelconque réaction de la jeune fille face à ses confidences intimes, elle se volatilisa.

Quelques secondes plus tard, elle réapparut, exactement à la même place. Le geste s'exécuta si promptement que l'homme, malgré son expérience en faits inexpliqués, ne réalisa pas immédiatement ce qui venait de se produire. Ce ne fut que lorsque Mars lui tendit un coquelicot que Bernie comprit. La jeune fille avait réalisé une prouesse digne d'un prestigieux illusionniste. Une téléportation brève, précise et majestueuse. Ce coquelicot provenait à coup sûr d'un champ voisin. Il n'y en avait pas de tel dans la Salle Naturelle. Pas si beau, pas si rouge, pas si grand.

— Ce sera un grand honneur pour moi de prendre la suite, lorsque le moment sera venu, annonça-t-elle. En attendant, je suis déjà fière de t'assister et ravie d'apprendre de tes expériences. Tu peux compter sur moi.

Avant même d'atteindre le vase, le coquelicot fana. Cette fleur était le symbole même des Éphémères. Elle possédait une courte vie, mais une inestimable valeur. Elle apportait de l'élégance au paysage et de la nourriture aux insectes pollinisateurs. Elle était douce aux yeux et au toucher. Mieux encore : elle préférait se sacrifier dans la seconde plutôt que d'accepter la captivité et l'ennui d'un vase clos. Les immortels, eux, s'étaient laissés dupés par leur cage dorée. À trop vouloir rester jeunes ils étaient devenus vieux, rabougris par la vie. Rabougris intérieurement, mais rabougris quand même.

CHAPITRE 14

Le déclic

Cela faisait désormais plusieurs années que Mars était prête. Prête à assurer l'organisation du groupe dès qu'il en serait question. Pour autant, rien ne la préparait à dire au revoir à son père de cœur. Dans la tête de tous ceux du Repaire, on y pensait sans vraiment se l'avouer. On y songeait sans oser en parler. On aurait bien le temps de se lamenter le moment venu. Et le présent était si beau, si plaisant qu'il ne serait venu à l'idée de personne de gâcher l'instant.

D'autant que les efforts des premières générations d'Éphémères commençaient sérieusement à payer. À force de réaliser des missions à succès dans divers lieux publics, le peuple s'était mis à les apprécier. Et pas uniquement en secret, derrière leur clavier d'ordinateur. À chaque prestation, les foules présentes s'extasiaient d'être les témoins d'une nouvelle action. Une occasion de sortir de leur routine ennuyante et de prendre du recul sur leur quotidien carcéral. Non seulement les mortels étaient bien accueillis à chaque apparition, mais en plus ils étaient réclamés et attendus. L'étape suivante coula de source : on se mit à les protéger. Les immortels n'hésitèrent pas à se mettre en travers de la route des forces de l'ordre lorsque celles-ci s'apprêtaient à tirer sur un Éphémère en pleine performance. Et à chaque mandala réalisé, à chaque usine bloquée, à chaque monument coloré, les répercussions prenaient plus d'ampleur. Les humains du Repaire représentaient les superhéros des temps modernes. Les insoumis d'un régime dominant. Les utopistes d'une masse en berne. Une lueur d'espoir.

Pourtant, le message des artistes n'apparaissait pas clairement aux yeux des spectateurs. Déjà, à cause de la faiblesse intellectuelle des bogoluxés, et surtout, parce que la communication s'avérait misérable.

Les mortels auraient aimé pouvoir s'exprimer autrement que par la symbolique du mandala ou du coquelicot, allégories manifestement incompréhensibles par le commun des immortels. Mais un sérieux obstacle venait les en empêcher. Un boulet dont ils ne pouvaient se défaire. Qu'ils le voulussent ou non, les Éphémères étaient, par définition, éphémères, et recherchés par la police. Les deux combinés ne faisaient pas bon ménage. La moindre exposition prolongée dans le monde extérieur les mènerait, sans aucune autre alternative, à la mort. Ils n'avaient évidemment pas la possibilité de s'exprimer dans les journaux et encore moins à la télévision. Les journalistes, eux, ne demandaient que ça. Mais une seule interview eût eu les mêmes conséquences que celle d'un prisonnier en cavale. Surtout dans un monde où la sentence pouvait tomber sans préavis, en pleine rue. Paradoxalement, les témoignages d'affection que leur réservaient leurs admirateurs donnaient aux Éphémères des envies de contact. Régulièrement, Bernie et Mars devaient calmer les ardeurs des plus motivés.

June, qui venait d'être papa, se sentait plus responsable et moins attiré par les dangereuses excursions. Sa fille Colette fut le premier bébé à naître dans le bunker des mortels. Sa venue au monde, encadrée par quelques personnes autorisées par la maman, avait ému l'ensemble du groupe.

Pour l'occasion, Numéro-deux avait souhaité mettre ses talents d'hyperempathie à contribution. De cette manière, il avait voulu compenser l'absence de péridurale au Repaire et devenir le seul homme capable de ressentir les véritables douleurs de l'accouchement. Par le passé, certains cobayes avaient déjà tenté l'expérience en clinique, à l'aide d'électrodes censées reproduire les sensations liées aux contractions. Mais aucun individu de sexe masculin n'avait, et pour cause, accouché. Bernie avait rapidement mis un terme à la participation du jeune homme qui hurlait comme un goret. Au lieu d'apaiser les tensions, cela avait fichu un bazar infernal dans l'espace de naissance, improvisé pour l'occasion dans la Salle des Entraînements.

Chance avait utilisé la télépathie pour entrer en contact avec le nouveau-né, alors qu'il se trouvait encore dans le ventre de sa mère. Lui seul, comprenait la définition qu'il avait donnée aux pensées d'un nourrisson in utero. « Un brouhaha de bulles et de contrebasse », avait-il expliqué.

Quatrième, pour sa part, n'avait pas eu le temps d'user de la télékinésie pour extraire le nourrisson. Pressée de découvrir le monde, Colette était déjà en train de pousser son premier cri dans les mains de June, reconverti pour l'heure en sage-femme. À peine l'enfant posé sur la poitrine de Loula, la main de son âme sœur dans la sienne, l'heureuse maman s'était endormie comme un bébé.

Depuis longtemps déjà, le couple s'était aménagé une chambre à l'écart des autres, dans une pièce qui servait à ranger du matériel. À l'idée d'élever à leur façon le fruit de leur amour, les tourtereaux étaient en extase. La petite famille s'apprêtait à démarrer une nouvelle vie palpitante. Qui sait, la petite serait peut-être témoin d'une ère de changement… Peut-être aurait-elle la chance de connaître un monde où elle n'aurait plus besoin de se cacher pour respirer… Où les injections ne seraient plus le moteur d'une existence libre… Voilà l'objectif que se fixèrent dès lors les jeunes parents. Continuer à œuvrer contre l'immortalité vide de sens. Pour que leur fille et toutes les générations futures puissent goûter au droit de naître, vivre et mourir en paix.

Ce petit cocon offrit un second souffle à leur existence. Cela les coupa un peu du groupe, tout en renforçant leur détermination et leur responsabilité à l'égard des autres. Colette, quant à elle, devint rapidement la mascotte des Éphémères. Tous se comportaient comme s'il s'agissait de leur nièce. C'était pratique. June et Loula pouvaient toujours compter sur quelqu'un pour veiller sur leur petite. Et puis, elle ne se trouvait jamais bien loin.

***

À mesure que Colette grandissait, Bernie se ratatinait. Plus Colette prenait des forces, plus Bernie s'affaiblissait. À mesure que l'enfant apprenait à parler et à marcher, le vieil homme se renfermait silencieusement sur lui-même. Le désespoir n'était pas la cause de sa décadence. Il ne ressentait ni tristesse ni mélancolie. Seul son âge altérait peu à peu son état physique. L'âge et la fatigue. Car du haut de ses soixante et onze ans, Bernie avait beaucoup donné de son énergie. Maintenant que ces adultes, qu'il avait vu grandir, géraient mieux que lui les problèmes du Repaire, le doyen s'accordait un peu de répit. Il relâchait enfin la pression et accordait désormais toute sa confiance à la génération suivante. C'était ainsi qu'il considérait la vie. Donner le maximum de soi tant qu'il en était encore temps, puis passer le flambeau.

Assis sur l'un des fauteuils de la Salle des Missions, le vieil homme laissa les jeunes annoncer leurs propositions. De temps à autre, il intervenait, lorsqu'il était le seul à pouvoir apporter un élément manquant à la discussion. Concernant les voyages dans le monde extérieur, par exemple, Bernie demeurait LA référence. Il pouvait apporter des détails géographiques, des astuces pour rester discret ou encore des informations sur les méthodes employées par les forces de l'ordre.

Mais ces jours-ci, l'homme parla peu. Il écoutait, tout en observant la petite Colette du coin de l'œil. Celle-ci n'arrêtait pas de grimper et descendre des sièges. Elle courait, tombait, pleurait. Régulièrement, Loula et June devaient la prendre sur leurs genoux ou lui donner un jouet. Alors elle riait. L'enfant, bientôt âgée de trois ans, se montrait pleine de vie, tandis que Bernie se rapprochait inévitablement de la mort.

Un déclic s'opéra dans son esprit : il fallait semer les dernières graines avant que le premier pétale de coquelicot ne tombât. Une ultime dose d'énergie pour un avenir meilleur. Il s'en sentait encore capable et ne s'était jamais réellement attaqué au cœur de sa cible : le Bogolux.

Si son père l'avait mis à l'abri dans ce bunker cinquante-trois années auparavant, ce n'était pas seulement pour le protéger. C'était surtout pour lui donner les moyens d'agir discrètement pour leur cause commune. Scientifique pour le laboratoire Pharmabion, Ernest Floute n'avait pu se permettre d'opérer de l'intérieur contre sa propre société. Le danger, bien trop grand, menaçait à chaque instant. Il avait donc fondé tous ses espoirs sur son fils. Aujourd'hui, Bernie se devait de rendre la pareille à son père. Il fallait tout tenter au plus vite. Avant, l'homme n'aurait pu prendre de tels risques. Pas tant que la moyenne d'âge de ses colocataires n'excédait pas douze ans. C'était moralement impossible. À présent, il était épaulé par des adultes, le Repaire tenait solidement sur ses murs, tout le monde avait de quoi se nourrir, Mars était parée pour combler son absence et tout espoir de fonder une famille biologique avait depuis longtemps quitté son esprit. Quant à sa santé, elle ne lui permettrait pas de tenir plus de cinq ou dix années supplémentaires. C'était donc le moment idéal pour pousser encore davantage les limites de ses capacités.

Ce serait sa mission. À la fois personnelle et commune, dans le sens où elle marquerait sans doute un tournant dans l'Histoire des Éphémères. Bernie comptait sur les qualités individuelles de ses comparses pour faire pencher les conséquences de cette escapade en faveur de leur cause. Car même s'il survivait à son projet, il ne se sentirait pas de continuer la bataille après cet ultime effort. L'heure serait au repos, et peut-être même au tricot.

— Laissez tomber les jeunes. Elle est pour moi, cette mission.

— Mais Bernie, on venait de tomber d'accord sur l'industrie alimentaire à l'unanimité, se lamenta Mars, dépitée à l'idée de recommencer les votes.

— Désolé, les amis. Vous pouvez reporter ce thème de mission à la prochaine fois. Moi, je ne suis pas reportable. Ni échangeable ni remboursable.

Une quinte de toux grasse et profonde le prit par surprise, comme pour appuyer ses propos. Loula soupira.

— On a pourtant passé deux heures sur tes poumons hier, soupira-t-elle en se levant. Veux-tu qu'on refasse une petite séance ?

— Non, Loula. Je t'ai déjà expliqué et je le répète : les guérisseurs soignent les maladies, épargnent la douleur sur l'instant, referment les plaies, sauvent les organes, mais en aucun cas ils n'empêchent de vieillir. Sinon on t'aurait appelée « Bogolux bis ». Les maux qui me gagnent, ce qui ralentit mes mouvements, ce qui m'empêche d'agir comme bon me semble, ce n'est pas une maladie virale. Ce n'est pas une blessure ni un cancer. C'est juste l'effet du temps sur mon enveloppe corporelle. C'est l'usure naturelle. On peut réparer un pneu perforé en lui collant une rustine, on peut renouveler l'opération à la seconde crevaison, mais lorsque le temps craquelle le pneu et le rend lisse, il n'y a plus rien à faire. Même de bonne volonté, rien ne peut supplanter la roue de secours. Pour l'instant, je ne suis pas complètement éclaté, je te rassure. Il faudra attendre encore un peu avant de recruter un Bernie de rechange.

L'homme lança un clin d'œil amusé à l'assemblée qui jusqu'alors le lorgnait d'inquiétude. La boutade les dérida quelque peu.

— C'est justement parce que je suis encore présent et motivé que je souhaite réaliser une action spéciale. Une mission d'un genre nouveau, qui me tient particulièrement à cœur. Un voyage en terre découverte qui permettra au monde entier de mieux comprendre les objectifs des Éphémères. Cela ne plaira peut- être pas à tous les immortels, mais au moins ils ne pourront plus nous considérer comme de vulgaires artistes de rue. Si j'arrive à mes fins, ils nous prendront davantage au sérieux.

Les inquiétudes avaient laissé place à l'excitation dans les regards.

Si une seule qualité devait rassembler les Éphémères, quels que fussent leur âge, leur passé ou leurs dons, c'était le goût de l'aventure. Jamais un mortel ne se montrait assez fainéant pour refuser de participer à une mission. Au contraire, on devait souvent recourir à la courte paille pour départager les volontaires. À aucun moment, la paresse ne prenait le pas sur la tentation de partir en mission.

— Oh, je vous vois venir avec vos mines de chatons affamés. Pas la peine de battre des cils, personne ne vient avec moi.

— Mais… lâcha Mars.

— Même pas toi, ma chère. Ce sera l'occasion de veiller sur nos plus jeunes recrues et leur apprendre des notions élémentaires de vie en communauté, comme le rangement de la cuisine ou l'entretien du potager !

Malgré ses trente-cinq ans, Mars bouda. Les enfants aussi. La petite pique de Bernie en avait vexé quelques-uns.

June prit la parole.

— On peut au moins savoir où tu comptes te rendre, monsieur Je-la-joue-perso ?

— C'est justement parce que je pense à vous que je ne tiens pas à vous le dire. La révélation du lieu ne ferait que vous inciter à agir de façon tout à fait déraisonnable et inappropriée.

— On peut donc en déduire que Bernie va s'embourber dans une situation tout à fait déraisonnable et inappropriée, jeta le jeune homme à ses amis sans même regarder son aîné. Loula, tu as checké son cerveau ? Je me demande si le vieux n'est pas en train de dérailler. C'est « l'usure naturelle », ça aussi. Vous faites ce que vous voulez, moi je ne reste pas dans cette pièce une minute de plus. Ça devient du vrai n'importe quoi ici. Le type qui nous a tannés toutes ces années pour qu'on ne prenne jamais de risques exagérés montre maintenant à nos gosses l'exemple inverse. Bon sang, mais quelle connerie !

D'un bond, June se leva de sa chaise, attrapa Colette qui était en train de construire une tour en boutons de jeans et sortit de la Salle des Missions en claquant la porte. Loula haussa les épaules, un sourire gêné en coin, avant de le rejoindre. Quant au reste du groupe, à part quelques raclements de gorge et deux bâillements, il resta coi. Bernie rompit le silence qu'il avait lui- même créé.

— Je partirai demain à l'aube. Si je ne reviens pas, il y a des chances pour que j'aie réussi ma mission. Donc dans tous les cas, vous pouvez vous réjouir, car j'aurai agi selon ce que me dictent mon cœur et mes aspirations. Aucun regret ne viendra troubler mon repos. Si je réapparais, soyez tranquilles, je ne participerai plus à aucune autre action. Je vous laisserai choisir les prochaines cibles sans mettre mon grain de sel. Du moins, j'essayerai.

Les pirouettes du vieil homme, censées alléger l'ambiance, n'ôtèrent pas cette sombre image de l'esprit des Éphémères. L'image de Bernie ne revenant pas de son escapade. Que cela signifiait-il ? Que son objectif était de finir ses beaux jours ailleurs ? Sur une île paradisiaque loin de tout soupçon ? Ou bien cela voulait-il dire qu'il allait se suicider ? Se faire tuer ?

Dans tous les cas, pour tout le monde, cela sonnait comme un choix égoïste. Et comme si cela ne suffisait pas, personne n'avait son mot à dire.

— Pour les télépathes qui souhaiteraient quand même suivre la mission à distance, je m'en irai demain vers les 7 heures.

— Les autres, ils peuvent crever quoi, s'indigna Mars, elle aussi contaminée par la vague de déception générale.

***

Lorsque Bernie, vêtu d'une combinaison noire, vit l'ensemble du groupe débarquer dans la cuisine aux aurores, cela ne l'étonna qu'à moitié. D'habitude, il fallait user de la trompette quand il s'agissait de se lever avant 10 heures. Pour autant, il le savait : pour rien au monde les Éphémères n'auraient raté une mission qui se voulait inédite et périlleuse. Ils tenaient cet enthousiasme de celui qui les avait élevés, bien sûr. Bernie ne pouvait donc que se sentir flatté.

— Vous êtes mignons tout plein, souffla-t-il en découvrant leurs cernes creusés et leurs mines renfrognées. J'ai bien fait de préparer du café pour tout le monde !

Les premières conversations s'initièrent naturellement, le café aidant. Seul June restait réellement vexé par la décision de Bernie. Il aurait voulu faire partie de l'aventure. Et avant tout, l'inquiétude l'envahissait. Plus que jamais. Comme une vague qui d'un seul coup, l'étouffait. Loula – qui d'habitude savait comment le calmer – ne réussit pas à obtenir une bribe de sourire forcé. Rien n'apaisait l'angoisse oppressante du jeune père de famille. Même pas les bisous de sa fillette. Ni les blagues de Chance.

Lorsque Bernie sortit de table pour aller se changer, June s'empressa de le rejoindre dans le couloir. C'était l'unique occasion de se retrouver seul à seul avant le départ.

— J'ai vu ce qui va t'arriver. Tu es fou ! Les conséquences d'un tel projet sont évidentes ! Tu…

Le vieil homme se retourna et plaça ses deux mains sur la bouche de celui qui l'avait suivi.

— Tais-toi, je ne veux rien savoir. Cette fois, tu ne changeras pas le cours des évènements en faisant part de tes prémonitions. Je pourrais changer d'avis, c'est vrai. Mais je n'ai plus l'âge d'être raisonnable. C'est à moi que revient cette mission. Je suis le seul à avoir le droit de mourir. Je suis le maillon le moins important de la chaîne que nous formons. Le plus usé. Colette et les autres ont trop besoin de toi, de Loula, de Mars et de n'importe quel énergumène d'entre vous. Vous êtes interdépendants. Je ne le suis plus qu'à moi-même. Personne ne peut me suivre. Tu comprends ?

June n'eut pas le temps de répondre, car déjà Quatrième et Victoire avaient ouvert la porte qui donnait sur le couloir. Bernie fit comme si de rien n'était et continua son chemin jusqu'à la Salle des Costumes. Il laissait derrière lui un être bourré de frustrations et de culpabilité. Ce dernier comprenait les arguments du vieil homme et ne pouvait le dissuader de partir. En même temps, il détenait un secret qu'il ne pouvait partager avec personne, sous peine de saper le moral des troupes tout en restant impuissant. Bernie s'en irait quoiqu'il advînt. Sa détermination demeurait indestructible.

Tout le petit groupe s'installa dans la Salle des Missions, prêt à assister à la disparition de l'aîné. Celui-ci entra sous des regards à la fois encourageants et soucieux.

— Mes très chers enfants, je vous fais une immense confiance. Faites-en de même à mon égard, je vous en prie. Ce que j'entreprends aujourd'hui est le fruit d'une profonde réflexion. Pensez à tout ce que je vous ai appris et laissez la vie vous enseigner le reste.

Bernie arrosa l'assemblée d'un regard ému et serein, avant de fermer les yeux. Alors qu'il posait ses mains sur sa tête, June accourut dans sa direction.

À peine avait-il touché l'épaule du doyen du bout de son index, que les deux protagonistes disparurent à l'unisson.

CHAPITRE 15

La trans-mission

Bernie ouvrit les yeux. Devant lui, un balai, des étagères, des produits ménagers. Derrière lui…

— June ?!

— Pardon, mais je ne pouvais pas te laisser te faire tuer.

— Je suis encore maître de ma vie, bordel !

— La preuve que non ! Tu es en train de la laisser tomber... Et consciemment, en plus !

— June, je ne vais pas te le répéter indéfiniment : ce qui me préoccupe, ce n'est ni la fin, ni le début, mais la construction du milieu. La garniture plutôt que la pâte. Le scénario avant le générique. En bref, laisse-moi faire ce que je juge nécessaire pour peaufiner mon existence, quelle qu'en soit l'issue.

— Tu es donc prêt à nous abandonner ?!

— Je suis prêt à tout pour cette cause. Et si je n'ai pas franchi le pas avant, c'est justement parce que l'abandon aurait alors eu des conséquences bien plus graves.

— Mais moi, sachant ton avenir, je me sentais dans l'obligation de te suivre.

— Et tu as fait ce qu'il fallait. Tu m'as prévenu et j'ai tranché. Tu peux donc t'en aller. La responsabilité ne t'incombe plus. Laisse donc les évènements se dérouler à distance, June, conclut Bernie d'un œil paternel mais pressé.

Les yeux gonflés de larmes, le jeune homme resta pantois. Il était en train de réaliser ce qui allait se passer. Ce qu'il avait vu se produirait, inévitablement. Le sentiment d'impuissance le tétanisait. Tel un pantin, il se laissa diriger par son créateur. Le lien qui les unissait n'était pas celui du sang, mais il en avait la couleur. Le rouge de l'amour et de la force. Par son attention et sa présence, Bernie avait sculpté June tel qu'il se présentait aujourd'hui. Un jeune homme téméraire, volontaire, responsable et même un peu têtu. À cet instant, celui-ci ressemblait plutôt à un petit enfant naïf. Un môme perdu à qui il fallait montrer le chemin. Pour la dernière fois, Bernie allait s'en charger.

Il tint la main moite du jeune homme, posa une autre main sur l'une de ses tempes, ferma les yeux pour enfin les rouvrir dans la Salle des Missions.

— Je crois en toi, souffla Bernie avant de lui faire un clin d'œil. Il lâcha alors l'emprise de sa main et disparut sous les yeux humides de June. Loula se jeta aussitôt au cou de son homme. N'ayant pas encore eu le temps de se connecter par télépathie, les Éphémères voulaient tout savoir.

— Que s'est-il passé ? Où est-il ?

June ne réagit pas. Sous le choc d'un avenir à venir, il s'assit tristement sur l'une des chaises de la pièce. Blême. Tous se regardèrent d'un air interrogateur, quand Décembre, les mains sur les tempes, ramena l'ensemble du groupe à la réalité.

— J'ai l'impression qu'il est dans un laboratoire !

***

Une porte, un couloir blanc, une autre porte, des marches, un lave-mains, des produits chimiques, un panneau « inflammable », un vestiaire, des blouses. Bernie se trouvait au bon endroit. Il attrapa l'une des tenues dédiées au personnel et l'enfila. Il fallait faire vite. Alors qu'il avançait de couloir en couloir, zyeutant chaque détail, chaque objet, des voix surgirent soudain d'un escalier. L'homme se réfugia derrière la première porte venue. Heureusement pour lui, il s'agissait d'un placard. Microscope, pipettes, fioles : aucun danger à l'horizon. Soudain, des voix s'élevèrent de l'autre côté du cagibi.

— On a cinq minutes avant l'injection quotidienne.

— Ça nous laisse assez de temps pour une petite cigarette !

— C'est pas nos poumons autorégénérants qui diront le contraire !

Une fois les rires féminins assourdis par la distance, Bernie sortit du placard et se laissa aveuglément guider par les panneaux d'indication. « *Analyses* », « *Recherches* », « *Administration* »...

— Je peux vous aider ?

L'Éphémère sursauta et se retourna. L'homme en face de lui, vêtu d'une blouse blanche bondit à son tour.

— Mais ! Vous...

Alors que l'individu décrochait l'un des téléphones suspendus aux murs du couloir de l'établissement, Bernie accéléra la cadence et s'élança vers une direction hasardeuse. Il s'arrêta vers la porte d'un vestiaire, y décrocha une blouse de travail et une charlotte. Pas le temps de trouver sa taille. Il enfila la tenue et décampa. Quelques secondes après, il croisa une nouvelle personne. Bernie baissa immédiatement la tête et l'inconnu passa à côté de lui sans un regard. Son objectif en tête, il accéléra la cadence. Les inscriptions « *ULTRA-PRIVÉ, SALLE SOUS HAUTE SURVEILLANCE* » l'interrompirent subitement dans sa course. Il savait exactement ce qui se cachait derrière cette porte. Là, était précieusement gardée l'ultime cible des Éphémères. Toutefois, s'y aventurer seul représenterait sa plus grosse erreur, il en était certain. Certes, sa mission du jour s'annonçait tout autant périlleuse. Mais elle lui laisserait au moins le temps d'agir avant la sanction. Tandis que la « salle sous haute surveillance », elle, lui réservait à coup sûr une condamnation immédiate au premier pas franchi. Pour autant, l'excitation le paralysa devant la porte interdite.

La poignée s'abaissa sous les yeux effrayés et curieux d'un Bernie immobile. Quelqu'un s'apprêtait à quitter la pièce dès que sa conversation serait achevée. Il l'entendait. L'occasion idéale pour jeter un œil dans l'étroite ouverture. Un aquarium. Une table d'observation. Des scalpels. Un homme assis sur une chaise. Un visage qui lui était familier. Deux yeux braqués sur lui. L'avaient-ils réellement vu? Le cœur comme en lévitation dans ce corps engourdi, Bernie n'attendit pas son reste et, dans un grand effort, se téléporta quelques mètres plus loin.

Dans le laboratoire, la tension ambiante était palpable. Les portes claquaient, les sonneries tintaient, les voix gagnaient en décibels. À mesure que les bruits de pas s'amplifiaient, Bernie accélérait son allure. Il avala sa salive et ses yeux s'arrêtèrent enfin sur une bonne nouvelle. Des mots qu'il avait cherchés du regard depuis si longtemps : *« Stock de Bogolux »*.

Évidemment, la porte ne s'ouvrit pas. Derrière lui, un extincteur. Bernie rassembla ses faibles forces, attrapa la lourde bonbonne métallique et la fracassa contre l'obstacle à plusieurs reprises, en vain. Le septuagénaire se sentait vivement menacé. Il le savait, on était à ses trousses. Les coups d'extincteurs contre la porte en bois résonnaient dans l'immense établissement pharmaceutique. Au quinzième essai, le matériau céda. Bernie passa la main dans la brèche et ouvrit le verrou de l'intérieur. Des milliers de fioles de Bogolux lui faisaient face sur les étagères. L'étiquette rouge illustrée d'un poisson gris se reconnaissait d'un seul coup d'œil. L'homme jeta un bref regard derrière son épaule : six individus couraient dans sa direction depuis le fond du couloir. Dans le lot : des képis, des armes et des blouses. Son cerveau effectua un rapide calcul. La distance qui le séparait de ses agresseurs, combinée à la vitesse de leur pas et au temps qu'il faudrait pour détruire le stock de fioles… Tout cela ne laissait pas beaucoup de marge de manœuvre. Bernie misa sur le hasard et jeta l'extincteur en avant et le plus haut possible, percutant de plein fouet la rangée supérieure de récipients en verre. Le choc fit basculer l'étagère mal fixée. Dans le fracas des remèdes contre la mortalité éclatés sur le sol, l'Éphémère porta ses mains à ses tempes et se volatilisa.

Il apparut au bout d'un autre couloir, en compagnie de l'un de ses poursuivants. Ce dernier avait touché son avant-bras au moment précis où la téléportation s'était initiée. Bernie profita de l'incompréhension du chimiste éternel pour se défaire de son emprise et renouveler l'opération. Cette fois, n'ayant pas eu le temps de se concentrer sur sa destination, il atterrit au beau milieu d'une file indienne.

C'était l'heure de l'injection. Des centaines de personnes dont l'anniversaire avait eu lieu la veille attendaient leur tour, impatientes. Trop préoccupés par ce qu'ils étaient venus chercher, les immortels toxicomanes avaient à peine remarqué la brusque apparition de Bernie. Même sa blouse, dont la blancheur contrastait avec les tenues sombres qui composaient la foule, n'éveilla pas la moindre curiosité. Manifestement, les humains frémissants souffraient terriblement du manque, et cela accaparait totalement leur attention.

C'était à se demander si les effets secondaires du Bogolux n'étaient pas primaires. Car si les tremblements, les frissons et les sueurs froides insupportaient ceux qui les subissaient, cela les forçait néanmoins à se rappeler de leur échéance. Pas besoin de venir les chercher. Le soir précédant leur convocation, ils faisaient déjà la queue devant le laboratoire et n'hésitaient pas à y planter leur tente pour entrer les premiers. Ainsi, dirigeants et lobbyistes pharmaceutiques pouvaient se rassurer : quoi qu'il advînt, ils maintiendraient une consommation continue de Bogolux et un niveau de productivité maximum. Tout était lié. Un peuple âgé de vingt-trois ans pour l'éternité, c'était le paradis des capitalistes.

Les personnes accolées à Bernie, donc, ne remarquèrent pas sa présence. Ils n'attendaient qu'une seule chose : l'ouverture du centre d'injections pour assouvir leur pulsion. Obtenir leur dose. Bernie baissa la tête tandis que les portes s'ouvraient. La masse humaine tenta par tous les moyens de s'infiltrer à l'intérieur, mais les hommes à l'entrée leur barrèrent fermement le passage.

— Une personne à la fois, s'il vous plaît ! Il y en aura pour tout le monde, hurla la femme au bloc-notes.

Bernie se montra patient tout en restant sur ses gardes. Au moins six personnes le savaient présent dans l'établissement.

Il était donc forcément recherché. Et un visage ridé au milieu d'une foule juvénile ne passait pas inaperçu. Même si la capuche de sa combinaison, sous sa blouse, recouvrait ses cheveux, Bernie craignait le coup de vent qui laisserait apparaître au grand jour sa tignasse blanche. Le visage baissé, la nuque en sueur, il attendait le bon moment pour s'infiltrer sans se faire attraper. Deux personnes devaient passer avant lui. Une femme, puis un homme.

— Votre bras.

La première releva sa manche. Un numéro était tatoué à l'encre grise.

— Nom ?

— Duperval.

— Prénom ?

— Jacqueline.

— Attendue… Soixantième injection… Toujours en temps et en heure… C'est parfait, madame Duperval. Vous pouvez entrer.

L'intéressée n'attendit pas la fin de la phrase pour pénétrer dans la salle. Aussitôt, l'individu suivant se posta devant l'agent de contrôle.

— Votre bras. L'homme s'exécuta.

— Monsieur Perrault, on vous a déjà vu hier il me semble. Vous vous souvenez de ce qu'on vous a dit, n'est-ce pas? Revenez le 4 juillet. C'est trop tôt. SUIVANT !

Comme le gaillard ne semblait pas décidé à quitter la file d'attente, deux types costauds lui donnèrent un coup de main. Bernie le savait : c'était le moment ou jamais de s'engouffrer dans la brèche. Pour l'heure, la brèche n'était autre qu'une grande porte blindée ouverte sur une salle d'un blanc décapant. Les néons et l'ambiance générale donnaient au lieu une teinte glaciale. D'autant que la tension environnante avait atteint son paroxysme. Dans le dos de Bernie, les agents de sécurité qui tenaient toujours Monsieur Perrault le lâchèrent pour s'occuper du cas du vieil homme. Deux autres surveillants munis d'un talkie-walkie émergèrent de la cohue et marchèrent également dans la direction du mortel. Celui-ci eut alors une étrange impression : le monde environnant semblait tourner au ralenti. Lui, se mit à courir d'infirmière en infirmière et de table en table. Méticuleusement, rapidement, il débarrassa chaque surface de ses fioles de Bogolux d'un précis revers de main. Les récipients éclatèrent par terre, aux pieds des patients assis aux quatre coins de la pièce.

Bernie eut le temps de supprimer une bonne partie du stock avant l'arrivée des hommes à ses trousses. Il se téléporta à l'autre bout de l'immense salle et s'attaqua aux fioles rangées sur les étagères murales. Tous hurlaient. De déception pour les patients, de terreur pour les infirmières et de rage pour les gardiens de la paix.

Sentant son heure arriver, et apercevant quelques viseurs de téléphones portables timidement pointés dans sa direction, Bernie tenta le tout pour le tout. Il s'empara d'un entonnoir posé devant lui et le porta à sa bouche. La voix qui en sortit se révéla plus déraillée qu'un train accidenté. Mais l'intention restait intacte. Le message provenait du plus profond de son âme.

— L'immortalité est un piège ! Mort au Bogolux ! Sus au poison qui conserve votre corps et assassine votre être intérieur ! Refusez l'asservissement ! Vous valez mieux que l'esclavage éternel ! Battez-vous pour avoir le choix ! L'immortalité n'a jamais été le fruit de votre volonté !

L'Éphémère tenta une ultime téléportation, mais il était trop tard. Deux mains avaient déjà empoigné ses vêtements. Disparaître avec ses agresseurs n'aurait servi à rien. Quitte à mourir, il préférait utiliser le temps qui lui restait en public. Pour que sa parole trouvât un écho.

Face à lui, les immortels le fixaient. Du personnel de laboratoire aux patients, tous semblaient saisis par les évènements. Le vieil homme comptait sur les enregistrements vidéo pour assurer les retombées de son discours. En attendant, il poursuivait son allocution tandis qu'il se faisait traîner vers l'issue.

— Soyez vigilants ! L'État ne vous veut pas du bien ! C'est de vous qu'il tire son profit, c'est par vous qu'il s'enrichit ! Mais que vaut réellement votre existence ? Quel plaisir votre vie éternelle vous procure-t-elle ? Sans enfant, ni jour de repos, ni talent ! N'êtes-vous pas frustrés de perdre chaque jour un peu plus de vos capacités cérébrales ? Faites un effort et souvenez-vous de votre jeunesse ! De votre liberté ! De votre indépendance !

L'un des hommes qui menaient le contestataire vers la sortie plaça ses bras autour de son visage tiraillé pour l'empêcher de s'exprimer. Mais Bernie, par un effort surhumain, se dégagea et continua de plus belle.

— C'est le Bogolux qui vous détruit ! N'en avez-vous pas assez de croiser les mêmes têtes ? N'en avez-vous pas marre de toute cette violence ? De ces assassinats en pleine rue ?

L'homme se tenait à peine debout, entre les deux agents, devant l'entrée de la Salle des Injections. En face de lui, un type l'attendait, l'arme braquée dans sa direction.

— Place aux jeunes ! Longue vie à l'éphémérité! s'égosilla Bernie, s'abandonnant par là même à son destin.

Il ferma les yeux et s'écroula de douleur. Le choc avait été violent, la balle logeait désormais dans son cerveau, derrière l'os frontal explosé. Instantanément, Bernie quitta ce monde. Celui qui l'avait accueilli durant soixante et onze années. Un monde à la fois hostile et rempli d'amour, selon de quel côté on le regardait. Non, son passage sur Terre n'avait pas été vain. Son message dépendait désormais de qui voulait bien l'entendre et le transmettre à son tour.

CHAPITRE 16

Regrets, souvenirs et bilan

« Tu es de surveillance, Ernest », se répéta-t-il, lassé. « Comme si cela servait à quelque chose. A-t-on déjà vu un poisson s'enfuir ? »

« Avec le bogo, on peut s'attendre à tout ! », lui répondait son responsable, chaque fois que le scientifique lui posait la question.

Seul dans la pièce la plus sécurisée du pays, pour ne pas dire du monde, Ernest Floute se sentait comme un lion en cage. Il tournait en rond autour de l'aquarium, sous les objectifs des caméras de surveillance. Celles-ci suivaient ses mouvements comme des voyeurs dans un camp de nudistes. Avec réactivité et précision. Derrière la porte, il le savait, des militaires armés jusqu'au cou montaient la garde.

« Tant de moyens pour une si petite créature ».

Ernest s'arrêta un moment afin d'observer le bogo. Même si le regard fixe de l'animal ne laissait pas transparaître d'émotion, le biologiste les imaginait parfaitement. Il n'y avait qu'à jeter un coup d'œil pour les deviner : le cyprinidé aux nageoires bleues ne prenait même plus la peine de faire le tour du bocal. Il se tenait immobile, impassible. Tristement, il attendait le jour, l'heure où immanquablement, il se ferait dépecer vivant.

Le scientifique se projeta alors dans un futur où les humains, immortels depuis bien trop longtemps, auraient perdu tout espoir. Tout objectif. Leur cerveau, entièrement atteint par les effets du Bogolux, en viendrait peut-être un jour à autosacrifier la partie censée demeurée la plus vive : le productivisme. Le professionnalisme. Ce besoin d'abattre toujours plus de travail, à la fois pour combler un vide et se payer sa prochaine injection.

En scrutant le poiscaille, Ernest visualisa ce moment où ce point de non-retour serait atteint. Cette ère où les Hommes intérieurement morts resteraient figés éternellement dans leur bocal d'infinie existence, attendant d'être dépecés vivant par des charognards.

D'accord, la science avait découvert une solution pour devenir immortel. C'est vrai, il s'agissait d'une avancée importante. Mais à part ça, les deux derniers siècles s'étaient montrés pauvres en exploits. L'invention du Bogolux, elle-même, n'était déjà pas considérée comme une victoire pour tout le monde. Non, vraiment, côté progrès, l'humanité n'avait jamais été si peu productive que depuis le début de la période d'immortalité. Un comble, tout de même.

Contrairement à ce qu'il s'était imaginé étant petit, Ernest n'avait pas vu apparaître de voitures volantes. Ni de guerres de robots. Ni de navettes spatiales. Encore moins de rencontres du troisième type. Rien de ce qu'avaient maintes fois décrit les films de science-fiction dans les années 2000 ne s'était finalement produit. Les humains immortels, bien trop ramollis par leur substance psychoactive, avaient mis en pause tous leurs projets, du plus simple au plus élaboré.

Le seul progrès louable digne de ce nom fut atteint dans un objectif purement égoïste. Le grand plan de sauvegarde de l'environnement ne s'initia donc pas par amour pour la nature ni par un souci écologique quelconque. Il fut réalisé dans le seul but d'offrir un avenir meilleur aux grands de ce monde.

Au début du XXIème siècle, la situation de la Terre était clairement vouée à l'échec. Tous les scientifiques s'accordaient sur le sujet. Les sols appauvris, la disparition de nombreuses espèces animales et le réchauffement climatique rendaient alors la vie de plus en plus insupportable. Tous les ans, le mercure battait de nouveaux records. De chaleur au Nord, de froideur au Sud. Chaque saison réservait son lot de cataclysmes, du tremblement de terre au tsunami en passant par l'éternelle période de sécheresse, suivie de celle d'inondations.

Régulièrement, il fallait trouver des palliatifs aux éléments manquants. Remplacer les insectes pollinisateurs par des machines, fertiliser les sols avec des engrais chimiques ou encore refroidir l'air grâce à de puissantes climatisations. Des subterfuges censés régler les conséquences au lieu de traiter les causes. De fait, les résultats eux-mêmes s'empirèrent, la source des problèmes se nourrissant de ces solutions passagères. Un véritable cercle vicieux. Une mise en abyme vers les abysses.

Le peuple prenait évidemment conscience du danger de mort qui les guettait jour après jour. Mais tant qu'aucune mesure gouvernementale n'était prise, le tri sélectif et les volontés individuelles n'y changèrent rien. Les dirigeants ne paraissaient pas particulièrement alertés par la question environnementale, qui progressivement, dévastait à la fois les paysages et les citoyens. Entre l'économie et l'écologie, si deux petites lettres faisaient la différence, le premier sujet prenait toujours l'avantage sur l'autre dans les choix politiques.

Ce ne fut qu'après la création du Bogolux et l'instauration de la loi sur l'obligation d'immortalité, que le sujet fut posé réellement sur la table. Ernest se souvint de l'étrange requête ministérielle qu'il avait trouvée sur son bureau au matin du 2 février 2043.

« Expérience n° 1 : Mettre le bogo en situation de famine prolongée, et en détailler les résultats, notamment sur le plan du système nerveux.

Expérience n° 2 : Extraire le bogo de l'eau et le laisser au sec jusqu'à l'apparition des premiers signes du trépas ».

Deux études scientifiques qui s'étaient transformées en problème mathématiques. En casse-têtes soporifiques. Comment déterminer le point limite d'une expérimentation dans le cas d'un sujet autorégénérant? Comment définir un signe clinique post-mortem, s'agissant d'un cobaye invincible ? La gêne ressentie par les biologistes et leur soudaine empathie pour le bogo apparurent comme la confirmation d'un excès scientifique. Dès lors, les professionnels décidèrent de stopper l'observation qui n'avait de toute façon plus aucun sens.

Au bout de six jours, les experts en vivisection en vinrent à la même conclusion. Les deux tests donnaient un résultat identique : « *signes notoires de douleurs lancinantes et infinies, régénération cellulaire perpétuelle et symptômes de déshydratation et de carences alimentaires non suivis de décès* ».

À la lecture du compte-rendu de ses employés, le haut directeur de Pharmabion devint blême. Pas question d'être condamné à vivre et à souffrir pour l'éternité sur une planète détruite ou, pire, dissoute. À quoi bon être un riche immortel errant éternellement en apesanteur dans l'Univers ? Le PDG contacta sur-le-champ le président de la République de l'époque, Benoît Venture, qui ne put qu'acquiescer. Oui, il fallait agir. Internationalement. Quelques heures et une poignée de coups de fil suffirent pour régler l'affaire. L'ensemble des chefs d'État s'accordèrent sur le sujet. Personne ne voulait finir sur une planète calcinée, explosée, sans nourriture ni eau, en souffrance jusqu'à la nuit des temps. Encore moins les puissants. Quand cela touchait au confort des gradés, les prises de décision gagnaient subitement en rapidité.

« Quand on veut, on peut », commenta intérieurement Ernest, alors qu'il se remémorait sarcastiquement l'anecdote. Le biologiste s'était assis sur une chaise, face au bogo, et passait le temps en se plongeant dans ses souvenirs. Il en fallait, de la mémoire, pour se rappeler toute une vie. D'autant plus s'il s'agissait d'une existence infinie. Deux siècles, ça représentait déjà une sacrée pile d'évènements. Mais même atteint d'amnésie, on ne pouvait oublier l'épisode de la transition écologique.

Tout fut mis en œuvre pour solutionner le problème environnemental, du renforcement du budget consacré à la recherche à la production massive de véhicules solaires.

L'industrie de la viande fut drastiquement limitée. Trente fermes, triées sur le volet, continuaient de fonctionner dans le monde entier. Le peu de plats carnés se dégustait dans les plus grands restaurants, à des prix scandaleux. L'agriculture fut alors rebaptisée « agricologie » et se tourna essentiellement vers les cultures céréalières et végétales, sans pesticides. Les vaches, cochons et autres animaux d'élevage, dont la reproduction redevint naturelle, se reconvertirent en tondeuses à gazon et autres élagueurs et laboureurs vivants. Les forêts furent replantées, la pêche et la chasse, drastiquement limitées. Ainsi, en une année, le taux de rejet de dioxyde de carbone dans l'atmosphère fut réduit de moitié. Quant à la biodiversité, elle retrouva peu à peu une courbe « normale », des sols jusqu'aux eaux profondes, en passant par les espaces montagneux. De nombreuses espèces avaient eu le temps de disparaître, mais la casse fut limitée et la catastrophe, évitée de justesse.

Pour autant, l'économie mondiale ne faiblit pas. Au contraire. De nouvelles professions remplacèrent simplement les anciens métiers. Les techniciens des centrales nucléaires devinrent poseurs d'hydroliennes, les fabricants d'engrais chimiques se mirent à concevoir du purin d'ortie et d'autres fertilisants naturels, les bouchers se changèrent en maraîchers et les lobbyistes pro-pétrole défendirent les bienfaits des matériaux recyclés. Même les déchets nucléaires, immense problématique jusqu'au début des années 2050, finirent par trouver leur antidote. C'est un chercheur russe, missionné spécialement pour régler la question, qui trouva la solution. L'aspergillus oryzae, un champignon microscopique utilisé dans la recette japonaise du miso, disposait naturellement d'une vertu pour le moins intéressante : l'absorption de la radioactivité. Une fois cela prouvé, la plus grande soupe de miso fut préparée et déversée sur la totalité des déchets, les rendant, de fait, inoffensifs. Le casse-tête nucléaire fut définitivement résolu.

Toutes ces mesures drastiques, combinées à la productivité sans faille des immortels et aux dépenses colossales réalisées par chaque nation, permirent d'atteindre l'objectif écologique fixé par le pacte international.

Dès 2053, soit dix ans seulement après l'inscription de la loi sur la prise obligatoire de Bogolux, les scientifiques du monde entier dressèrent leur bilan : la Terre était sauvée.

— Voilà bien la seule avancée qu'ait connue l'ère de l'Éternité , se lamenta Ernest, toujours assis face à l'aquarium, les yeux dans le vague.

Question progrès, le scientifique n'avait jamais vraiment fait confiance aux dirigeants. Surtout depuis qu'il avait découvert la toxicité du Bogolux et la volonté gouvernementale de mettre cette évidence aux oubliettes.

La seule personne sur qui il pouvait compter pour faire changer les choses, c'était son fils. Depuis son installation dans le bunker, Bernie ne l'avait pas déçu. Pas à un seul moment. À distance, Ernest Floute avait évidemment suivi les aventures des Éphémères, sans oser entrer en contact avec eux. À présent, cinquante-trois ans plus tard, il se sentait fier. Fier et coupable. D'une certaine manière, il avait abandonné son fils. En lui remettant une immense responsabilité sur les épaules, celle d'éveiller les consciences, il s'était éloigné de son enfant et l'avait laissé construire sa propre vie sans jamais lui rendre visite. Certes, il l'avait prévenu. Ce n'était un secret pour personne : il serait impossible de se revoir sans prendre de risques. Se retrouver, même quelques minutes, représentait un danger mutuel et inutile. Pour survivre, il leur était indispensable de mettre leurs liens familiaux de côté. Ernest travaillait dans le laboratoire ennemi, le lieu le plus sécurisé de la planète. Bernie savait bien qu'il ne pourrait saluer son père sans se faire piéger.

Chacun pensait donc à l'autre en catimini depuis toutes ces années. Et Ernest, ne connaissant pas l'état d'esprit dans lequel se trouvait son fils, ne pouvait qu'éprouver des remords. C'était plus fort que lui. En remettant la mission anti-Bogolux sous la responsabilité de son unique progéniture, avait-il pris la bonne décision ? Ne s'était-il pas montré lâche, en choisissant d'obéir à ses patrons et en laissant un autre agir à sa place? Il croisait les doigts pour que son fiston, physiquement son aîné, puisse partir un jour sans regret, sans lui en vouloir. Bernie avait déjà tant fait pour l'humanité. Les avancées n'allaient pas tarder à se mettre en marche, Ernest en était certain. Elles découleraient des efforts de son cher petit. Et un jour, lui aussi lutterait avec les Éphémères. Dès que l'occasion se présenterait, il mettrait ses connaissances et son expérience au profit de la cause qui l'animait secrètement depuis si longtemps. En l'honneur de Bernie.

Alors qu'il se perdait dans ses pensées, Ernest sursauta. La porte s'était ouverte en grand et les deux militaires qui montaient la garde dans le couloir entrèrent en trombe à l'intérieur de la pièce. Ils se positionnèrent devant l'aquarium, la main sur la gâchette, prêts à tirer. Instinctivement, le scientifique leva les mains en l'air, mais comprit rapidement que les hommes n'avaient rien contre lui. Ils s'étaient juste rapprochés du bogo sur ordre de leur chef. Un collègue biologiste entra dans la salle et referma la porte derrière lui. Ses yeux s'écarquillèrent à mesure qu'il s'exprimait.

— Ernest ! Tu ne devineras jamais !

— Quoi donc ?

— On a repéré le plus vieil Éphémère !

— Comment ça ?

— Ici, quelque part, dans le bâtiment! C'est Jean Goldsky qui l'a vu en premier, dans un couloir. Il nous a décrit un visage ridé et des cheveux blancs. Tu imagines! Le type doit avoir au moins soixante-dix ans ! Sans doute le doyen des Éphémères ! Celui qu'on voit dans les vidéos d'apparitions sur le web ! Sauf que là, il est seul et il a l'air déterminé ! Si tu veux mon avis, s'il ne quitte pas le labo très vite, il ne fera pas long feu !

Ernest comprit immédiatement de qui il s'agissait et resta sans voix. Son confrère, alarmé par les évènements, entrouvrit la porte et lança à son collègue, toujours assis sur sa chaise :

— Tu fais ce que tu veux, mais moi, je vais rejoindre le chef. Ça va partir en cacahuète, cette affaire ! Un mortel chez Pharmabion ! Du jamais vu !

Alors que le chercheur débitait son discours, Ernest tourna son regard vers l'entrebâillement de la porte.

Il aperçut son fils. Oui, son fils. Pas le temps de retenir son confrère qui, déjà, quittait la pièce. Heureusement, l'Éphémère avait disparu du couloir. Était-ce une hallucination ?

Ni une ni deux, le scientifique se leva et instinctivement, rejoignit la Salle des Injections. Si Bernie avait une ultime mission à réaliser, elle aurait lieu là-bas. Au milieu des seringues et des fioles.

En silence, dans la foule, l'homme observa avec émotion les derniers instants de son fils unique.

CHAPITRE 17

L'homme-âge

June avait suivi chaque action, chaque évènement décrit par les télépathes avec le plus vif intérêt. À part quelques clameurs, aucun son n'avait émergé de l'assemblée d'Éphémères, tant la stupéfaction était totale. Seules les paroles prononcées par le trio orateur avaient fait exception. Mais Décembre, Chance et Paola, en tant que simples commentateurs, avaient uniquement narré les évènements tels qu'ils étaient apparus chronologiquement, de façon succincte. Ils avaient raconté, par exemple, la façon dont Bernie était passé inaperçu, quels moyens il avait utilisé pour pénétrer dans la Salle des Injections. Comment, en définitive, il s'était jeté dans la gueule

du loup pour finalement s'écrouler devant l'inévitable destin.

Effarés, les mortels avaient assisté, impuissants, à la destruction d'un re-père élémentaire. Bernie, guide de tous ces orphelins, avait mis un point final à une histoire et une majuscule à une toute nouvelle aventure.

Au bout d'un long moment de torpeur muette, Mars brisa le silence.

— Alors quoi, on laisse mourir Bernie et personne ne fait rien ?

— C'est à toi de lever le voile sur ce mystère, madame la remplaçante, s'écria June, les yeux prêts à bondir hors de son visage rougi par la rage.

— Répète un peu ça pour voir ! le défia la demoiselle, les pupilles obscures plongées dans les siennes.

« Une chance que leurs yeux ne lancent pas des projectiles », pensa Victoire.

— Toi seule connais les coordonnées du lieu où il se trouve. Toi seule peux te déplacer comme bon te semble. Toi seule étais donc en capacité de le rejoindre. Et tu n'as pas bougé d'un pouce. Ingrate ! Lui, qui a risqué sa peau pour venir te chercher dans cette foutue chambre froide finlandaise !

— C'est pourtant toi qui l'as suivi lorsqu'il est parti. Tu n'as pas tenu deux minutes avant de rentrer au bercail !

June et Mars se tenaient face à face, seuls quelques centimètres les empêchaient de se mordre. Jackpot et Accident étaient prêts à les retenir si nécessaire.

— A situação já é suficiente trágica assim ! Pare ! — la situation est assez tragique comme ça ! Arrêtez ! s'écria Paola en portugais.

Personne, sauf Lewis et deux ou trois linguistes, ne comprit ce qu'elle racontait, mais le ton qu'elle avait employé donna de l'élan à Loula pour se lancer.

— Nous sommes tous sous le choc, déclara-t-elle en pleurs, sa fillette dans les bras. Agissons en personnes responsables comme l'aurait voulu Bernie. Je pense que nous avons besoin de méditer sur ce qui vient de se produire. Rendez-vous dans la cuisine dans une heure, le temps de se calmer.

June et Mars furent les premiers à quitter la pièce dans des directions opposées. Bientôt, l'ensemble des Éphémères s'éparpilla, le Repaire étant assez grand pour que chacun pût se recueillir seul. Pourtant, tous ne ressentirent pas la nécessité de s'isoler. Les plus jeunes, notamment, s'étaient regroupés pour se consoler mutuellement. À l'inverse, d'autres avaient préféré se mettre en retrait pour y lâcher tristesse, colère et sentiment d'injustice.

Numéro-deux était certainement le plus mal en point. Il devait supporter sa propre détresse, tout en subissant celle des autres. Dernièrement, à force d'entraînements, il avait réussi à mieux dompter ses capacités. À les mettre en sourdine. Mais son état de faiblesse combiné à la puissance des émotions environnantes l'en empêchait. Il s'était donc réfugié à l'extrémité du Repaire dans la Salle Naturelle, au milieu d'une touffe d'épis de blé.

Au bout d'une heure, l'ensemble du groupe se retrouva en silence autour de la table de la cuisine.

La vision du siège vide en bout de table jeta un froid général. Mars se mit debout.

— Je lève mon verre à cet homme qui nous a tout donné. Il nous a offert un lieu de survie, une quantité d'amour incroyable, son immense expérience et tant d'autres choses encore. Il a clôturé sa vie par le plus beau des dons. Avec ses dernières forces, il a sacrifié sa propre existence pour la concrétisation de ce qui, j'en suis persuadée, améliorera sensiblement notre avenir et celui de l'humanité. En supprimant quelques fioles de Bogolux, et en osant exprimer tout haut les enjeux de notre lutte secrète, Bernie a donné un nouveau souffle à la cause des Éphémères. Grâce à lui, l'éveil des consciences est en route. Merci Bernie.

Mars, tremblante, se rassit. La jeune fille avait donné le ton. Très naturellement, d'autres discours tout aussi positifs, bien qu'épris de nostalgie, s'enchaînèrent. Les mortels rendirent leur hommage, les uns après les autres, chacun à sa manière. Seul June demeura muet. Malgré tout, bravant tant bien que mal la tristesse qui les affublait, les Éphémères gardèrent un tantinet de joie de vivre. En souvenir de Bernie, exemple de dynamisme et de bonne humeur, ils décidèrent de célébrer sa vie plutôt que de pleurer sa mort. L'homme était parti en héros en pénétrant dans l'endroit le plus dangereux du pays. Certes, il n'avait toutefois pas franchi le seuil de la salle du bogo, ce poisson japonais sur lequel les humains prélevaient depuis des siècles le précieux ingrédient.

En termes de malchance, le pauvre animal avait d'ailleurs décroché la palme. Un brelan de scoumoune. Une triple guigne. Celle de représenter l'unique spécimen de son espèce, d'avoir été hasardeusement pêché, et enfin de ne pas pouvoir avorter sa misérable existence. En prime, aucune molécule de synthèse n'avait pu faire concurrence à celles d'origine. Chaque tentative de clonage avait échoué. Toutes les semaines depuis des centaines d'années, pour fabriquer le Bogolux, les scientifiques étaient donc obligés de mutiler le même poisson avant de le remettre dans son aquarium. Dès lors, l'animal pouvait se régénérer et fournir une nouvelle dose de chair à prélever. Ainsi allait la vie du bogo. Comme les humains immortels, il était condamné à se faire exploiter pour l'éternité.

Certes, donc, Bernie n'avait pas réalisé l'ultime mission, celle de détruire la source de tous les maux. Mais il s'agissait d'une décision à la fois raisonnable et admirable. S'il y avait bien un défaut qu'on ne pouvait attribuer au doyen de la troupe, c'était de s'être montré inconscient. Malgré les diverses tentations, en dépit de l'éternelle fougue des Éphémères, Bernie avait toujours su rester vigilant, prévoyant. Jamais il n'avait risqué sa vie ou celle des autres sans raison valable. Voilà pourquoi sa dernière initiative avait tant déconcerté le groupe. Cependant, le fait qu'elle se fût clôturée de cette manière, justement, lui donnait raison. Raison d'avoir fait preuve de prudence jusqu'à la dernière heure de sa vie.

Après la longue série d'hommages, un repas convivial fut organisé. Une belle façon de rester soudés tout au long de cette journée si particulière. Une fois le repas terminé, June, qui avait refusé tout contact et toute discussion – y compris avec sa fille dont le niveau de conversation n'égalait pourtant pas celui du canard – alla se coucher. Il ne participa pas à la veillée organisée le soir même. Les autres avaient décidé de prolonger la bonne ambiance autour d'un feu.

Ils en faisaient rarement, du feu. Déjà par sûreté – un incendie eût été mal venu – et surtout pour des questions pratiques. Le système d'aération qui renouvelait l'air du Repaire dans sa totalité n'était pas assez puissant pour faire danser les flammes et aspirer la fumée. Sauf dans la Salle Naturelle. Le plafond y était particulièrement poreux. Régulièrement, une sorte de brumisateur géant humidifiait la pièce par le haut, ce qui limitait tout risque de propagation. Le système d'arrosage par le sol, mis exceptionnellement à l'arrêt pour l'occasion, constituait une sécurité supplémentaire.

Pour l'occasion, les Éphémères avaient donc placé quelques vieux journaux au milieu d'un cercle de pierres blanches, à l'abri d'un immense saule pleureur. Il fallait faire attention à ce que les flammes ne vinssent pas lécher l'épais feuillage du vieil arbre téléporté vingt ans auparavant depuis un parc de la capitale. Cela dit, pour ce qui était de surveiller le brasier, Accident était totalement opérationnel. Dans un monde « normal », le jeune homme eût d'ailleurs probablement choisi le métier d'agent de sécurité. Il était tellement alerte qu'il lui arrivait de ramasser un verre juste avant sa chute, ou de déceler une fuite d'eau au son du goutte-à-goutte. Avec un camarade comme lui, ses amis pouvaient donc se reposer sur leurs deux oreilles.

Hypnotisés par la cheminée de fortune, et encore sonnés par la terrible nouvelle qui s'était abattue sur leurs têtes le jour même, les Éphémères s'étaient réfugiés dans une bulle. Une bulle d'amour et de fraternité. Ensemble, ils prirent plaisir à se remémorer les anecdotes amusantes liées à Bernie. Comment, un jour, il avait fait exploser des centaines de popcorns dans une poêle et avait dû se protéger le visage avec une passoire pour ne pas se crever un œil. La fois où il avait construit une immense cabane dédiée aux enfants et avait fini par s'y endormir tant elle était confortable. Ce jour où il avait réussi à téléporter une quinzaine de cornets de glace sans les faire tomber, juste pour faire plaisir aux plus gourmands de la troupe. Lorsqu'enfin, il avait prétendu vouloir faire la sieste un 24 décembre, et était apparu dix minutes plus tard dans un ridicule costume de Père Noël fait main. Par pitié envers lui, les jeunes Éphémères avaient alors joué le jeu et Bernie s'était naïvement réjoui de son succès sans jamais se douter de son cuisant fiasco.

Bercés par les souvenirs d'enfance, les mortels s'endormirent les uns contre les autres autour d'un crépitant amas de braises. Au petit matin, quelques sourires s'effacèrent dès l'instant où les consciences reprenaient le sens de la réalité. Bernie n'était plus. Mais très vite, après quelques embrassades, Mars reprit le flambeau à l'endroit où il avait été déposé. Comme le faisait son prédécesseur chaque début de journée, elle prépara le petit déjeuner. Le reste du groupe vaqua à ses occupations quotidiennes et à l'entretien des lieux. Nettoyage des douches, lavage du linge, cueillettes de fruits : comme les composants d'un seul corps, tous unirent leurs forces pour faire fonctionner le Repaire.

Tous, sauf June.

Loula tenta une énième fois de relever la tête de son homme qui restait tristement fermé. Replié sur son lit, il ne cilla pas. Inquiète, la jeune femme fit appel à Numéro-deux. Le verdict fut sans appel.

— Une bonne dose de désespoir mêlée à du regret, de la culpabilité et du manque… Rien de plus normal dans une situation telle que la nôtre. Laisse-lui le temps de faire son deuil à sa manière. Il était particulièrement proche de Bernie, ça lui passera, chuchota-t-il avant de poser une main sur l'épaule de la jeune femme.

L'hyperempathique quitta la pièce et laissa le couple seul à seul dans sa chambre.

Colette était occupée à dessiner sur le grand mur de la Salle de Jeux en compagnie d'Eliott et Paola.

— Tu penses qu'il a raison ? Tu as besoin de temps ? Tu ne veux pas que je t'aide à te changer les idées plutôt ?

Les questions de Loula restèrent sans réponse. La guérisseuse, animée par un terrible sentiment d'impuissance, commença à tourner les talons.

— Tu n'y peux rien, murmura June, allongé sur le ventre, la bouche contre l'oreiller.

Elle s'arrêta de marcher.

— La seule chose qui pourrait me faire passer la douleur, continua-t-il, serait de rendre visite à mon père.

— Ton père? répéta-t-elle en se retournant.

Elle s'attendait à tout – même à ce qu'il décidât d'aller chercher le corps de Bernie pour l'enterrer – sauf à ça. Depuis toujours, les parents biologiques de June, et en particulier son père, représentaient le cadet de ses soucis. À plusieurs reprises, même, elle avait dû réfréner les élans de colère de son conjoint tant il pouvait se montrer rude à leur égard. Même après le décès de sa mère, qu'il avait péniblement vu brûler en direct, il n'avait pas spécialement éprouvé de compassion envers son géniteur. À la limite, il avait ressenti un peu de peine, comme cela se fait pour un voisin veuf. Pas plus. Et aujourd'hui, lui venait l'idée d'aller lui rendre visite ?

— Oui, mon père. Mon pauvre père qui n'a rien trouvé de mieux pour égayer sa vie que d'essayer de faire des gosses. Comme si créer de la jeunesse allait raviver la sienne. Depuis que ma mère s'en est allée, il doit se morfondre. Son seul espace de liberté, son unique rêve est désormais voué à l'échec. Son existence doit maintenant se résumer au travail et aux tâches ménagères. Quel enfer ! Je suis tout ce qui lui reste. C'est à moi de lui montrer qu'une autre vie est possible. Je peux lui faire ouvrir les yeux, j'en suis sûr.

— Quand pars-tu ? demanda Loula, déjà convaincue qu'elle n'aurait pas son mot à dire.

Son objectif n'était plus de lui faire changer d'avis, mais de retarder l'échéance, dans l'espoir que le temps jouât en sa faveur. June s'assit sur le bord du lit et regarda sa chère et tendre dans les yeux. Les siens étaient humides, mais déterminés. Ceux de Loula, consternés.

— Je pars demain, lui annonça-t-il.

Une impression de déjà-vu secoua la jeune femme qui s'écroula aux pieds de son homme.

— Ne me dis pas que tu as perçu ta propre fin, cette fois ! Toi aussi, tu vas donc me quitter ainsi ? Je veux bien que la mort fasse partie de la vie, mais pas deux fois en deux jours ! Ou alors elle reviendra me chercher !

— Sèche tes larmes, voyons, prononça-t-il sur un ton rassurant. Il lui caressa alors doucement les cheveux.

— Je veux vivre le plus longtemps possible et vous voir en faire autant. Hors de question de périr pour l'instant. Je reviendrai aussi vite que je le peux, ma chérie. Mais comprends-moi, depuis le départ de Bernie, je ne suis plus moi-même. Je me sens oppressé. Oppressé par un devoir non accompli. J'ai le profond besoin de prendre l'air et d'aider mon géniteur. Tant que je me sens en capacité d'agir, il est temps de le faire. Car contrairement à lui, je ne suis pas immortel. Par contre, je fêterai mes vingt-trois ans dans deux jours. L'occasion idéale pour passer inaperçu dans ce monde de brutes.

À mesure qu'il déroulait son propos, June se détendait. Il prenait même de l'assurance. Alors qu'il avait démarré sa réflexion recroquevillé et muet, le voilà droit comme un I et bavard comme une pie. Loula, pour sa part, s'était affalée au sol et ne pipait mot. Prenant conscience d'avoir blessé sa belle, June lui tendit les mains, l'aida à se relever et la serra de toutes ses forces contre lui.

— Tu n'y peux rien, je te dis. Je ne supprimerai ce qui me ronge qu'en m'y attelant de mon propre chef. C'est le moment pour moi d'apporter ma pierre à l'édifice. Après, sois-en certaine, je reviendrai aussi docile qu'un petit autruchon.

— Si c'est ça, d'accord, accepta Loula, blottie contre la chemise bleue de son amoureux.

Ses cheveux sentaient bon le coquelicot.

CHAPITRE 18

La case départ

L'ultime mission de Bernie avait laissé un vide. C'était indéniable. Mais côté immortels, elle avait également fait carton plein. Les vidéos prises ce jour-là par les quelques citoyens en quête d'injections n'avaient pas tardé à envahir internet, et les réactions furent à la hauteur de l'importante diffusion médiatique. Grâce à l'action du doyen des Éphémères, leurs revendications apparaissaient enfin clairement au monde. Les Éternels ne considéraient plus les mortels comme des fous, ni comme des anarchistes délurés, mais bien comme des militants anti-Bogolux. Des activistes pour la naissance, la mort et la libre existence.

Bientôt, les citoyens eux-mêmes commencèrent à se poser des questions sur le véritable sens de leur vie. Ce qui, pour des êtres vidés de leur substance intellectuelle et de leurs facultés à se révolter témoignait d'un profond ras-le-bol. La coupe était pleine. L'immortalité avait bien trop duré. L'exploitation humaine et les mensonges des puissants aussi. Et si cet homme qui s'était sacrifié au nom de la vérité avait raison ? Et si le produit qu'ils introduisaient dans leurs veines tous les trois ans n'était qu'un poison ? Et si le monde entier s'intoxiquait depuis presque deux siècles ? Cette violente perspective laissa un arrière-goût amer à une grande partie des consommateurs. Hommes et femmes exigèrent des réponses. Cela s'illustra d'abord par de simples conversations et se transforma rapidement en pétitions et en grèves. Mais en réalité, le mouvement de contestation sociale ne faisait que commencer.

Happé par son tumulte intérieur, June se tenait bien loin de ces considérations. Toutefois, le contexte tendu lui facilita la tâche. Il put ainsi rejoindre la maison de son père sans trop éveiller de soupçons.

En effet, pour la première fois, les forces de police se mirent à traquer de potentielles émeutes côté Éternels, mettant de côté la menace Éphémère. Les bêtes dociles, domestiquées, comptaient manifestement retrouver leur liberté passée, et cela dérangeait leurs maîtres.

June n'eut pas besoin d'insister auprès de Mars. Elle adopta l'idée de le déposer dans le quartier de son enfance, et ce, sans broncher. À choisir, elle préférait mille fois téléporter son ami vers sa cible plutôt que de le laisser s'y rendre à pied. En cas de refus, le jeune homme aurait de toute façon poussé la trappe du Repaire. Lorsqu'elle accepta, le sourire qu'elle vit apparaître sur le visage du devin la conforta immédiatement dans son choix. Après tout, l'essentiel, c'était qu'il retrouvât au plus vite son habituelle bonne humeur.

Au moment du départ, il ne s'attarda pas sur les embrassades. Il était certain de revenir sans tarder. Néanmoins, il prit la peine de susurrer des mots doux à l'oreille de sa belle et de souffler quelques clowneries à celle de sa fille. Puis, il décrivit à la télépathe ce dont il se souvenait du décor de son enfance. Quelques détails, seulement. Car finalement, il n'avait vu son quartier qu'une seule et unique fois, le jour de sa fugue.

Assiette Shop. Le nom du restaurant qu'il avait traversé dans sa course leur permit, avec l'aide de Gilda, de situer le quartier sur la carte. À l'époque, l'avis de recherche de June avait fait la une des journaux et il fut donc facile de retrouver dans les archives du web l'appellation de la brasserie.

Les points de départ et d'arrivée en tête, Mars se sentit fin prête pour la téléportation. Elle posa une main sur l'épaule de June, l'autre sur sa propre tempe et en un soupir, tous deux se matérialisèrent à l'angle d'une rue. Aussitôt, le jeune homme reconnut l'endroit et félicita son amie. Personne à l'horizon. Mars ne tarda pas à quitter les lieux après quelques recommandations essentielles.

— Souviens-toi, les télépathes te contacteront régulièrement. C'est ainsi qu'ils sauront à quel moment tu désireras rentrer à la maison. Garde l'esprit bien ouvert pour que ce ne soit pas trop compliqué pour eux. Bonne chance !

Le point d'exclamation rima avec sa disparition. Toutes les maisons se ressemblaient. Si bien que June hésitait. Laquelle avait-il habité ? Il faut dire qu'à part la cave, le jeune homme ne connaissait pas grand-chose de cette demeure. Il devait puiser loin dans ses souvenirs pour ne pas se tromper. D'autant que la seule fois où il avait franchi le perron du domicile familial, c'était pour le fuir. Sûrement pas pour observer la peinture des volets où la couleur des bégonias.

« Bégonias ?! »

Si ce mot lui était venu à l'idée, ça n'était pas pour rien. Souvent, sa maman, lorsqu'elle lui racontait ses journées, ne tarissait pas d'éloges sur la beauté de ses fleurs. Elle disait que leur teinte rouge embellissait le pâté de maison. June ne savait évidemment pas reconnaître des bégonias – on n'en cultivait pas au Repaire – mais il n'était pas daltonien. Au bout de l'allée, sur la droite, il lui sembla déceler la bonne couleur. Fleurs ou tomates, cela restait toutefois à élucider. Il s'avança, le cœur battant la chamade. La course-poursuite qu'il avait vécue treize ans plus tôt dans ces mêmes rues l'avait pour ainsi dire traumatisé. Tout comme celle de Bernie, qu'il avait suivie en direct par le biais des télépathes. Cette fois, hors de question de se faire repérer.

Alors qu'il se trouvait à trois maisons de celle qu'il avait en visu, un homme apparut. Il sortait d'une villa sur la gauche. June sursauta et se ressaisit aussitôt. Quoi de mieux pour passer incognito que de ne pas essayer de se cacher ? Il osa même un salut de la main. L'homme le lui rendit alors qu'il le croisait et continua son chemin. June n'en revenait pas. Un immortel lui avait montré du respect. Il n'avait ni cherché à le tuer, ni à le faire tuer.

« Je fais donc mon âge », conclut-il. « La prochaine fois, j'accentuerai le côté dépressif. Ça a l'air d'être leur truc, aux Éternels ».

Il s'agissait bien de fleurs. D'innombrables fleurs rouges disséminées dans un feuillage dense. Le tout sous les fenêtres de la maison. Dans le quartier, aucune autre n'était si bien décorée. La boîte aux lettres jaunie par le temps confirma la première intuition de June.

« Monsieur et madame TAG ».

Bob n'avait donc pas déménagé. Une bonne nouvelle. Malgré les multiples essais du jeune homme, la porte ne s'ouvrit pas. Qu'aurait donc fait son père un dimanche? Où serait-il allé passer sa seule journée de repos hebdomadaire ?

Brusquement, de violentes vibrations secouèrent June. Comme si quelqu'un ou quelque chose lui administrait de légers coups d'électricité. En l'occurrence, le coupable, c'était Chance. June le devina immédiatement. Il avait souvent fait office de cobaye en entraînements et reconnaissait parfaitement ses tentatives de communication à distance. Parfois, il avait d'ailleurs failli perdre connaissance tant la méthode de son ami s'avérait brusque.

Garder son esprit ouvert. Voilà les instructions à suivre. Facile à dire. Mais rien de plus délicat que de l'appliquer. En particulier quand son cerveau se fait électrocuter. June prit une grande inspiration et tenta tant bien que mal de libérer tous ses sens. Vue, odorat, toucher, goût, audition…

— June… June… Tu m'entends ?

— Bien sûr que je t'entends ! Tu me gueules dans les tympans !

— Tout va bien ? Tu veux qu'on vienne te chercher ?

— Tout ne va pas bien, mais au moins, je me trouve au bon endroit. Maintenant, il faut juste que mon père rentre.

— Rentre ? Tu veux dire que tu attends dehors ? En pleine rue ? Bien trop dangereux !

— J'ai croisé un type et il ma salué. Il semblerait que je passe inaperçu pour l'instant. Tu pourras dire à Mars que contrairement à ce qu'elle pense, je ne parais pas si vieux que ça. Reviens vers moi dans une heure, je te dirai si je suis toujours aussi optimiste.

— Bien reçu. Mais en attendant, je resterai branché à tes pensées. On ne sait jamais, si tu te faisais attaquer…

June n'aimait pas trop l'idée de se voir surveillé de cette manière. Au Repaire, il avait d'ailleurs fait signer un papier aux télépathes afin qu'ils s'engageassent moralement à ne jamais écouter ses pensées sans son accord. En réalité, il n'avait aucun moyen de vérifier si ses collègues tenaient parole, mais il voulait croire à la force de leur amitié et préférait leur faire confiance. Pour l'heure, le jeune homme l'admettait : l'utilisation de la télépathie s'imposait sur un plan sécuritaire. Il était courageux, téméraire, mais certainement pas invincible.

Il s'assit donc sur l'une des marches devant la porte d'entrée et attendit. Dans un environnement hostile et instable, chaque minute d'immobilité en public durait une éternité. Toutefois, June prit une apparence décontractée et lasse. Quelques personnes passèrent et lui jetèrent un œil curieux. Chaque fois, il tenta d'imiter leur expression du visage et leur sourit. La stratégie fonctionna. Un temps.

Alors qu'il commençait à baisser la garde, le mortel fut brusquement ramené à la réalité. À la fenêtre d'en face, ce qu'il croyait être un pot de fleurs s'anima, et forma un visage. Celui d'un voisin qui le fixait avec mépris. En se concentrant davantage, l'Éphémère décela même un téléphone. L'homme passait un coup de fil.

Subitement, une vision anima l'esprit de June. Deux policiers lui faisant face, demandant sèchement : « Qui êtes-vous ? Que faites-vous ici ? Vous n'êtes pas répertorié dans le quartier ». La prémonition s'interrompit aussi vite qu'elle était apparue, au même instant où le voisin ferma ses rideaux. Il le savait bien désormais : aucune prémonition ne mentait. Même s'il tentait de modifier le cours des évènements. Une bonne nouvelle, cette fois : les images n'avaient révélé ni meurtre, ni accident. Il pourrait donc peut-être s'en sortir indemne.

Deux gars en uniforme l'interrogeraient sur son identité. Soit. Il fallait au moins en tirer un avantage : June avait du temps pour préparer une réponse plausible. Il fit les cent pas devant la maison. Quitter les lieux eût représenté une grave erreur. En restant sur place, il permettait à Mars d'intervenir sans difficulté au moindre signal. En plus, le garçon comptait toujours sur l'arrivée de Bob pour se mettre à l'abri.

Une réponse plausible.

Il se gratta la tête comme pour attirer à son esprit une idée croustillante. Bientôt, il les vit arriver. Les deux hommes de sa vision. Des types banals, à l'étroit dans leur uniforme bleu, armés jusqu'au cou. Alors qu'ils s'avançaient à grands pas en direction de June, dans cette longue allée pavillonnaire, ils posèrent leur main droite sur leur holster. Manifestement, ils avaient de sérieux doutes quant à la non-immortalité du jeune homme. Pour survivre, les actes de ce dernier devraient atteindre l'exemplarité.

« Dis à Mars de ne surtout pas me rejoindre, je gère», pensa-t-il distinctement.

Il se doutait que Chance demanderait l'intervention de la téléportatrice. Le télépathe voyait à travers les yeux du devin et les policiers armés ne manqueraient pas de l'angoisser. N'importe quel Éphémère eût été effrayé dans une telle situation. Mais June savait que son meilleur ami l'écouterait. Fort heureusement, Mars n'apparut donc pas.

Le garçon misa sur l'audace. Au lieu de se montrer craintif ou fuyard, ce qui eût éveillé les soupçons plutôt que de les atténuer, il resta stoïque. Il sourit, même, tandis que les gardiens de la paix le regardaient. Durant ses dix années de captivité dans la cave de ses parents, il avait regardé des tas de reportages animaliers. L'un deux l'avait particulièrement marqué. Une gazelle qui se faisait courser par un lion se retournait face à son prédateur. Celui-ci, décontenancé devant tant de culot, abandonnait alors sa session de chasse.

June se sentait comme une gazelle, n'ayant nulle part où se cacher, prête à tenter le tout pour le tout. C'est-à-dire rien.

Ainsi, il resta immobile et accueillit les policiers à bras ouverts. Immédiatement, ceux-ci retirèrent la main de leur arme et ralentirent la cadence, alors qu'ils arrivaient devant lui.

Le voisin d'en face tira à nouveau son rideau de cuisine, afin de ne pas rater une miette de la scène.

— Qui êtes-vous ? Que faites-vous ? Vous n'êtes pas répertorié dans le quartier.

— Bonjour, fit June d'une voix aux accents chantants et improvisés. Je ne risque pas d'être répertorié ici, je viens tout droit d'Inde. Je suis un cousin de Bob, il m'héberge pour les vacances.

— Les vacances? s'exclama l'un des deux gaillards, dubitatif. Les vacances, cher monsieur, ont été abolies il y a presque cent cinquante ans. Et on ne fait pas un aller-retour d'Inde en une seule journée de repos.

L'Éphémère déglutit avant de faire éclater un rire salvateur.

— Oui, je le sais bien ! C'est une expression que nous utilisons avec mon cousin pour parler de travail, justement. Il m'a dit qu'à l'usine, ils manquaient de monde. Et vu que la population ne peut pas augmenter, il faut bien faire venir des bras supplémentaires de l'autre bout de la planète de temps à autres ! Quand on peut s'entraider…

— Et votre patron accepte? lui demanda l'autre homme, tout aussi suspicieux.

— Oui, car c'est provisoire, c'est juste pour assurer l'échéance d'une commande particulièrement importante.

Les policiers se regardèrent, silencieux.

— Nos deux usines font partie de la même firme, ajouta June pour appuyer ses propos chancelants.

— Et comment s'appelle-t-elle, cette firme ? le défia le type de gauche.

Le mortel se retrouva piégé. Il ne connaissait pas le nom de la boîte de son père, ni aucune autre entreprise, d'ailleurs. Il l'avait déjà entendu, plusieurs années plus tôt, mais ne s'était pas attaché à ce détail. Son silence finit d'entériner son cas déjà étrange aux yeux des bonhommes en bleu. Après s'être chuchoté un mot à l'oreille, ils s'approchèrent de lui d'un pas supplémentaire.

— Relevez votre manche.

June prit conscience que sans tatouage, il serait immédiatement catalogué comme Éphémère. Tous les immortels étaient marqués d'un numéro sur l'avant-bras droit. Cela leur permettait d'être identifiés et de se faire recenser à chaque injection trisannuelle. À cet instant, une camionnette blanche se gara devant la maison. Dessus, une inscription.

— Lavana Enterprise ! s'écria June.

— Qu'est-ce que tu nous chantes, là ?

— C'est le nom de la société !

— Montre-nous ton bras !

June tenta de gagner quelques secondes de plus.

— Je ne comprends pas bien le français, fit-il en ricanant.

Qu'est-ce que ça veut dire, « bras » ?

— Ne nous prends pas pour des imbéciles, s'écria le policier de droite en lui attrapant le poignet.

Au même moment, quelqu'un sortit de la camionnette. On aurait dit June, en un peu plus pâle et taciturne. Le Bogolux aidant, son père n'avait pas changé d'un poil. Exactement le même que celui qui, treize ans auparavant, bordait le jeune mortel pour la dernière fois. Bob eut plus de mal à reconnaître son fils. Lui, à l'inverse, avait bien grandi.

— Cousin ! s'écria June.

Par peur du rejet de son géniteur, il ne lui laissa pas le temps d'en placer une.

— Cousin, ces deux policiers ne veulent pas me croire. Je leur ai pourtant expliqué que je venais travailler à l'usine pour aider ton équipe à assurer une grosse commande. Mais rien à faire, ils ne me font pas confiance. Dis-leur, toi, que c'est vrai !

Le jeune homme ne savait pas à quoi s'attendre, et se tenait prêt à appeler Mars. Son père se montrerait-il assez malin et lucide pour jouer le jeu ? Les gardiens de la « paix », qui l'encadraient en lui maintenant fermement les épaules, attendaient la réponse de Bob avec le même intérêt. Comme un signal de mise à mort. Le silence qui suivit sembla terriblement long.

— Bien sûr que c'est vrai, cousin ! Lâchez-le, bande de brutes ! Vous n'avez donc pas de vrais truands à arrêter ?

Les policiers se regardèrent un instant pour finalement relâcher l'emprise qu'ils avaient sur June, oubliant de vérifier son avant-bras.

— On vous garde à l'œil, monsieur Tag, annonça l'un d'eux. On vous connaît. Votre casier judiciaire est loin d'être vierge.

— Tout comme votre femme, lança son collègue en ricanant.

Bob devint rouge pivoine, prêt à bondir sur celui qui venait d'insulter feu son épouse. June le retint juste à temps. Il avait échappé à deux assassins et n'imaginait pas leur sauter au cou dans la foulée. Même pour les étrangler.

Les hommes en uniforme s'éloignèrent, contents de leur petite démonstration de force. Le père et son fils se retrouvèrent ainsi seul à seul. Enfin presque. Le voisin restait agrippé à son rideau, le front aplati contre la vitre glacée du crépuscule. L'immortel de cent-quatre-vingt-dix ans attrapa l'Éphémère par le bras et l'invita dans son salon, à l'abri des regards.

— June, c'est bien toi ?

— Ah ! J'avais peur que tu ne me reconnaisses pas ! soupira le jeune homme.

— Tout de même, on a un minimum de jugeote dans la famille.

Bob serra son fils contre lui. Ses gestes étaient lents, tremblants. On aurait dit un vieillard enfermé dans un corps juvénile. Ce n'était d'ailleurs pas qu'une impression. Il était bel et bien emprisonné dans une enveloppe qui ne lui correspondait plus. Lorsqu'il n'était pas question de travail, les immortels se ramollissaient physiquement, comme pour reprendre leur souffle après un gros effort. Quant au mortel, il observa ledit « père » avec intérêt. Un intérêt scientifique. Car si on lui avait souvent décrit les bogoluxés comme des êtres mornes, l'occasion de les observer ne s'était pas vraiment présentée à lui.

En groupe, de loin, vaguement. Individuellement, jamais.

Tous deux se regardèrent en silence dans le blanc des yeux. Un blanc immaculé pour June, synonyme de bonne santé. Un jaune- pisse pour Bob. Couleur de la crise de foie. De la vieillesse. Ou de la nausée matinale.

À y regarder de plus près, le géniteur avait changé, finalement. Mais June manquait peut-être d'objectivité. Car à l'époque, il ne disposait d'aucun point de comparaison. Désormais, après treize années de cohabitation avec des personnes en pleine forme, le jeune homme voyait la différence. À côté de Bob, Bernie eût ressemblé à un nourrisson jusqu'à la veille de sa mort. Le contraste se distinguait nettement. Bob était un légume.

— Comment vas-tu, papa ?

— Je vais. Pour toujours. Et toi, comment as-tu survécu ? Pourquoi diable nous as-tu quittés, ta mère et moi ?

Les lèvres de l'Éternel vibraient de souffrance.

— Je ne vous ai pas quittés, je me suis retrouvé. Nuance. J'étais emprisonné, tu te souviens ?

— C'était pour ta survie.

— Pour ma sous-vie, tu veux dire. Une vie entre quatre murs, t'appelles ça comment ?

— Jusqu'à vingt-trois ans seulement !

— Seulement ? Et après, du meilleur ? Je ne crois pas ! Certes, tu n'es pas enfermé dans un cube de béton, mais tu avances dans un couloir infini. Un tunnel obscur. Rien de joyeux, rien d'enrichissant. Je me trompe ?

Bob hésita.

— Je t'ai eu toi, mais tu es parti.

— Voilà pourquoi vous m'avez fait. Pour vous distraire. Pour égayer votre existence plate et insipide. Comme un chien que l'on va cajoler dans le garage, de temps en temps. Moi, j'étais dans la cave. Égoïstes !

— N'inclus pas ta mère là-dedans.

— Oh bah elle, elle en est morte, de son égoïsme.

Bob se montrait bien trop écrasé par les effets secondaires de ses injections pour réagir à la violente pique de son fils. Il préféra l'interroger.

— Comment le sais-tu ?

— Je l'ai vu en visions.

— Nous t'aimions, June. Tu serais resté, Lucy ne serait pas tombée à nouveau enceinte. Et ils ne l'auraient pas brûlée vive. Pourquoi n'as-tu pas empêché son assassinat si tu étais au courant ?

Fou de rage, le fils piétinait sur place. Son père était en train de l'accuser doublement. Il lui reprochait d'avoir provoqué le décès de sa propre mère, ce qui n'était déjà pas anodin, mais en plus il le rendait coupable de ne pas l'avoir sauvée. Une injustice totale. De son côté, lui pouvait l'accuser triplement, mais avait la décence de ne pas le faire. Des années après l'avoir conçu uniquement pour pimenter sa vie, puis enfermé dans un sous- sol, Bob l'accablait de reproches au lieu de lui présenter ses excuses.

— « Nous t'aimions », l'imita June avec mépris. J'apprends donc que tu ne m'aimes plus, et qu'en plus tu n'as pas su le faire ! Ce n'est pas pour rien, que je suis parti. Même une poule, on la traite mieux.

L'aîné, qui n'était plus capable de grand-chose, réussit pourtant à lâcher quelques larmes. Bientôt, la faible averse devint un torrent de tristesse. Des sanglots enfouis depuis des siècles. Et alors, pour la première fois, June ressentit de la pitié pour son père biologique. La fatigue accumulée, la tension ambiante et la récente perte de Bernie suffirent à le faire craquer, à son tour.

Au milieu du salon, deux âmes en peine. L'un face à son existence vide de sens et pleine de bibelots inutiles, l'autre devant une quantité de projets qu'il craignait de ne pouvoir mener à leur terme. Dans les deux cas, la mort demeurait au centre des désarrois. Mais dans la balance des préoccupations, l'absence de fin pesait largement plus lourd que le manque de temps.

À partir de cette séquence émotive, les deux hommes tissèrent des liens. Un rapprochement solidaire s'initia. La douleur qu'ils ressentaient n'était la faute de personne, au fond. À part, sans doute, celle des inventeurs du produit infernal. Mais ces bourreaux de la liberté d'exister allaient payer un jour ou l'autre. June en était fermement convaincu.

Chacun à sa manière, ils se remontèrent le moral et décidèrent d'avancer. On ne pouvait revenir en arrière, de toute façon. Affaibli par la culpabilité d'avoir laissé son père seul durant tant d'années, même s'il avait ses raisons, le jeune homme se laissa finalement attendrir. Sentant le vent tourner, Bob en rajouta une couche. Déprimé, veuf, il ne s'accrochait désormais plus qu'à un seul rêve : dire adieu à la solitude. Le retour inespéré de son fils lui apparut comme un signe. Il était venu, il devait rester.

Jour après jour, l'immortel concentra ses maigres capacités intellectuelles afin d'élaborer sa stratégie. Son but : convaincre le petit de ne plus le quitter. La journée, ils travaillaient ensemble. Le patron de l'usine ne posa pas de questions sur la nouvelle recrue. Un ouvrier de plus, non rémunéré, ne se refusait pas. La nuit, Bob vantait le quotidien des Éternels à l'oreille de son fils, jusqu'à ce que ce dernier s'endormît, épuisé. Quant à June, il répondait aux appels répétés de Chance par la négative.

« Non, ne venez pas me chercher, tout va bien », lui rabâchait-il par la pensée. Mon père a juste besoin de réconfort. Je reste un peu plus.

Lascivement, le télépathe rapportait les propos de son ami à Loula qui baissait toujours plus la tête.

— Mais comment peut-il prendre autant de risques? explosa- t-elle, enfin. Comment peut-il préférer se calfeutrer dans un monde hostile, auprès d'un homme qui l'a séquestré pendant dix ans, et laisser de côté ceux qui l'aiment sincèrement ?

Déjà sept jours que June avait rejoint le monde extérieur. Pour sa belle, l'attente devenait insoutenable.

— C'est vrai, ça, lui répondit Quatrième. Qu'attend-il pour rentrer ? Que son père aille mieux ? Tant que le vioc aura du Bogolux dans le sang, c'est mission impossible !

Le dimanche qui suivit l'arrivée de l'Éphémère fut synonyme de repos. Le premier après soixante-dix heures de travail à l'usine. L'occasion idéale pour Bob d'atteindre son objectif : faire définitivement flancher son visiteur. Même sans prendre d'injection, le jeune homme était déjà K.O. Six jours de boulot répétitif aux côtés d'humains vidés de toute énergie mentale, ça l'avait particulièrement atteint. Écourter chaque communication télépathique lancée par ses proches ne l'avait pas plus aidé à prendre du recul sur son nouveau quotidien.

Bob décida d'étaler son argumentaire incisif devant un June cuit à point. Il ne restait plus qu'à le toucher au cœur pour régler définitivement l'affaire.

— Si tu veux rester ici, fils, c'est très facile. Il suffit de me le dire. Je connais des gens qui te tatouent un numéro libre en moins de deux. Et pour pas un rond. Ils te refilent le code d'un ancien condamné. En cinq minutes, l'encre est fixée. Ils enregistrent informatiquement ton nom et la date de naissance de ton choix. Mieux vaut prendre un jour qui tombe prochainement. Comme ça, les blouses blanches n'ont pas le temps d'analyser ton sang avant l'injection. Ça évite les problèmes.

Depuis toujours, June était considéré comme le boute-en- train. Le casse-cou. Celui à qui on ne la fait pas. Un de ces gars qui rechignent lorsqu'on leur impose une décision. Mais cette fois, il apparaissait docile. Soumis. Peut-être était-ce directement lié au deuil. Ou à son retour sur ses terres d'origine. En tout cas, il se montrait servile. Prompt à tout accepter et à baisser les bras à la moindre instruction. Le bonhomme charismatique était devenu un toutou malléable. Le genre de gentil chien-chien rescapé d'un sous-sol. De retour chez son « propriétaire », il ne savait plus comment s'enfuir. Ni aboyer.

Bob ne voulait pas rendre son fils malheureux. Ce n'était pas un mauvais bougre. Mais après plusieurs décennies d'existence inintéressante et divers chocs traumatiques, il tentait juste de survivre le moins durement possible. La présence de June lui offrait sur un plateau les conversations dont il avait besoin. Elle comblait le manque d'affection qui le rongeait jour et nuit. Une belle façon de rompre l'ennui et de pimenter le présent. Maintenir son fils auprès de lui, c'était comme une sortie de secours dans un incendie.

Face au silence du jeune homme, Bob sortit la dernière carte de son jeu : le mensonge.

— Je sais ce que vous pensez de nous, les Éphémères. Ils l'ont montré, à la télé. Ce qu'a dit votre chef dans la Salle des Injections. Sauf que vous vous trompez sur toute la ligne. On n'est pas dépressifs, on n'est pas toxicomanes. Loin de là ! L'immortalité, c'est la belle vie !

Jonché sous une lourde paupière tremblotante, l'œil vitreux de l'homme qui venait de parler décrédibilisait complètement ses propos. Et June, malgré la baisse de moral, ne put s'empêcher de pouffer.

— Tu n'as pas l'air d'aller si bien que tu le dis, papa. Tu as perdu ta femme, tes enfants, tu travailles six jours sur sept, tu n'as pas de vacances et tu ressembles à un zombie. En plus, tes capacités intellectuelles sont limitées, si je peux me permettre.

— Faux ! Un mois par an, on ne travaille pas ! Chacun a le droit de voyager dans le pays de son choix, lança Bob en pleine improvisation.

— Ah oui ? Alors pourquoi les policiers m'ont-ils affirmé que les congés étaient abolis depuis cent-cinquante ans ?

— C'était pour mieux te piéger, mon enfant. Et tu es tombé dedans à pieds joints ! Pendant que dans votre grotte secrète, le gourou vous peignait un infâme portrait de nous, et bien moi, je visitais les Bahamas, l'Indonésie, l'Australie, les Philippines… Regarde les choses en face : toi, tu es resté cloîtré dans un bunker. Moi, je bronzais. Finalement, tu te plaignais de ta cave, mais tu as juste pris la taille au-dessus !

June ouvrit grands les yeux. Son père venait de marquer un point.

— Alors oui, c'est vrai, on n'a pas des semaines faciles, renchérit ce dernier. C'est vrai qu'on bosse beaucoup, qu'on doit faire la queue une fois tous les trois ans pour réclamer une seringue. C'est vrai qu'on ne peut ni se téléporter, ni lire l'avenir. Mais cela ne vaut-il pas le coup ? En contrepartie, finie la peur de mourir ! Terminée l'angoisse de perdre un proche! On peut visiter absolument tous les territoires du globe terrestre, et surtout : on a le temps !

Le garçon avala sa salive. Bob continua d'enfoncer le clou.

— Qu'est-ce que tu comptes découvrir, toi, dans ton bunker ? Un trou dans un mur ? Un caillou dans un angle ? Sérieusement, June ! Il y a très peu de chances qu'un petit groupe de mortels puisse faire changer des milliards d'immortels ! Et alors, vous finirez vos jours sous terre, sans pouvoir regarder le ciel. Tu ne crois pas que tu mérites mieux ? À vingt-trois ans, c'est le moment ou jamais de donner du sens à ta vie !

Bob n'avait pas pour habitude de faire marcher son cerveau aussi longtemps. Encore moins de faire de beaux discours. Il s'affala dans le fauteuil du salon et alluma le téléviseur. Mais il n'en fallut pas plus pour mettre June dans sa poche. Celui-ci, qui ne s'était pas senti à sa place ces derniers jours, sembla avoir trouvé un remède miracle. Au lieu d'attendre des années – peut- être en vain – avant de respirer l'air frais du dehors et faucher le sol de cette belle planète, cette même promesse de liberté s'offrait à lui immédiatement. Une seule injection suffirait à marquer le départ d'une nouvelle vie. Une seule piqûre et il pourrait abandonner sa crainte d'être abattu et sa peur de vieillir.

Pourquoi s'embêter après tout ? Pour sa femme ? Pour sa fille ? Comme anesthésié par les récentes émotions et la carence de sommeil, June ne parvint pas à ressentir le manque de sa famille. Handicapé du cœur, il se laissa guider par la béquille que Bob lui tendait.

Aussitôt sa décision prise, elle fut relayée par Chance. Loula manqua de tomber dans les pommes. Le sentiment de trahison qui la traversa ressemblait à s'y méprendre à un coup de poignard. Tranchant. Imprévisible. Douloureux. Elle ordonna à son ami télépathe d'entrer en communication avec le félon qui souhaitait devenir immortel. Mais l'état second dans lequel se trouvait June empêcha toute liaison. Ce n'était ni la drogue ni l'alcool qui voilait son attention. La tristesse, la peine et la manipulation mentale offraient un cocktail encore plus explosif. Le combo idéal pour mettre en sourdine tout esprit, même raisonnable. Face à cet état végétatif, même le plus doué des télépathes ne pouvait rien. Loula tenta d'utiliser ses pouvoirs de guérison à distance, mais ses efforts ne menèrent à aucun résultat.

June s'était définitivement renfermé. Impossible d'entrer en contact avec cet être perdu. Sa compagne était folle de rage. Les autres Éphémères, terriblement déçus, tentaient de garder la face et faisaient tout pour rassurer la jeune mère de famille désabusée. Ce qu'elle avait craint au plus profond d'elle-même se profilait devant elle. Un second deuil en perspective.

Pour autant, Loula ne voulait pas y croire. Elle irait chercher son homme, coûte que coûte.

— Euh… Vous vous amusez bien, tous, là ? ironisa Mars lorsque la guérisseuse annonça son projet. C'est une variante du jeu de dominos, c'est ça ? On quitte tous le Repaire les uns après les autres ? On abandonne ses potes pour des raisons égoïstes sans prendre en compte l'avis de la communauté ? Non, mais c'est quoi votre problème? Bernie, June, maintenant toi ?! Et Colette ? Qui va s'en occuper de ta Colette ?

— Mars, je ne souhaite pas vous abandonner, je veux juste ramener un imbécile à la raison !

— C'est ce que disait June à propos de son père, et voilà le résultat !

— C'est vrai, lança Victoire. Il y en a marre à la fin ! On ne sait plus en qui on peut avoir confiance, maintenant !

Loula serra les poings.

— Je ne sais pas quoi vous dire pour vous convaincre de ma bonne foi. Mon but n'est pas de vous quitter, mais de récupérer le père de ma fille ! Il est en train de réaliser la pire bêtise de sa vie et je tente de l'en dissuader avant qu'il ne soit trop tard… Il fait peut-être l'idiot, mais il n'en demeure pas moins essentiel à notre groupe. Avez-vous donc oublié tout ce qu'il a fait pour nous ?

Dans le silence de la Salle des Missions, sous le plafond voûté, une larme de Loula rebondit sur le sol de pierre et résonna brièvement.

— Moi je veux bien l'accompagner, si ça peut vous rassurer, fit Accident.

Le garçon était costaud et convainquant. La preuve : tout le monde finit par acquiescer, Mars incluse. Pourtant, c'était à elle qu'incombait la lourde responsabilité du transport. Les télépathes furent également mis à contribution. Ils suivirent minute après minute les faits et gestes de l'expatrié. Même s'ils ne pouvaient lui parler, ils savaient lire dans ses pensées, voir à travers ses yeux. Ensemble, les Éphémères choisiraient le moment opportun pour aller le chercher.

— Il est en train… de se faire tatouer ! annonça Paola, désormais meilleure en lecture de pensées, et en français, par la même occasion.

— Tatouer ?! répéta Loula, hagarde.

— 6… 7… 2… 9… lut Décembre, les yeux révulsés par la vision à distance.

— C'est un code d'identification d'immortels, comprit Mars. La prochaine étape, c'est l'injection.

— Il ne va pas falloir traîner ! nota Accident.

— Qu'est-ce qu'on attend ?

Loula implora la doyenne de la téléporter, mais cette dernière lui expliqua que pour ne pas risquer leur propre peau, elle ne quitterait pas le Repaire sans être sûre de leur destination.

Le lieu où June se faisait imprimer le bras était déjà secret pour les immortels. Connaître les coordonnées géographiques d'un tel emplacement semblait donc mission impossible. Attendre demeurait la seule issue.

Les télépathes se relayaient pour suivre les actions de June. Il fallait agir avant l'injection. Après, il serait trop tard. Cela signerait l'anéantissement de ses capacités mentales. Amener une loque humaine au Repaire représenterait un fardeau plutôt qu'un soutien. Une fois bogoluxé, le garçon serait perdu. Dans trois ans, lorsque le produit aura quitté son sang et son système neurologique, une seconde chance de le récupérer se présenterait aux mortels. Mais dans quel état ? Pour Loula, la question ne se posait même pas. Le sauvetage se jouerait maintenant ou jamais. Les ongles enfoncés sous l'assise de sa chaise, elle suivait avec attention les paroles des télépathes.

— Il est dans une rue étroite. Il y a du monde. Un feu rouge.

— Rue Gérard… Bellineau.

— Je cherche, annonça Gilda.

— Il suit son père, qui tourne à droite. Une rue étroite.

— Trouvé! fit l'informaticienne.

— Ils ont déjà emprunté une autre ruelle !

— Bob et June marchent beaucoup trop vite. Avec la foule, ce serait dangereux de les suivre. Même si on repère le bon endroit, il faudrait qu'ils s'arrêtent une bonne fois pour toutes, déclara Mars, sur le qui-vive.

— C'est vrai qu'ils avancent d'un bon pas, admit Paola. J'ai moi-même du mal à suivre le rythme.

— Il regarde à droite, à gauche… Ça fout la nausée! s'exclama Chance.

— Ah ! Bob lui parle : « C'est par là… Il faut qu'on arrive dans les premiers sinon ils risquent de te refuser… Dépêche-toi ! »

— Il va se faire injecter ! crièrent Mars et Loula à l'unisson.

La téléportatrice était présente lorsque Bernie avait préparé son ultime départ. Elle se souvenait de la cartographie et des coordonnées géographiques de sa destination.

Son excellente mémoire lui rendait bien service. Une chance, il s'agissait du même institut médical. Le plus gros du département. June avait grandi dans ce quartier. La jeune femme attrapa brusquement Loula et Accident par la main. Le décollage s'annonçait imminent.

— Continuez à me décrire le paysage ! ordonna Mars aux trois télépathes.

— Des voitures…

— Des pigeons qui s'envolent…

— Des centaines de gens… En file indienne !

Les yeux de Mars se plissèrent.

— Quand June regardera devant lui, dites-moi à quoi ressemble le bâtiment devant lequel les gens font la queue !

— Des murs de verre…

— Des hommes en blouse devant la grande porte…

— Une inscription… « Centre Pharmabion ».

— A-t-il cessé de marcher ?

— Oui, il s'est mis dans la queue, il attend !

Mars ferma les yeux quelques instants pour se concentrer. Juste avant de démarrer la téléportation, elle se souvint d'un détail gênant : Bernie n'était pas apparu devant l'entrée de l'immeuble, mais dans un placard à balai… Les coordonnées GPS qu'elle avait en tête pour rejoindre le Centre Pharmabion n'étaient donc pas exactes. Hors de question d'apparaître en compagnie d'un Accident baraqué dans une pièce d'un mètre carré. Ni de perdre du temps et des chances de survie en traversant les couloirs du bâtiment. Il fallait revoir le point de chute.

— Tu attends quoi au juste ? s'impatienta Loula. Qu'il soit trop tard ?

— Gilda, mets-toi sur la latitude 38.7031011 et la longitude -90.41989160000003 !

— ... J'y suis !

— L'entrée est située au nord-est, si je me souviens bien. C'est ça ?

— C'est ça !

— À vingt mètres au nord-est, ça donne quoi comme coordonnées ?

Gilda lui donna une nouvelle suite de chiffres interminable.

— Merci. Vous êtes prêts ? demanda Mars à ses deux coéquipiers ?

— C'est une blague ?! répondit Loula.

La téléportatrice se focalisa à la fois sur les nouvelles coordonnées et sur la photographie du lieu qu'elle avait en mémoire, rassembla toutes ses forces et rouvrit les yeux au milieu d'un passage piéton.

Un énorme camion s'apprêtait à renverser le trio. Loula fut la plus réactive du groupe et donna aux autres l'élan nécessaire. Juste à temps. Leur course fut rapidement stoppée par un mur d'individus. La fameuse file indienne décrite par les télépathes était si longue qu'elle se courbait au niveau du trottoir et le longeait encore sur une cinquantaine de mètres. Mars regarda entre les silhouettes et fut soulagée de déceler l'établissement qu'elle avait ciblé.

— JUNE ! hurla Loula alors qu'elle venait de le repérer.

— Tais-toi, idiote ! grogna Mars en lui broyant la main.

Les mortels restèrent unis. Ils coururent le plus rapidement possible en remontant la file et arrivèrent au niveau du jeune homme.

Alors que Mars reprenait sa respiration, la guérisseuse attrapa le bras de June et son acolyte gonfla ses pectoraux. En cas d'embrouilles, il saurait quoi faire. Heureusement, les immortels, amorphes, étaient bien trop préoccupés par leur dose trisannuelle pour prêter attention aux intrus. Toutefois, Bob, pour qui l'injection de son fils représentait une opportunité en or, restait sur ses gardes. Malgré sa mollesse d'esprit, il trouva donc l'énergie suffisante pour s'élancer vers Loula. Accident repoussa l'homme d'un violent coup d'épaule, empêchant l'Éternel d'entrer en contact avec l'Éphémère. Mars jeta un coup d'œil aiguisé autour d'elle.

En bonne locomotive, elle s'assura que chaque wagon fût bien accroché. En un battement de cils, les quatre mortels avaient disparu, laissant Bob en équilibre sur un pied, seul au milieu de la longue file d'attente.

Exactement à l'image de sa propre existence.

CHAPITRE 19

Revers de la médaille

June ne ressortit pas indemne de cette aventure. Il en devint plus fort. Plus altruiste. Il avait fait du mal à ses proches et failli gâcher sa propre vie. La douleur suscitée par la perte de Bernie avait occulté tout le reste de ses sens. Même le bon. Il n'avait pas vraiment voulu devenir immortel, au fond. Et sa douce l'avait d'ailleurs bien deviné. Au fond, son unique moteur n'était autre que l'absence de souffrance. Voilà son seul souhait. Et pour atteindre le nirvana, il s'était laissé guider par le premier orateur venu : son géniteur.

Cet épisode avait également ébranlé la communauté Éphémère toute entière, à commencer par Loula. Mais June sut se faire pardonner. Son retour avait opéré en lui comme un déclic, transformant ses ambitions et son comportement. Plus que jamais, il aspirait à prendre soin des autres. Colette n'avait pas été autant cajolée que depuis la réapparition de son père. La belle Loula était davantage chouchoutée. June mettait également plus de cœur à l'ouvrage quand il s'agissait de contribuer au fonctionnement du Repaire. Et surtout, il souhaitait étendre sa compassion aux autres habitants de la planète. Il avait toujours envie d'aider son père, ainsi que tous les immortels, mais d'une façon plus maline. Plus concrète.

Ainsi, ses amis et lui accélérèrent la cadence des missions anti-Bogolux. En deux mois, les Éphémères se rendirent trente-cinq fois dans le monde extérieur pour tenter d'éveiller les consciences. Mégaphones, mandalas géants, lâchers de papillons, démonstrations publiques de télépathie, séances de guérison improvisées, débats en pleine rue, concerts éphémères : on ne lésina sur aucun moyen pour chambouler les opinions. D'ailleurs, plus les mortels s'exposaient et moins ils ressentaient le danger. Le peuple se montrait plus à l'écoute. La sympathie pour les Éphémères prenait de l'ampleur. Certains policiers furent même pris en flagrant délit de pacifisme, un comble.

Tandis que les foules grandissaient à chaque nouvelle apparition, le gouvernement et les représentants pharmaceutiques se crispaient. L'idée d'un renoncement du peuple à la prise de Bogolux leur effleurait désormais l'esprit, ce qui était à la fois inédit et inquiétant. Plus inquiétant, même, qu'inédit. Alors que les victimes de l'immortalité forcée commençaient subrepticement à affirmer leur ras-le-bol, les puissants préparaient une contre- attaque.

Dans le secret le plus total, dirigeants, policiers et militaires partageaient un trésor. Un élément tout à fait précieux, dont ils pourraient se servir le moment venu. Une bombe à retardement qu'ils avaient hâte de déclencher. Contrairement à l'annonce officielle, Deux-mille-quinze, l'homme au don d'ubiquité qui avait fui le Repaire et s'était fait attraper par la police des années auparavant, n'était pas mort. Ses corps se trouvaient en réalité en prison, dans différentes cellules. Et depuis tout ce temps, les plus éminents scientifiques avaient administré à leur étrange détenu un grand nombre de substances censées le rassembler, ou du moins lui redonner ses pleines capacités de réflexion. C'était l'objectif. Car depuis sa dernière division corporelle, Deux-mille-quinze avait en quelque sorte « bugué » et cet incident de parcours l'avait irrémédiablement conduit à sa propre perte. Depuis, l'homme était resté dans le même état végétatif et n'avait pu renseigner aucun des enquêteurs chargés de l'affaire. Malgré tout, le président avait décidé de le garder sain et sauf jusqu'à la découverte d'une solution miracle. Car ce mortel représentait à lui seul une mine d'informations. Il s'agissait de l'unique Éphémère officiellement recensé dans le monde extérieur. La seule personne susceptible d'indiquer l'endroit où se trouvait le Repaire.

Ce dont ne se doutaient pas les gradés, c'était que leur prisonnier avait effectivement fui le bunker à pied et connaissait bien son emplacement. Les autres Éphémères, eux, se déplaçaient uniquement par le biais de la téléportation.

Un beau jour de février 2240, après un hoquet de quarante- huit heures et un éternuement aigu, Deux-mille-quinze se réunit enfin. Le mélange de Neuroflop, de Dynamonil et de Corticox, au contact du café dans son estomac, relança miraculeusement son cerveau interrompu. Tous ses corps s'assemblèrent brusquement dans celui de la cellule 153.

La bouche de l'individu prononça alors un discours incompréhensible. Un monologue de 9 min 30 s. Comme si tout ce qu'il avait voulu dire depuis le début de sa captivité s'était libéré en un flot ininterrompu. Un speech accéléré riche en informations, si seulement celles-ci avaient été prononcées clairement. Une fois son allocution terminée, l'homme sourit. Le surveillant pénitentiaire témoin de l'étonnante scène prévint aussitôt la police. Le préfet en personne se rendit sur place dans la foulée pour interroger le mystérieux mortel.

Deux-mille-quinze crut se réveiller d'un long coma. Lorsque le gradé lui posa des questions sur son départ du Repaire, les souvenirs ne revinrent pas si facilement à sa mémoire. Mais dès qu'ils refirent surface, il put les décrire comme s'ils avaient eu lieu la veille. Les images se bousculaient intérieurement.

— Pour ce qui est de mon moi intrinsèque – je veux dire mon corps premier – il a quitté le Repaire à pied, une nuit. Le bunker est situé sous terre, juste en dessous d'un grand champ de coquelicots. Moi, je suis passé par une trappe. C'était dur, parce qu'elle n'avait pas été utilisée depuis des décennies. Une importante quantité de terre recouvrait l'issue. J'ai poussé de toutes mes forces avec une pelle trouvée dans la Salle Naturelle. Je me suis alors retrouvé au milieu des fleurs et j'ai marché au hasard sur à peu près 1 km, avant de voir le panneau « Becville ». C'est comme cela que je suis arrivé ici. En suivant la direction. Et puis j'ai voulu échapper à la police en me dédoublant. Ça a marché, un moment. J'en ai roulé, des gens. J'en ai dupé, des immortels. Et puis j'ai dépassé la limite à ne pas franchir. Trop de corps, pas assez de cerveaux. Depuis cette mésaventure, je ne me souviens de rien. Ça fait longtemps que je suis en prison ? Pourquoi vous ne m'avez pas tué ?

Cela faisait quarante ans que Deux-mille-quinze croupissait derrière les verrous. Quarante ans qu'il avait échappé à la sanction suprême, pour une raison qu'il allait connaître sans tarder.

Il mènerait l'armée au Repaire.

L'homme au don d'ubiquité n'avait pas quitté les Éphémères en bon terme, il était d'ailleurs parti comme un voleur. Pour autant, il ne voulait pas qu'il leur arrivât malheur. Il n'avait rien contre eux. Cependant, il comprit rapidement qu'on ne lui demanderait pas son avis. Pour sauver sa peau, il devrait de toute façon collaborer avec l'ennemi.

Poussé dans le dos par un revolver, le détenu menotté guida donc une dizaine de policiers, militaires et journalistes triés sur le volet vers la plus célèbre des cachettes secrètes.

***

La veille, June avait eu une vision, lui permettant de prévenir l'ensemble de ses camarades de l'arrivée imminente de fauteurs de trouble. Personne n'ayant fréquenté Deux-mille-quinze, sauf Mars – trop jeune à l'époque pour s'en souvenir – aucun ne reconnut la description donnée par le devin. Mais le récit d'une intrusion d'hommes armés, même inconnus, suffit à convaincre les mortels de se préparer. Ne sachant pas à quelle heure l'assaut aurait lieu, ils se relayèrent toute la nuit et ne relâchèrent jamais la garde. La seule issue demeurant cette fameuse trappe, située juste au-dessus du pommier dans la Salle Naturelle, ils la barricadèrent. Ils y clouèrent toutes les planches qu'ils trouvèrent et installèrent des lits de camp à même la terre. Les intrus seraient accueillis en bonne et due forme.

Les dirigeants immortels firent l'erreur d'annoncer aux médias leur projet d'attaque anti-Éphémères. Il faut dire que pour eux, découvrir un lieu caché depuis plus de soixante ans équivalait à la découverte du Graal ou de la pierre philosophale. Il s'agissait d'une victoire sans nulle autre pareille. Naïvement, ils crurent donc bon de clamer haut et fort cette victoire dont ils étaient si fiers.

Mais pour le peuple, désormais majoritairement conquis par les actes révolutionnaires des mortels, l'annonce de cet assassinat programmé sonna comme une ultime trahison. Le coup de pied dans la vase. Non, les Éphémères ne mourraient pas. Pas encore. Aux citoyens de leur venir en aide. Malgré leur addiction à l'injection, malgré la mollesse de leur cerveau, les Éternels les plus motivés réussirent ainsi à rassembler leurs forces. Luttant contre leur propre tendance à l'obséquiosité et au fatalisme, plusieurs milliers d'individus se mobilisèrent pour protéger leurs héros. Le chantage économique demeurait la seule arme capable d'intimider un gouvernement invincible. Le boycott du Bogolux apparut donc comme l'unique solution pour éviter la tuerie planifiée.

Grâce au partage d'informations sur internet et au bouche-à- oreille dans les usines, en vingt-quatre heures, un groupuscule s'était formé devant chaque centre Pharmabion du pays. Dès lors, pendant que l'armée s'apprêtait à massacrer la communauté Éphémère, des immortels de tout horizon bloquaient le fonctionnement des institutions pharmaceutiques. La vente d'injections constituant le plus gros revenu de l'État, les membres de ce dernier ne purent rester impassibles face à la provocation suprême. D'autant que si les immortels refusaient de prendre leur dose de Bogolux, cela remettait en cause tout le fonctionnement de la société.

Pas de piqûre, cela supposait une nette amélioration des facultés cognitives, un vieillissement des cellules humaines, une possible rébellion de la population et une baisse significative de la productivité.

Les immortels n'étant, par définition, pas tuables – sauf par le feu – il s'avérait délicat de les effrayer. Sans risque de mort, pas de peur. En outre, au lieu de les terroriser, les flammes représentaient pour la plupart la libération d'une vie infinie. Rien ne pouvait donc convaincre les activistes de cesser leur blocage, qui chaque heure prenait davantage d'ampleur. Rien, à l'exception de ce qu'ils venaient chercher.

L'un d'eux exposa ses revendications face caméra.

— Vous nous gardez vivants contre notre volonté alors que nous n'apportons rien au monde! Nous menons une vie insipide ! Nous trimons pour pouvoir nous payer notre dose ! Alors, à partir de maintenant et tant que vous mènerez votre guerre contre les Éphémères, nous ferons la grève du Bogolux ! Par pitié, ne tuez pas le seul trésor de cette pauvre humanité ! Laissez-les nous apporter leur joie de vivre !

***

Pendant ce temps-là, à dix kilomètres de Becville, l'armée et les journalistes, menés par les enquêteurs et Deux-mille-quinze, foulaient de leurs pieds un champ de coquelicots.

— Nous y sommes! s'écria le prisonnier. On est bien d'accord hein, vous me libérez et me laissez en vie si je vous montre l'emplacement de la trappe, n'est-ce pas ?

— Tout à fait, assura le chef de la police.

Deux-mille-quinze, aidé d'un détecteur de métaux – la trappe étant constituée de ferraille – scruta chaque parcelle du champ fleuri.

— Je me souviens que c'était vers le centre. Par là.

Une heure suffit à repérer la cible. Bientôt, une pelleteuse se chargea de retirer les centaines de kilos de terre qui cachaient l'ouverture du bunker. En dessous, les Éphémères tremblaient. Réveillés par le bruit, tous se tenaient prêts à accueillir leurs ennemis. Comme un condamné à mort « prêt » à s'asseoir sur sa chaise électrique. Ils n'avaient en fait guère le choix.

— Mes amis, déclara Mars sur un ton solennel, ce jour fait partie de ce qui compose notre modeste passage sur Terre. Cet épisode incontournable de notre vie se présente à nous aujourd'hui. Faisons le nécessaire pour retarder au maximum l'échéance et sauver le plus de mortels possible. Si nous venons à embrasser les dernières minutes de notre existence, gardez à l'esprit que nous avons offert à ce monde le meilleur de nous- mêmes. Espérons que nos messages ont trouvé un écho dans le cœur de quelques humains. Qu'une poignée d'esprits éveillés s'inspireront de nos missions pour faire changer les choses.

Émus, les Éphémères se prirent naturellement la main, formant une ronde autour du pommier sur lequel la trappe ne tarderait pas à se briser. C'était une question de secondes. En attendant, les télékinésistes, seuls habilités à agir, se concentrèrent afin qu'elle restât fermée.

Les premiers coups de masse retentirent et firent vibrer tous les murs du bunker. Loula tenait Colette contre elle et maintenait son visage fragile entre sa poitrine et sa main droite, de façon à ce qu'elle n'entendît rien. Ou le moins possible.

***

Les activistes, qui suivaient en live sur leurs téléphones

portables l'assaut de l'armée chez les Éphémères, redoublèrent d'efforts pour se faire entendre avant le drame. Ils s'infiltrèrent dans les différents centres d'injection du pays et n'hésitèrent pas à faire usage de la violence. Ils se confrontèrent rapidement aux employés et aux forces de l'ordre. De nombreuses bagarres éclatèrent. À part ralentir les troupes, les coups n'eurent aucun résultat. Tout le monde était invincible, ou presque. Bientôt, des lance-flammes émergèrent des foules. Pour les puissants, il était plus rentable de sacrifier quelques immortels qu'un lot de fioles de Bogolux. Toutefois, le liquide jaune restait un produit inflammable. Cette donnée empêcha les hommes armés d'avancer autant qu'ils le souhaitaient et permit aux militants de s'engouffrer plus profondément dans les locaux pharmaceutiques.

Aussitôt alerté, le ministre de la Défense prit un rendez-vous d'extrême urgence avec le chef de l'État. La situation menait à une impasse.

La trappe était sur le point de céder. Les télékinésistes commençaient à fatiguer. Même les pieds recouverts de terre argileuse, ils dépensaient plus d'énergie qu'ils n'en puisaient. Résultat : leurs forces s'amenuisèrent de façon outrancière. Quant aux planches artisanalement clouées à la trappe, elles craquèrent sous les coups de masse des policiers. Les Éphémères, piégés, préféraient faire face plutôt que de se téléporter pour décéder quelques minutes plus tard. Seules Colette et Loula furent déplacées dans une forêt à cinq cents mètres de là. Mars n'eut pas le temps de les y emmener. L'enfant s'en chargea seule. Son don se révéla dans l'étonnement général par un simple réflexe de survie. Cachées derrière des arbres, la mère et la fille avaient peu de chance de s'en tirer indemnes, mais auraient au moins le bénéfice de ne pas assister à la tuerie qui s'annonçait dans la Salle Naturelle.

Tout s'enchaîna alors très vite. Les activistes menacèrent publiquement de faire exploser les centres pharmaceutiques, et eux avec si on osait ôter la vie des Éphémères. La trappe céda. Des dizaines de revolvers pointèrent les têtes des mortels. Une sonnerie retentit. Le chef de la police répondit, rougit, puis fit la moue.

— Bien, Monsieur de Président.

Tous, militaires et pacifistes, en direct ou via des écrans, observèrent le protagoniste. Celui qui, d'un simple mot prononcé, avait le pouvoir de faire basculer la situation dans l'horreur. Après avoir rangé son téléphone dans sa poche, ce dernier ouvrit la bouche et articula :

— Qui est le patron, chez vous ?

— P… Personne, répondit Mars.

— Bon, c'est celui qui le dit qui l'est, conclut le maître des armées en s'approchant vers elle.

— NON ! hurla June à sa collègue. Toi, tu dois partir à la recherche de Loula et Colette. Laisse-moi être choisi à ta place. L'homme, désormais âgé de quarante et un ans, fit un clin d'œil discret à son amie apeurée et se laissa menotter. Les militaires, interloqués, comprirent qu'ils n'auraient pas à faire feu. Du moins, pas tout de suite. Ils baissèrent leurs armes.

Lorsque le groupe d'immortels quitta le Repaire avec June, et que Deux-mille-quinze sentit dans son dos le canon d'un revolver, ce dernier réalisa le pot aux roses. Il avait été victime de malhonnêteté. Il était piégé. Non, il ne serait pas libéré. Peut- être même servirait-il à nouveau à la police. Ou bien ne serait-il plus d'aucune utilité pour l'État, auquel cas il finirait sans doute dans un cirque. Car son don d'ubiquité ne manquerait pas d'attiser la curiosité.

Deux fourgons les attendaient au bord de la route, près d'un champ de pâquerettes. L'un pour les gradés, l'autre pour les détenus. Alors qu'il se dirigeait vers les véhicules assermentés, June eut comme un pressentiment. Ce n'était pas une vision, cette fois, mais une intuition. Le stade en dessous. Ce pressentiment lui fit tourner la tête vers la droite. En direction du sous-bois. Il ne décela rien de particulier, à part de beaux et grands pins.

Derrière l'un des conifères, Loula scrutait les environs et protégeait sa fille. De loin, elle reconnut son homme et soupira.

CHAPITRE 20

Revers de médaille

Dans le fourgon, la tension était palpable. Les deux hommes se faisaient face, comme dans un bon vieux western. Mais au lieu d'être armés, les protagonistes se faisaient braquer. Encadrés par quatre types taillés comme des briques, ils ne pouvaient pas faire autrement que se toiser.

Au bout d'un long silence virulent, June se décida à prendre la parole.

— Qui es-tu, traître ?

— Comment le sais-tu ?

— Ta question le prouve. Et ton regard le suppose.

— La situation est déjà assez pénible. Pas la peine d'en rajouter…

Tandis que celui qui avait mis la lumière sur le lieu le plus mystérieux du pays se cachait la tête dans les mains, l'autre avait posé les siennes sur son front. Comme pour empêcher son cerveau d'en sortir. June ne tenait plus en place. Qui était donc ce loustic qui avait tout fait capoter ? Car c'était lui qui était à l'origine de la catastrophe. Pas de doute à ce sujet.

— Au fait, Deux-mille-quinze ! s'écria le chauffeur depuis la cabine.

L'intéressé n'osa pas répondre. Trop tard, l'Éphémère avait entendu et commençait déjà à se souvenir. Ce prénom n'était pas banal, il ne lui fallut pas longtemps pour se remémorer l'anecdote de Bernie.

— On t'a trouvé un logement et un job : Pharmabion a besoin de toi ! continua de hurler le conducteur.

— Une belle carrière de cobaye lui tend les bras, plaisanta son collègue.

— De prisonnier à rat de labo, il est monté en grade ! ajouta un autre.

Les fous rires moqueurs, combinés au regard insistant de June et aux soubresauts du fourgon n'aidèrent pas le détenu à se calmer. Au contraire. Celui-ci venait d'apprendre ce qu'il redoutait le plus : son futur ne serait pas synonyme de liberté. La captivité et la douleur, voilà ce qui l'attendait.

À trop vouloir vivre sa propre vie, miser sur son individualité pour subsister, il s'était condamné à la pire des issues. Au jeu du poker, il avait perdu. Ses seules capacités extraordinaires n'avaient pas suffi à sauver sa peau. À l'inverse, elles l'avaient détruit. Quarante ans qu'il avait croupi en prison. Alors quoi : quarante années supplémentaires dans une cage? À se faire torturer l'esprit par des scientifiques sans vergogne? Ah ça, non. Plutôt crever.

À peine le véhicule garé dans l'allée du poste de police, dès que la lumière du soleil passa dans l'interstice de la porte arrière du fourgon, l'homme se multiplia. Deux, cinq, dix et bientôt vingt-deux versions de Deux-mille-quinze remplirent le volume restreint de la camionnette, forçant les policiers à en sortir par la portière entrebâillée. Les clones du futur cobaye s'échappèrent également, chacun courant dans une direction opposée.

— Tuez-le ! Un mortel en liberté constitue la plus grande des menaces ! Surtout en autant d'exemplaires !

Les surveillants armés firent feu. Comme des chasseurs après un troupeau de chevreuils, chacun se livrant à des entrechats effrénés.

Très vite, un premier s'écroula. Puis un deuxième. Tant que le cerveau du groupe tenait sur ses pattes, les autres continuaient de galoper. Quelques appels au talkie-walkie suffirent à faire tomber l'homme en cavale. Dès qu'il s'affala au sol, ses copies restantes en firent autant, les unes après les autres, comme les pièces d'un jeu de dominos.

Bien qu'en colère contre la victime, June se surprit à éprouver de la compassion à son égard. À vrai dire, la scène dont il venait d'être témoin avait fait émerger en lui des questions existentielles. De quel droit pouvait-on ôter la vie d'un autre sans le moindre sentiment? De même qu'il était injuste d'imposer l'éternité à quelqu'un, planifier sa mort était tout aussi violent. Comment avait-on pu laisser faire ces dictateurs de l'existence sans broncher ?

La rage que ressentait June, l'œil rivé sur le pauvre homme et ses multiples à terre, avait changé de cible. Désormais, sa hargne se dirigeait sur les véritables responsables de ce chaos. Les vrais criminels. Ceux qui étaient à l'origine de l'ensemble des enchaînements de catastrophes, mais aussi des souffrances et des injustices perpétrées depuis deux siècles. Combien d'hommes et de femmes avaient déjà pleuré la mort de leurs proches, sauvagement assassinés, sous prétexte que ces derniers n'avaient pas le droit de vivre ? Combien de gens rêvaient d'une vie faite de petits bonheurs? Combien furent-ils à abandonner leurs rêves, pourtant simples, mais irréalisables, et désiraient en finir avec la vie ? Cet ultime souhait constituait le comble de l'horreur, et ne pouvait, lui non plus, s'exaucer. Les immortels sombraient alors inévitablement dans la dépression.

Pour toutes ces âmes en berne, pour tous ces laissés-pour- compte, June se devait de se battre. Il en avait à la fois la force mentale, la volonté et les capacités.

Cela tombait à pic : le grand coupable lui avait justement donné rendez-vous.

Jamais il ne s'était intéressé à la politique. Sauf à celle, interne, qui gérait le quotidien des Hommes. Mais celle d'apparat ne l'avait jamais intrigué. June n'avait jusque-là qu'une vague idée du lieu de vie du président de la République. Une photo, peut- être, était déjà passée devant ses yeux.

Après avoir franchi une imposante barrière de sécurité humaine, sous les flashs des appareils photo et les objectifs des caméras, le jeune homme passa une immense porte dorée. Le palais qui lui faisait face lui donna le tournis. C'était comme s'il avait fait un bond dans l'Histoire. L'Histoire des livres d'images qu'il avait épluchés durant les longues journées de son enfance.

Il les connaissait par cœur. Ces châteaux de marbre. Ces manoirs d'argent. Celui-ci, de forme pyramidale, constitué de pierres blanches et de diamants multicolores, l'impressionnait davantage. Déjà parce qu'il se tenait là, sous ses yeux. Il n'était pas immortalisé sur du papier glacé, mais sur la terre ferme, immuable dans la brise matinale. Le soleil se reflétait dans les joyaux du palais triangulaire, tandis que June, hypnotisé, se rapprochait, tenu de chaque côté par un homme casqué. De l'extérieur, on ne pouvait savoir s'il s'agissait de gardes du corps chargés de la sécurité de l'Éphémère ou de surveillants pénitenciers, prêts à se défendre si le dangereux énergumène se montrait indocile. June lui-même ne pouvait se prononcer à ce sujet.

Depuis la création du Bogolux, la société s'était figée, de même que les êtres humains. Mais étonnamment, les époques s'étaient comme mélangées. Les concepts avaient fusionné. Ainsi, le mandat des chefs d'État s'était tellement allongé, que la considération du peuple pour les dirigeants s'était métamorphosée. Les présidents se comportaient différemment. Leur attitude oscillait entre celles d'hommes politiques et de rois tout puissants. Il fallait situer les choses dans leur contexte : les gouvernements se trouvaient tout de même à la tête de populations entières d'immortels, ce qui les plaçait, de fait, au- dessus de toute catégorie sociale. De toute loi. Dans l'esprit des citoyens du monde, les élus de la République étaient devenus des dieux inatteignables. De même, les rangs des forces de l'ordre ne signifiaient plus rien. Les fonctions des militaires, des policiers, des surveillants de prison, des gendarmes et des gardes du corps se rejoignaient complètement. Seul le nom de leur profession les divisait encore en apparence. Au fond, leur objectif était devenu le même : tuer les Éphémères, protéger les Éternels, avec une mention particulière pour les élites et le bogo.

Derrière June et ses accompagnateurs suivait une horde de journalistes, délimitée par d'autres gardiens de la paix. À l'arrière du cortège, une foule d'individus ne cessait de s'agrandir. De se densifier. Au cœur, un noyau dur. Celui des désobéissants. Des contestataires. Des utopistes. Ceux qui rêvaient d'un bouleversement total de leur placide existence. Ceux qui fondaient leurs plus profonds espoirs dans la communauté des Éphémères. Ceux-là se firent successivement rejoindre par des citoyens fraîchement convaincus de leur bonne foi, mais aussi par des badauds désireux d'assister à une scène inédite.

Aucune femme, aucun homme de France ne s'était jusque-là entretenu avec le dirigeant du pays. Encore moins un mortel, considéré comme le bas de gamme de l'humanité. En tout cas, pas depuis l'investiture de Charles Venture près d'un siècle auparavant. Le chef d'État n'était autre que le frère de Benoît Venture, premier président à avoir été élu par les immortels. Tous deux en étaient convaincus : pour gouverner les mêmes personnes pour l'éternité, il était inutile de renouveler le gouvernement d'un pays, pays qui de toute façon n'avait jamais été si paisible ni tant productif. Pour l'illusion de changement, et éviter la jalousie fraternelle, les deux compères s'étaient mis d'accord sur un système d'alternance. Chacun prendrait le relais de l'autre sur le trône, à raison d'un mandat tous les cent ans. Charles allait donc bientôt devoir laisser la place à son frère. Les citoyens, bien trop abrutis par leur quotidien fade et leur travail prenant, n'avaient jamais eu la force ni l'occasion de se rebiffer. De toute façon, à peu de choses près, la méthode était similaire dans les autres nations du monde. L'immortalité obligatoire avait accru la servilité du peuple et la tendance dictatrice des chefs. Qu'il s'agît des chefs d'État ou d'entreprise, d'ailleurs.

June, qui n'avait jamais eu affaire au pouvoir politique, resta donc sous le choc devant le palais présidentiel. Il n'avait jamais rien vu d'aussi déraisonnable. Tant de luxe dans un si petit espace. Tant de diamants sur une poignée de porte. Tout cela lui semblait indigne, obscène et témoignait déjà de l'état d'esprit de son hôte : un être difficilement malléable.

Le prisonnier se laissa guider. D'une certaine façon, ça l'arrangeait. Les couloirs du château rassemblaient à s'y méprendre à un labyrinthe impossible à solutionner.

Porte après porte, virage après virage, tapis rouges après sols dorés, le petit groupe se faisait moins bavard. Enfin, dans un silence religieux, il s'immobilisa devant la toute dernière entrée. June le devina par la quantité de gardes qui faisaient obstruction. Les deux individus qui encadraient le mortel présentèrent aux vigiles une pièce d'identité, puis retirèrent les menottes de leur détenu. Les journalistes n'avaient pas réussi à passer le tout premier barrage du palais et étaient donc restés sur le perron, attendant impatiemment la conclusion de cette improbable rencontre.

Les Éphémères, eux, n'eurent pas besoin des médias pour suivre ce moment historique. Paola, Décembre et Chance faisaient office d'interprètes. Ils pouvaient désormais raconter de lointains évènements grâce à l'écoute rapprochée.

La lourde porte s'ouvrit et June bascula vers l'avant. Les gardes qui le maintenaient l'avaient entraîné dans leur révérence. Les trois hommes se trouvaient donc aplatis au sol, face à un gigantesque bureau de cristal.

— Laissez-nous donc en tête à tête, ordonna le président d'une voix éraillée.

CHAPITRE 21

Overdose d'éternité

En quelques secondes, June se retrouva seul face au maître du pays, dans une salle immense. Autour du bureau transparent, apparemment sculpté à même la matière minérale, se trouvaient des statues. D'impressionnantes statues à l'effigie de personnalités que l'Éphémère ne réussit pas à identifier. En fait, chaque œuvre d'art semblait illustrer le même modèle. Toujours allongé à plat ventre sur le sol glacial, June lut les inscriptions gravées au pied d'un personnage en pierre.

« *Idunn, déesse de l'éternelle jeunesse* ».

— Debout, voyons! beugla le président depuis son bureau. Je vous ai fait venir pour discuter de sujets très sérieux. J'en ai assez des révérences sans fin !

— Oh, mais je ne me mettais pas à vos pieds, monsieur. Je suis tombé, voilà tout, répondit calmement June en se relevant.

Le dirigeant se mordit les lèvres.

— Vous avez de la chance de m'être utile. Jamais personne n'a osé me parler ainsi. On peut dire que vous avez du cran.

L'invité se rapprocha de son hôte. Le corps de ce dernier était celui d'un jeune garçon de vingt-trois ans, comme chaque individu croisé depuis son départ du Repaire. Mais le regard de l'immortel en costume de velours rappelait celui d'un vieillard. Sous des cils tremblants, le blanc de ses yeux virait au jaune et le gris remplaçait le noir habituel des pupilles. June, tout en observant ces étranges prunelles, s'assit en face du chef de l'État sans y avoir été convié. Au même instant, le monarque ouvrit un tiroir de son large bureau et en sortit une seringue, qu'il enfonça sans hésitation dans son propre avant-bras.

Sa peau apparaissait déjà abîmée par les aiguilles répétées. Le liquide jaunâtre se vida sous la pression du pouce présidentiel. À mesure qu'il appuyait, l'homme se détendit, ses doigts se décrispèrent, et subitement, ses paupières cessèrent de vibrer. Bogoluxé, il ressemblait à un toxicomane au bout du rouleau. June, déjà peu prompt aux manières et à la servitude muette, prit l'absurdité de la situation comme un stimulant encouragement. Pas le temps d'observer la déchéance humaine, surtout lorsqu'exposée par son propre initiateur. L'Éphémère voulait

en découdre, et au plus vite.

— Pourquoi avez-vous souhaité me rencontrer au juste ? Pourquoi la discussion plutôt que la mise à mort ? Ce n'est pourtant pas dans vos habitudes…

De stupéfaction, le politicien fit tomber la seringue vide. À son contact sur le bureau de cristal, un tintement aigu résonna à l'oreille de l'invité et ramena l'hôte à la réalité.

— En effet, la mise à mort est une solution bien pratique. Ça évite les questions de ce genre. Il se reprit :

— Ça évite les questions tout court. D'ailleurs, je ne vous répondrai pas, je vous interrogerai. Dites-moi, comment faites- vous pour manipuler autant de gens, sans rien leur promettre au bout ?

— Manipuler ? Moi ?

— Oui, manipuler, vous. Les Éphémères. La « Clique du Mandala », comme j'aime vous appeler. Vous, les stupides mortels, qui par votre minable propagande et vos spectacles ridicules, réussissez à provoquer des grèves de Bogolux. Une situation tellement grave que je suis obligé de vous épargner.

La paupière droite de l'homme se remit à trembler.

— Peut-être avons-nous accéléré les choses, en effet. Mais tous seuls, certains de vos esclaves auraient bien fini par comprendre que le poison que vous les forcez à se foutre dans le sang depuis deux siècles est la cause de leur malaise.

— Vous n'avez pas compris : ils refusent l'injection si, et seulement si, on décide de vous éliminer. Voilà pourquoi je vous laisse du rab de vie. J'attends juste que les effets du manque prennent de l'ampleur et que les grévistes finissent par abdiquer. Une question de jours.

— Ah, vous nous laissez du « rab » ! La vie, pour vous, n'est donc qu'un bon plat de pâtes ! Et les humains, des enfants ! S'ils font des bêtises, vous les privez de repas. S'ils se montrent dociles, obéissants, vous les gavez de nouilles. Et pour qu'ils arrêtent de chouiner, vous leur filez du rab. Vous ne pensez quand même pas qu'un monde civilisé peut tenir comme ça longtemps ?! À coup de plâtrées d'injections et de segments d'existence… Allons, ce n'est pas sérieux !

La deuxième paupière battit à contretemps de la première. Si bien que le regard du dirigeant ressemblait à un clignotant défaillant. Ou à un morceau de reggae. June ne se laissa pas déstabiliser pour autant.

— Ouvrez les yeux : à terme, les effets du Bogolux ne seront même plus favorables à l'économie du pays. Ni même à celle du monde. Année après année, les Éternels auront beau rester jeunes d'un point de vue purement physiologique, leurs capacités intellectuelles s'amenuiseront jusqu'à se tarir complètement. Tout comme leur goût pour la vie. Un comble pour des immortels, non ? Cela devient une nécessité, une urgence! Vous devez désintoxiquer votre peuple… Et vous-même…

Les derniers mots avaient été chuchotés. Non par discrétion, mais par consternation. Le gouverneur était en train de s'injecter deux nouvelles doses de Bogolux. Deux seringues dans le même bras, un seul pouce.

Après avoir pris une grande inspiration, un sourire en coin de la bouche, l'homme se mit debout. Il sembla ivre d'une joie soudaine. Ce qui ne l'empêcha pas de rester fidèle à sa terrible personnalité dictatoriale.

— Hors de question que l'on accorde le droit de mourir à mon peuple. Et puis quoi encore? Des vacances? Des naissances ? La fête du slip ? Je vous pensais sérieux, droit, responsable ! J'étais confiant, je pensais que vous me seriez utile pour les convaincre. Les convaincre de reprendre leurs injections. Mais au lieu d'écouter ce que j'allais vous demander, vous avez osé me faire la leçon ! À moi, chef des immortels de ce pays ! Moi, qui suis né près de deux siècles avant vous! Moi, qui en un claquement de doigts, peux supprimer votre misérable existence ! Quel toupet ! Quelle folie ! Qu'on en finisse avec ces Éphémères. Je ne sais pas pourquoi je m'embête à vouloir collaborer. Ces idiots de manifestants ne tiendront pas plus de quelques jours avant de céder à l'addictive injection.

Comme pour conclure son discours en beauté, le monarque fit gicler le contenu d'une nouvelle seringue dans les airs. Tel un bouchon de champagne. Au vol, il réussit à rattraper quelques gouttes jaunâtres du bout de sa langue.

June ne cilla pas. Toujours assis, les yeux rivés vers ceux de son interlocuteur en costume de roi, il resta impassible. Comme s'il attendait quelque chose. « Quelque chose» n'étant pourtant pas la meilleure définition de ce qui se produisit, cinq secondes plus tard.

Alors que l'homme de pouvoir tournait la tête vers un interphone accroché au mur qui jouxtait son bureau, et orientait le bras dans sa direction, il se contracta. Du haut de sa tête jusqu'au bas de ses pieds, ses muscles se figèrent. Ses cheveux bruns poussèrent à une vitesse effrénée. Plutôt dans la largeur que dans la longueur. Chaque pore du crâne du président se peupla peu à peu de nouveaux brins capillaires. Ses paupières, qui ne tremblaient plus depuis la dernière injection, se mirent à noircir. C'était les cils qui se démultipliaient, brouillant bientôt tout le champ de vision du président, toujours paralysé. Au bout de l'index tendu vers l'interphone, l'ongle s'allongea, jaunit et s'acheva en une spirale infernale. Rapidement, tous les doigts s'ornèrent d'une griffe infinie, même ceux des pieds, dont les chaussures se trouèrent inévitablement par la pression ongulaire. Le chef de l'État ouvrit la bouche pour crier, mais l'orifice se gorgea instantanément de salive et des centaines de dents chutèrent sur le sol. L'élu étouffa dans sa propre mixture de chair, d'os et de glaires. Lorsqu'il s'écroula par terre, raide comme un piquet, son corps ressemblait à celui d'un dieu hindou. Ou d'un insecte géant. Deux bras lui sortaient de chaque côté du thorax, deux pieds s'étaient greffés à ceux d'origine. Quant au visage, dissimulé sous une masse de cheveux et de poils, il était méconnaissable.

June se leva de sa chaise en silence et alla ouvrir la porte par laquelle il était entré. Les gardes, qui s'étaient appuyés juste derrière, manquèrent de tomber. Ils ne s'attendaient pas à se retrouver face au prisonnier qu'ils avaient menotté une heure avant. La garde présidentielle n'eut pas le temps de regarder à l'intérieur de l'immense bureau, car June les interpella immédiatement. Le torse gonflé, les bras levés vers le ciel, il leur aboya :

— Par les pouvoirs surnaturels des Éphémères, j'ai tué d'un seul geste le Maître Suprême des Immortels. J'ai supprimé l'insupprimable. De même, je peux vaincre ma propre mortalité. Votre président n'a pas souhaité changer la loi, il en a payé les conséquences. Jugez-en par vous-mêmes. Les Éphémères ne sont pas là pour rigoler.

June libéra alors l'accès à la salle privée. Ce que découvrirent les deux individus les laissa sans voix. Leur dirigeant, leur patron, l'homme à qui ils avaient voué leur interminable vie, celui qui représentait l'Éternité et qui se faisait même surnommer ainsi, était mort. Et il avait sans aucun doute souffert. Pour eux, c'était clair : le président avait subi un terrible sort. À ce stade, c'était comme si Dieu lui-même avait été assassiné. À part celle du Diable, cela ne pouvait être la signature de personne.

Au départ, ils avaient cru que leur chef s'était évaporé. Mais en se rapprochant du bureau, les employés du palais ne purent le manquer. Écrasé par terre, les ongles enchevêtrés dans les pieds de la chaise : une bête. Un monstre. Seul le costume de velours bleu trahissait encore son identité. Le reste n'était qu'un ramassis de peau, de poils et de corne.

La corne des pieds.

Subitement, sous les yeux ébahis des deux hommes, June arracha l'arme à feu de la ceinture de l'un des vigiles hébétés et la pointa sur son propre abdomen. Il compta haut et fort jusqu'à trois, ferma les yeux et tira. Tandis qu'il grimaçait en silence, la plaie béante de son ventre ne tarda pas à se refermer, comme recousue par la main d'un chirurgien invisible. Juste avant que la peau ne se ressoudât totalement, la balle sauta de la cicatrice et tomba à côté du défunt président. Après un effort de concentration à peine dissimulé, June lança :

— Voyez, le pouvoir des Éphémères égale désormais celui du Bogolux. Vous n'aurez d'autre choix que de changer la constitution qui n'a plus aucun sens.

Debout dans l'encadrure de la porte ouverte, le frère du chef d'État avait assisté à la scène. Aussitôt celle-ci terminée, l'héritier au trône se jeta aux pieds du jeune mortel.

— Par pitié, ne révélez pas ce dont vous êtes capable au peuple. Les causes du décès resteront dans l'enceinte de ces murs. Les citoyens ne doivent pas mettre en doute la puissance de ce gouvernement. En contrepartie, je vous promets de réécrire entièrement la loi sur la prise de Bogolux.

— Et de la soumettre à l'industrie pharmaceutique ?

— Oui, monsieur.

— Et de trouver un accord avec les autres dirigeants du monde ?

— Si tel est votre souhait.

— Très bien.

***

Dans la Salle des Missions, le soulagement fut général. De larges sourires se dessinèrent sur les visages fatigués des Éphémères.

— June me dit de te dire qu'il est fier de toi, Loula. Il n'a presque pas eu le temps de souffrir. Tu as énormément progressé en guérison à distance.

— Dis-lui qu'il a bien visé sa cible. Deux centimètres plus haut et il touchait le cœur. On l'a échappé belle.

— Beau travail d'équipe, encore une fois ! s'écria Jackpot, admiratif.

Naturellement, tous les mortels du Repaire applaudirent avec engouement et émotion. Bientôt, il leur faudrait faire leurs valises. Pour la première et dernière fois.

De son côté, June prit réellement conscience de l'utilité de son don de prémonition. Même si le rôle de ses camarades avait été indiscutablement essentiel au succès de cette étonnante épopée, son extraordinaire faculté l'avait clôturée en beauté. Sans elle, la porte de la liberté n'eût jamais pu être déverrouillée.

C'était allongé sur le sol doré, au pied de la statue d'Idunn, déesse de l'immortalité, que lui était apparue la fameuse vision. Celle d'une victime d'overdose d'éternité. Sa stratégie basée sur le bluff et la collaboration par la pensée avec Loula lui était alors apparue comme une évidence.

CHAPITRE 22

Une nouvelle page

Voilà comment le frère du feu président, devenu nouveau chef par le fait, avait été « contraint » de réviser la constitution.

Le Bogolux ne fut pas interdit pour autant. Il ne fallait pas rêver. Mais il ne faisait plus l'objet d'une obligation, ce qui représentait déjà un pas monumental. Les Éphémères furent donc libres de vivre leur propre vie. Les immortels disposèrent d'un mois à compter de la signature du nouveau traité pour définir leur destin. Un choix dûment réfléchi. Ainsi, ceux qui le souhaitaient cessèrent leurs injections trisannuelles. Dans ce cas, ils bénéficiaient d'une aide thérapeutique pour se sevrer de cette puissante addiction, et en assumèrent les conséquences. Ils mourraient de vieillesse ou de maladie lorsque leur corps aurait rattrapé son retard de dégénérescence. Ces mêmes « nouveaux mortels » purent également faire des enfants, mais à raison de deux par foyer, au maximum. La surpopulation restait un danger sous-jacent à ne surtout pas raviver. Avec le temps, la mortalité et les naissances s'équilibreraient.

À compter de la constitution de 2240, au lendemain de leurs vingt-trois ans, les humains vierges de Bogolux devraient également prendre une importante décision. Ils auraient à choisir entre l'immortalité, et toutes les concessions qui allaient avec, et la vie passagère, capacités extraordinaires comprises. L'annonce se ferait de façon solennelle et définitive.

En apparence, tout le monde y trouva son compte. Mais pour les Éphémères, pourtant fiers de leur succès cuisant, la véritable liberté n'avait pas encore été atteinte. Le choix qui s'offrait aux individus n'en constituait pas réellement un.

Bientôt, une première vague de mortels dut annoncer son verdict sur sa propre existence. Il ne s'agit pas d'individus nés légalement, mais de ceux nés secrètement.

Car le peu d'enfants qui étaient passés entre les mailles du filet en temps de dictature put enfin sortir de l'ombre. Dans le lot, des Éphémères du Repaire, mais pas seulement. C'est ainsi que des centaines de clandestins aux quatre coins du pays trouvèrent une identité officielle. Les plus jeunes attendirent leur vingt-troisième anniversaire aux yeux de tous, sans craindre de perdre la vie. De même, il était trop tard pour sanctionner les parents.

Seul un Éphémère du pays décida de passer de l'autre côté de la barrière. Celui-ci avait passé sa jeunesse caché dans les égouts et avait survécu à une tentative de meurtre. Traumatisé par la violence, il préféra miser sur la sécurité de l'immortalité. Au cas où le gouvernement changerait un jour d'avis et déciderait, sur un coup de tête, d'assassiner les non-Éternels.

Inspirés par la Révolution française, les autres États du monde ne tardèrent pas à initier la leur. Malgré les tentatives de censures des différents dirigeants, l'information passa, d'une façon ou d'une autre, à travers les frontières. La quête de liberté n'avait pas manqué d'arguments. Très vite, l'ensemble des êtres humains put décider de sa propre destinée.

CHAPITRE 23

Commencement

Le grand jour arriva pour Harold. La nuit lui fut dérobée par les pensées les plus encombrantes. D'une heure sur l'autre, son subconscient lui soufflait une nouvelle opinion sur le sujet.

Vers les 4 heures du matin, il songea finalement à se poser la fameuse question familiale : « Entre un magnifique mandala de sable qui s'envole au moindre coup de vent et un tableau indélébile aux couleurs ternies par le temps, lequel des deux est le plus mémorable ? ». Harold se creusa la tête, penchant tantôt vers la vivacité du mandala, tantôt vers l'indélébilité de la toile peinte. Tantôt vers le fragile coquelicot, dont le rouge éphémère des pétales pimente le vert paysage, tantôt vers la fleur en plastique, inébranlable, ni par la sécheresse, ni par la vieillesse.

« Lequel des deux est le plus mémorable? ». Voilà ce qui, le manque de sommeil faisant, finit par éclairer l'esprit confus d'Harold. À quoi bon, finalement, être mémorable? N'était- ce pas justement cette mémoire de l'être perdu qui créait le manque ? Ce sentiment si douloureux au moment d'un deuil ? Avait-il seulement besoin qu'on se souvînt de lui ? Était-il prêt à refuser toute descendance, tout point final à son existence ?

La sempiternelle présence remplaçait l'éternel souvenir. Et le poids de son pouvoir hyperempathique, qu'il vivait comme un fardeau, faisait décidément pencher la balance vers la facilité.

Dans la foule des transports en commun, Harold se montra plus que jamais déterminé. « L'insupportable l'est davantage lorsqu'il s'apprête à prendre fin », songea-t-il. Oppressé par la migraine des émotions envahissantes, le jeune homme se désespéra à subir l'ultime défi. Celui de l'affluente salle d'attente. La tête réfugiée dans les mains moites, il lui sembla entendre son nom.

— Monsieur Uller !... Harold Uller ?

Grâce à un intense effort de concentration, la voix sourde s'amplifia, et recouvrit finalement les bruyants sentiments qui noyaient le cerveau d'Harold. Celui-ci regarda la femme vêtue d'un tailleur et se hâta de la rejoindre. Il lui tendit sa convocation et la suivit sans un mot dans le long couloir gris qui menait au hall des enregistrements. La pièce, de forme arrondie, ressemblait fortement à un tribunal de grande instance. Ou à une salle des ventes. Ou encore à un théâtre antique. Quelque chose, en tout cas, de spectaculaire. Harold s'apprêtait à vendre la maîtrise de sa propre existence et la sentence serait irrévocable.

— Harold Uller, veuillez placer votre main droite sur votre cœur en signe d'honneur et votre main gauche sur le pupitre en signe d'engagement… Bien. Maintenant, je vais lister vos devoirs et exposer votre identité. Je vous prie de me reprendre si une erreur a été commise.

Harold acquiesça. Le juge releva ses lunettes. Autour de lui, deux scribes prenaient des notes et faisaient office de témoins.

— Vous vous appelez donc Harold Uller, vous êtes né le 10 novembre 2256 à Paris en toute légalité, puisqu'au-delà du changement de constitution en 2240. À ce jour, vous avez déclaré avoir développé une faculté extraordinaire, celle de l'hyperempathie. Vous êtes donc capable de ressentir ce que les autres éprouvent.

— En fait, je peux également extraire les émotions des gens qui se trouvent autour de moi.

— Voilà donc pourquoi ce sentiment de vide étrange m'oppresse depuis votre arrivée.

— Oui, et voilà pourquoi, Monsieur le Juge, je vous serais extrêmement reconnaissant si vous alliez droit au but, car vos émotions sont particulièrement… gênantes.

Le juge se racla la gorge. Puis il accéléra son débit de parole.

— Vous avez eu vingt-trois ans hier, il est donc temps de décider de quelle façon vous souhaitez exister pour le reste de votre vie.

Si vous choisissez de rester mortel, vous vous exposerez, sans recours possible, aux conséquences sur votre santé, autant d'un point de vue moral que financier. Vous subirez les maladies, mais également la mort, qui – sans incident de parcours – devrait intervenir autour de vos quatre-vingts ans, âge moyen estimé par nos éminents scientifiques. Vous bénéficierez également d'avantages, tels que la pleine faculté neurologique, la retraite à soixante ans, les congés payés, selon le Code du Travail en vigueur depuis 2250, et le droit d'enfanter. Si, à l'inverse, vous optez pour l'immortalité, vous recevrez alors votre première injection dans la foulée et aurez pour obligation de la renouveler tous les trois ans jour pour jour sous peine de poursuites. Vous supporterez un emploi rude, sans vacances ni enfants. En contrepartie, vous serez libéré d'éventuelles difficultés à supporter vos dons. Vos facultés intellectuelles seront en effet réduites au strict nécessaire. Vous bénéficierez du Graal de l'existence, à savoir une vie infinie, et ne craindrez ni la maladie ni la mort. Dans un cas comme dans l'autre, toute décision prise aujourd'hui sous l'œil des témoins ici présents, et immortalisée par votre signature imminente, sera définitive. En aucune façon, il ne sera possible de la modifier par la suite.

Harold avala sa salive.

— Immortalité, bredouilla-t-il.

— Veuillez m'excuser ?

— Je choisis l'immortalité !

— Vous en êtes bien certain ? Vous savez qu'une fois mon marteau claqué sur ce bureau, il ne sera pas possible de revenir en…

— Oui, j'en suis sûr. Par pitié, donnez-moi de quoi signer qu'on en finisse !

Après un vif impact sur le bureau en chêne, les documents furent expressément remis à l'intéressé. Tour à tour, ils passèrent sous la pointe des stylos, du pupitre d'Harold à celui des témoins. Quant à l'Existateur, il officialisa le tout par un seul coup de tampon.

« *Immortel* », pouvait-on lire sous le nom d'Harold Uller.

Sans plus attendre, une fois la séance levée, le jeune promis à l'éternité fut conduit vers sa destinée. La Salle des Injections. Celle-ci avait été aménagée dans le même bâtiment, et il en était de même pour chaque centre d'« existence » du globe.

Harold dépensa toutes ses économies pour payer la séance. Tandis que son bras gauche recevait la première perfusion, le droit écopait d'un tatouage chiffré. Celui qui lui servirait à être identifié par les institutions tout au long de sa vie.

« Une bonne chose de faite », pensa-t-il. « Advienne que pourra ». Cette phrase, lancée en l'air par son grand-père la veille, alors qu'il s'apprêtait à prendre des médicaments inédits, ramena brutalement Harold à son quotidien.

Il lui avait promis de lui rendre visite.

À l'idée de ne bientôt plus subir les effets de son hyperempathie, le jeune homme prit sur lui et traversa la foule des transports en commun. Après tout, son aïeul méritait bien un petit coucou. Même si Harold lui reprochait de nombreux actes passés, il ne pouvait faire autrement que l'aimer. Le vieil homme avait ce charisme et cette folie présents chez nul autre.

« Deuxième étage, dernière porte à droite au fond du couloir », se concentra-t-il.

Dans le long corridor qui menait à son grand-père, les émotions des autres visiteurs ne manquèrent pas de le torturer. Mais dès qu'il eut pénétré dans la chambre d'hôpital, et refermé derrière lui la porte blafarde, le remous de sentiments cessa brusquement. Comme un couvercle sur une marmite en ébullition. Le calme plat. Un vide inquiétant.

Et pour cause : le vieil homme n'était pas là.

Seule son enveloppe demeurait, allongée en étoile de mer sur le matelas. Harold comprit aussitôt et émit un cri d'effroi.

Sous le choc, le jeune homme ne parvint pas tout de suite à pleurer. Silencieux, il serra fort la main encore tiède de celui qui venait de le quitter. « Pourquoi ? »

Harold se posait la question sans attendre de réponse. Et à cette idée, son cœur se brisa davantage.

Une lettre était posée sur la table de chevet. Ce ne fut qu'après plusieurs minutes de recueillement qu'Harold la remarqua. Son propre prénom y avait été inscrit par une main tremblotante. Le jeune homme déplia le papier qui se trouvait à l'intérieur et lut avec attention son précieux contenu.

« Cher Harold, Pardonne-moi.

Pardonne-moi tout d'abord pour l'humiliante phrase qui va suivre. Tu comprendras quand tu seras grand.

Pardonne-moi ensuite pour l'atroce scène que tu as dû découvrir en rentrant ici. J'espère que je ne suis pas trop répugnant.

Enfin, pardonne-moi pour l'annonce que je m'apprête à te faire. Tu n'es pas immortel, personne ne le sera plus jamais.

Trois flèches qui seront sans doute douloureuses et longues à cicatriser, mais qui s'avèrent nécessaires, j'en suis convaincu. Je savais, bien sûr que tu déciderais d'être éternel. Déjà parce que je te connais, et parce qu'on ne peut rien cacher à ton grand-père. Cela fait des lustres, tu le sais, que notre objectif reste immuable. Des années que nous espérons une véritable révolution existentielle. La première marche a été posée juste avant ta naissance. La seconde vient juste d'être foulée.

Cela fait un bout de temps que nous préparons le terrain. J'ai réussi à remettre la main sur le seul scientifique en qui nous pouvions avoir confiance : le père de Bernie. Ernest Floute. Il nous a vaillamment aidés, risquant sa vie au moindre faux-pas. Car même si cela n'est plus autant admis que par le passé, il ne faut pas se faire d'illusion : la peine du bûcher n'a jamais été supprimée. À la moindre occasion, même un bicentenaire peut finir en charbon ardent.

Immortel oui, mais seulement si tu restes docile !

Nous avons rassemblé les meilleurs dans leur domaine. Télépathie, guérison, téléportation, prémonition, télékinésie, hyperempathie. Car oui, les personnes aussi sensibles que toi existent. Et avec de l'entraînement, elles ont réussi à maîtriser leurs capacités et à s'en servir sans en souffrir.

La Salle des Entraînements existe toujours et les cours y sont donnés gratuitement depuis la nouvelle constitution. Tu le sais bien, mais tu n'en as toujours fait qu'à ta tête. Tu n'as jamais voulu me faire confiance ni t'intéresser à ce que je faisais.

Pourtant, les Éphémères aguerris, aux pouvoirs maîtrisés, ont réalisé un véritable exploit. Pas seulement eux, d'ailleurs. Nous avons également réuni des êtres aux facultés moins extraordinaires, mais tout aussi essentielles. Informaticiens, bilingues, pédagogues, logisticiens… Tous ont eu quelque chose à nous apporter. Depuis près d'un an, nous mettons nos savoir-faire en corrélation et en action. Pour ma part, j'ai agi à distance, depuis cet hôpital.

Docteur Floute nous a aiguillés pour mettre au point les dosages de notre solution de substitution au Bogolux. Un mélange de ginkgo biloba et d'Oméga 3. Un ingrédient également issu du poisson, mais aux vertus réparatrices. Un combo qui, au lieu de réduire les pouvoirs du cerveau, les ravive et les soigne. Un à un, tous les flacons de Bogolux de l'entrepôt principal, celui qui alimente l'ensemble des pays du monde, ont été remplacés par notre fabrication artisanale. Les bocaux et les étiquettes sont restés les mêmes. Seul le contenu des fioles a changé. Un vrai travail de fourmis.

Les téléportateurs ont beaucoup donné d'eux-mêmes dans cette affaire. Nous, les devins, avons également veillé au grain. En lisant l'avenir, nous avons pu monter la garde sans faillir. Quant aux petites mains, celles qui ont su remplacer chaque liquide sans éveiller le moindre soupçon, elles ont été indispensables à notre succès.

C'est ainsi que désormais, et depuis plusieurs jours déjà, tous ceux qui croient renouveler leur injection ou renoncer à leur éphémérité sont en fait en train de la recouvrir.

L'effet mérité.

Je t'entends me demander sur un air de défi : « ah oui, et le bogo ? ». Et comme moi aussi, j'aime les défis, et bien figure-toi que le bogo, je m'en suis occupé. Pas seulement moi. Là encore, tout le monde a mis la main à la pâte. J'ai toujours gardé le souvenir de l'overdose de Charles Venture à l'esprit. J'ai donc proposé de faire subir le même sort à ce pauvre poisson. Après tout, la première victime de l'immortalité, la créature la plus exploitée au monde, c'était bien lui ! Chaque semaine depuis deux cents ans, ce pauvre animal s'est fait torturer, découper, sacrifier, amputer, simplement pour produire un énième lot du produit miracle.

L'overdose est peut-être une solution barbare, mais elle a permis de mettre un terme à ses souffrances. Ce sont les guérisseurs qui ont eu le plus gros rôle à jouer pour cette étape-là. Pendant que les télékinésistes tenaient la porte du local fermée et désactivaient les caméras de surveillance, les soigneurs se sont infiltrés dans le corps des scientifiques et leur ont déclenché une syncope. Tu demanderas à ta grand-mère comment elle s'y est prise, je n'ai rien compris.

C'est à ce moment-là que Mars s'est téléportée et a injecté une dose de cheval de Bogolux dans l'organisme du poisson. Le petit n'a pas mis beaucoup de temps à réagir. Et les scientifiques, à peine rétablis de leur mystérieuse perte de conscience, ont pu assister au spectacle, car cela a duré plus de cinq minutes. Aucun moyen d'empêcher le processus ni de définir la cause de l'accident. Même en ayant recours à l'autopsie, les biologistes n'auraient rien décelé d'autre que des cellules de bogo, dans un bogo.

D'ici quelques heures, tu devrais apprendre la nouvelle par la voie officielle. Le poisson le plus précieux s'est étouffé dans sa propre chair. Et alors, les stocks restants seront vendus au plus fort de leurs prix. Mais ils ne serviront qu'à soigner les cerveaux. En rien, ils ne rallongeront leur durée de vie.

Tu dois me trouver cruel et prétentieux d'avoir ainsi piégé le monde. D'avoir forcé les Hommes à renoncer à leur fantasme le plus cher : vivre éternellement. Je le comprends.

À vrai dire, je ne me ferais pas confiance non plus, à ta place. Après tout, je ne suis qu'un vieux bougre qui rêve d'un monde meilleur. Mais le futur semble me confirmer que l'utopie des Éphémères n'est pas qu'une lubie.

Je suis si heureux de t'annoncer cette bonne nouvelle au lendemain de tes vingt-trois ans.

Advienne que pourra. Ton grand-père qui t'aime,

June. »

Postface

La mort des uns nourrit le malheur des autres. La vie des autres sculpte le bonheur des uns. Mais sans mort, la vie ne peut prendre racine.

Et sans vie, rien ne meurt plus, tout étant déjà fané. Vivre et mourir, c'est donc comme manger et boire.

Ce n'est pas en s'empiffrant davantage qu'on aura moins soif.

CETTE HISTOIRE SE DEROULE
CHRONOLOGIQUEMENT AVANT
LES SILENCIEUX N'EN PENSENT PAS MOINS,
DU MEME AUTEUR.
POUR AUTANT, LES DEUX LIVRES PEUVENT
SE LIRE INDÉPENDAMMENT ET DANS
L'ORDRE QUI VOUS PLAIRA.

DU MÊME AUTEUR

En toute transparence

Roman fantastique
publié chez Rebelle Editions en 2017,
réédition en 2019 chez Faralonn Éditions,
autoédition en janvier 2025

Absurditerre

Roman d'anticipation
publié chez Rebelle Éditions en 2018,
réédition en 2019 en Faralonn Éditions
autoédition en novembre 2024

Les Silencieux n'en pensent pas moins

Roman d'anticipation
publié chez Faralonn Éditions en 2020,
autoédition en janvier 2025

Perles de confinement

Recueil de citations politiques coécrit avec Hermy Bout,
autoédition via Books On Demand en 2020

S'unir ou subir

Essai politique,
publié chez Pomarède & Richemont en 2022,
autoédition en janvier 2025

Si même le sol se dérobe…

Roman d'anticipation à paraître